U0025630
若是替主人的重擔感到憂慮，
就由你來討伐塞爾裘。
這件事只有那傢伙稱為
「朋友」的你才辦得到。
亞美蒂雅・拉・摩爾
「魔騎士」拉・摩爾騎士公爵家當家。雖是繆爾的母親，卻具備嬌嫩水靈的美貌，難以想像她有個十四歲的女兒。年輕的祕訣似乎是酒。
刺客守則8
暗殺教師與幻月革命

自從在梅莉達一年級的夏天與她首次相遇後，
梅莉達變得非常有女孩子的感覺。
那彷彿要融化般的視線，以及溼潤地傳遞熱度的肌膚。
看似飢渴地撫摸嘴脣的手指動作。
那時候——在那趟鋼鐵宮博覽會後的回程列車上。
自從與梅莉達脣瓣交疊後，
她似乎自認已經徹底理解了
比自己年長的青年。
「小姐還是個孩子，
沒什麼好難為情的——」
庫法・梵皮爾
雖然委託人因為鋼鐵宮博覽會
的事件垮臺，但他仍繼續擔任梅
莉達的家庭教師。正在反省不小
心跟學生接吻一事……？

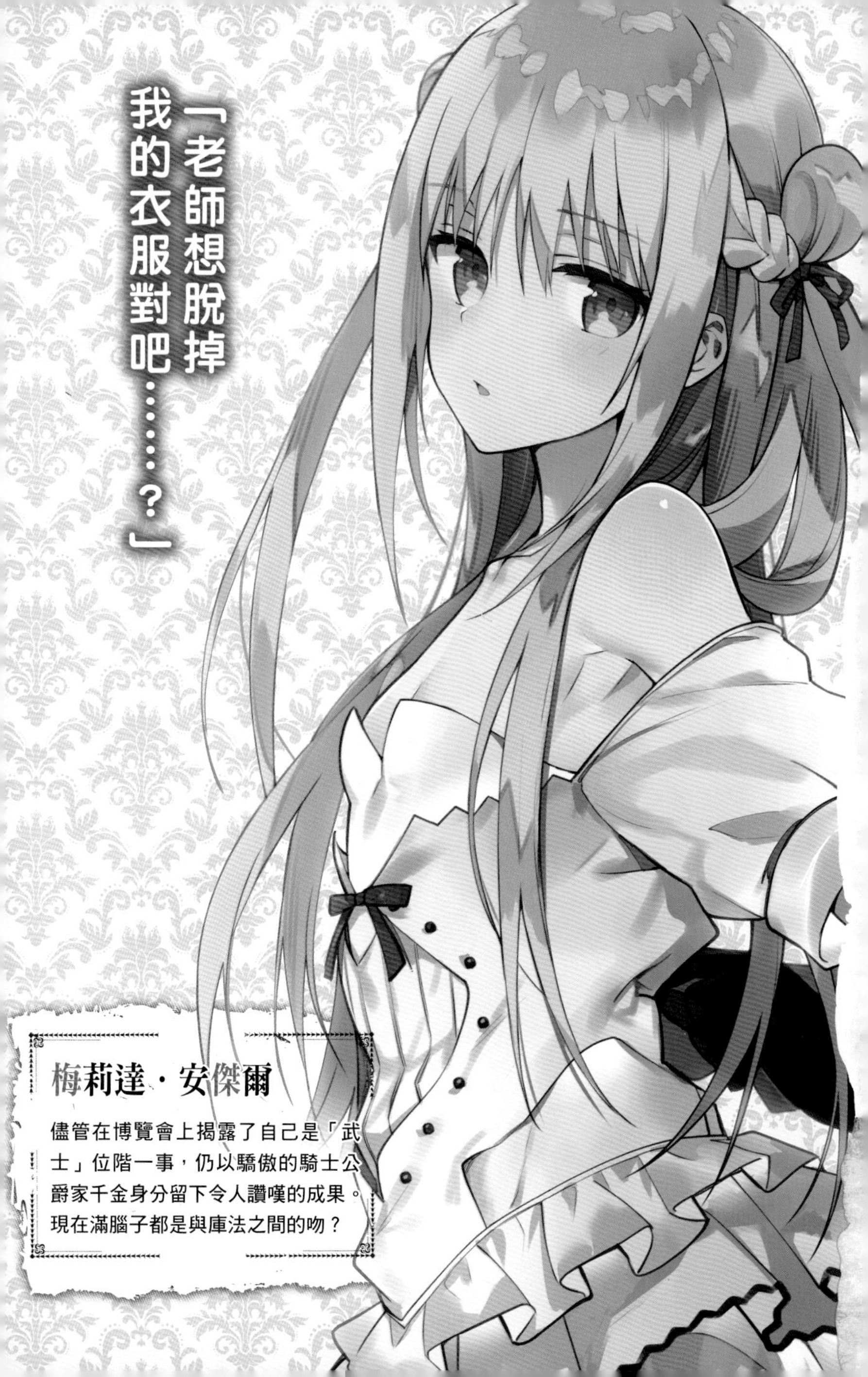
「老師想脫掉
我的衣服對吧……？」
梅莉達・安傑爾
儘管在博覽會上揭露了自己是「武士」位階一事，仍以驕傲的騎士公爵家千金身分留下令人讚嘆的成果。現在滿腦子都是與庫法之間的吻？

說不定只有「她」注意到了而已。
只有莎拉夏……
注意到哥哥又打算做出
沒有任何人期望，
異想天開的行動——
「哥哥！看著我！
你為什麼要做這種事……？」
莎拉夏・席克薩爾
王爵塞爾袞之妹，出席探討統治是否正確的王座會議，卻無法消除內心的忐忑不安。

「我已經不是革新派成員嘍？
有什麼理由要聽從哥哥大人的命令嗎？」
繆爾·拉·摩爾
拉·摩爾家的千金，也是莎拉夏的摯友。好奇心旺盛的她似乎以觀察會議出席者為樂，不過……

「對不起，老師。
明明是老師比較辛苦……」

「正因為是這樣的小姐，
我現在才會
像這樣在這裡。」

火海一口氣蔓延開來。
梅莉達嬌小的身軀浮起之後，
庫法立刻緊抱住她，跳離了駕駛座。
在千鈞一髮之際，車子前傾翻滾，
一邊削起地面，同時跳起好幾次。

在聖王區帝國飯店的一樓，
荒涼不堪的茶室裡。
塞爾袞露出那迷人的笑容，
給搭檔全面的安心感。
「我們能夠迴避記載在預言中的悲劇——
成功地改變命運。」
塞爾袞・席克薩爾
身為「龍騎士」席克薩爾家當家，同
時也是弗蘭德爾的王爵。是難以推
測他真正的意圖，充滿謎團的青年。
他突然提出荒唐無稽的政策……

刺客守則

ASSASSINSPRIDE

暗殺教師與幻月革命

8

天城ケイ

KeiAmagi

ニノモトニノ

illustration

Ninomotonino

Kadokawa Fantastic Novels

彩頁、內文插圖／ニノモトニノ

ASSASSINSPRIDE
CONTENTS

CHARACTER

庫法・梵皮爾

隸屬於「白夜騎兵團」的
瑪那能力者，位階為「武士」。
雖然被派來擔任梅莉達的
家庭教師兼刺客，
卻違抗任務培育梅莉達。

梅莉達・安傑爾

雖生在三大公爵家的「聖騎士」家，
卻不具備瑪那的少女。
即使被輕蔑為無能才女
也並未灰心喪志，
是勇敢且堅強的努力之人。

愛麗絲・安傑爾

梅莉達的堂姊妹，
具備「聖騎士」位階的
瑪那能力者。
以全學年首席的實力為傲。
沉默寡言且面無表情。

蘿賽蒂・普利凱特

隸屬於精銳部隊
「聖都親衛隊」的菁英。
位階是「舞巫女」。
現在是愛麗絲的家庭教師。

繆爾・拉・摩爾

三大公爵家之一
「魔騎士」的千金。
與梅莉達等人同年紀，
卻散發成熟的神祕氛圍。

莎拉夏・席克薩爾

三大公爵家
「龍騎士」的千金，
與繆爾是同校的朋友。
個性文靜且怯懦。

塞爾裘・席克薩爾

年紀輕輕便繼承爵位的
「龍騎士」公爵，
是莎拉夏的哥哥。
此外亦是「革新派」首領。

布拉克・馬迪雅

隸屬於「白夜騎兵團」的
變裝專家。
位階是變幻自如，
具模仿能力的「小丑」。

威廉・金

隸屬於藍坎斯洛普的
恐怖集團「黎明戲兵團」的
屍人鬼青年。
與庫法暗中勾結。

涅爾娃・馬爾堤呂

梅莉達的同班同學，
以前曾欺負梅莉達，
但兩人關係最近產生變化。
位階是「鬥士」。

藍坎斯洛普	受到夜晚黑暗詛咒的生物化為怪物的模樣。 分成許多種族，擁有咒力這種異能。
瑪那	用來對抗藍坎斯洛普的力量。 具備瑪那的人須保護人類免受藍坎斯洛普的威脅，相對地擁有貴族地位。 根據能力的傾向分成各種位階。

基本位階

Fencer **劍士**	盾牌位階，以強大防禦性能與 支援能力為傲，特別強化防禦。	Gladiator **鬥士**	突擊型位階，攻擊、 防禦都具備突出性能。
Samurai **武士**	刺客位階，敏捷性優異， 擁有「隱密」能力。	Gunner **槍手**	特別強化遠距離戰的位階， 將瑪那灌注到各種槍械中戰鬥。
Maiden **舞巫女**	擅長將瑪那本身具現化 來戰鬥的位階。	Wizard **魔術師**	後衛位階，特別強化攻擊支援， 擁有「咒術」這項減益型技能。
Cleric **神官**	後衛位階，具防禦支援能力以及 把自身瑪那分給同伴的「慈愛」。	Clown **小丑**	特殊位階，能夠模仿 其他七個位階的異能。

上級位階

只有三大騎士公爵家——安傑爾家、席克薩爾家、
拉．摩爾家繼承的特別位階。

Paladin **聖騎士**	由安傑爾公爵家代代相傳的萬能位階。無論是戰鬥力或支援同伴的能力， 在各方面都以高水準為傲。具備所有位階中唯一的恢復能力「祝福」。
Dragoon **龍騎士**	由席克薩爾家所擁有，具備「飛翔」能力的位階。 活用驚人的跳躍力與滯空能力，將慣性毫無遺漏地轉化成攻擊力。
Diabolos **魔騎士**	由拉．摩爾家繼承，最強的殲滅位階。 具備能夠吸收對方瑪那的固有能力，在正面對戰中所向無敵。

HOMEROOM EARLIER

弗蘭德爾三月第三週第三天。

這一天，蓋在都市最高峰的那座宮殿，被火焰給包圍——

天鵝絨窗簾被火舌舔遍；大理石牆壁面目全非地炸裂、崩塌；鋪設在腳邊的厚重地毯，被滲入的液體弄溼成一片鮮紅。

「我」眨也不眨眼地看著那個。

筆直地注視著兀自佇立在火海中的人影。

究竟有誰能想像得到呢？

他身穿的弗蘭德爾巡王爵衣裳被火燒焦，渾身是血的模樣。

「對妳來說……殺害國王的十字架太過沉重……」

他奄奄一息地這麼說。

塞爾袞・席克薩爾即使身負瀕死的重傷，依舊優雅地揚起沾黏著血液的嘴角，跟以往一樣對「我」露出微笑。

儘管自己就快沒命了，仍面帶笑容。

「我」無言以對。

只是緊閉起嘴脣，更用力地握住右手掌的物體。

——刀刃銳利的尖端一瞬間鮮明強烈地反射著光芒，劈開了視野。

搖搖晃晃地映照在刀身上的火焰，原封不動地表現出「我」內心的迷惘。

彷彿要沸騰的殺意充斥在空間裡，然後猛然搖晃。

「————」

他呼喚了「我」的名字。

「我」沒有回答，而是一蹬地毯。

血花在鞋底飛舞——

「我」瞬間拉近距離，在這短暫的期間稍微闔上了眼瞼。

回顧過往。

為何不是別人，而非得由「我」來對他揮刀呢？至少到一個月前為止，「我」對充滿安穩的明天依舊深信不疑。

「我」在內心呼喚著名字。

——老師——呼喚著親愛的那個人的名字。

LESSON：I　～燭臺裂開時～

弗蘭德爾二月第三週第一天。

在冬季的嚴寒正準備迎向最高潮的這個時期，今天家庭教師庫法・梵皮爾正為了前所未有的問題苦惱——

一言以蔽之，就是「上不了課」。

「聽好嘍，小姐？」

在卡帝納爾茲學教區郊外，蓋在遼闊植物園深處的梅莉達宅邸，庫法一如往常地指導著學生。草坪被修短的後院正適合用來上課。儘管空氣冰冷地刺痛著肌膚，只要熱情洋溢，就不會在意那些小事。

襯衫打扮的庫法捲起袖子，握緊拳頭。手套嘎吱作響。

宛如對照鏡一般擺出同樣架式的梅莉達，也一身方便活動的運動服裝扮。從短褲中伸出的美腿今天也一樣耀眼——

咳哼——庫法裝作在調整呼吸，繼續說道：

LESSON: I

～燭臺裂開時～

「與體格比自己大的對手互毆時，不能只依靠手臂的力量。強而有力地踏步！要牢牢地站穩，將全身的力量集中在拳頭上——打擊出去。」

試著練習看看吧——庫法拉近距離。梅莉達的架式因緊張而變得僵硬。

「將瑪那集中在肚子左側。」

「是……是的！」

話才剛說完，庫法便一口氣拉近剩餘的距離。彷彿與梅莉達是成對的拼圖碎片一般，將右腳踏入梅莉達的胯下。

轟！掀起局部性的地震。

庫法讓從鞋底傳來的那股振動，經由下半身的骨頭爬上腰部。右手宛如軟體動物一般彎曲，才心想拳頭模糊地像是消失了一般，便響起一陣衝擊聲。

最快速的右勾拳刺向梅莉達的左側腹。縱然事先集中了瑪那，防禦意識似乎也沒跟上，「嘎呼！」梅莉達猛烈地吐了口氣。

光是這樣，便讓她嬌小纖細的身體朝後方浮起。

在她被撞飛到遠方前，庫法迅速地踏步向前。他用一邊手掌捉住梅莉達的手腕，並將另一隻手繞到她的腰上，彷彿在跳舞般一邊轉圈，一邊將她攬入懷中。

「——就像這樣。」

「啊嗚~……」

雖然梅莉達在庫法的手臂中暈頭轉向，但意識似乎還很清楚。

庫法讓她穩穩地站在草地上後，繼續說道：

「這就是『柔拳』。根據與騎兵團式那種靠力量壓倒對方的『剛』之格鬥術相反的思想所成立……畢竟我們武士位階無論如何都會在防禦性能上落後，要與劍士或鬥士在相同條件下互毆的話，相當不利——」

不光是主要武器的刀的用法，還有鋼絲和投擲武器，甚至是格鬥術的知識，庫法都無一遺漏地盡量教導給梅莉達。她戰鬥的場地並非僅限於光明正大的競技場。這是為了讓她無論何時，在何種情況下，縱然是赤手空拳，也能擊潰敵人獲得勝利。

為了讓她能存活下來——

正因考慮到這點，庫法的指導不可能有一絲妥協。

即使會被稱為「魔鬼」也一樣。

「柔拳需要獨特的訣竅。假如全身的力量無法順利傳達，那個拳頭就不過是『欠缺膂力的右直拳』罷了——小姐，請試著擺出我前幾天教妳的基本架式。」

「是……是的！」

聽到庫法這麼說，梅莉達立刻將柔軟的四肢宛如拉弓一般伸長，壓低重心。

LESSON: I
~燭臺裂開時~

「就這樣維持這個架式，直到我說『可以了』為止。」

「唔……唔咕……」

「啊，這樣應該很無聊，順便穿插『馴服混沌』的訓練吧。請小姐讓全身的瑪那以順時鐘方向流動。倘若在流動時有停滯的地方，那就是力量無法順利傳達的證據。讓我們不斷地重新檢視架式吧？」

「老師是魔鬼！」

梅莉達的額頭緩緩地滲出汗水。

因為要維持這姿勢很辛苦。

在柔拳法中要傳達力量，多餘的肌肉反倒會成為阻礙。在某場格鬥技大會中，個頭嬌小且宛如枯枝一般的柔拳法高手，將場上的猛男一一摔出去並奪得優勝，是相當知名的故事。

柔拳跟所謂的剛拳，身體的鍛鍊方法從根本上就不一樣。

這種柔拳法的架式，可以針對最適合傳達力量的肌肉非常有效率地鍛鍊——

因為會造成負擔，所以身體當然會很難受。

梅莉達的呼吸慢慢變得急促，瑪那的流動停滯下來。大腿開始顫抖，鞋子打滑。

庫法立刻繞到梅莉達的背後。

「——繼續維持目前的架式。我會隨時調整。」

「……是……是的。」

感覺梅莉達的話尾似乎搖擺不定，是庫法的錯覺嗎？

庫法碰觸少女宛如花絲一般的指尖。光是這樣，梅莉達的臉頰便泛紅起來。

是因為訓練的熱度？……就連庫法也暫時忘卻包住兩人的冷風。

「請小姐去意識……瑪那在全身流動的感覺……」

「……怎……怎麼去意識？」

由於庫法從背後緊貼梅莉達的緣故，出乎意料地變成像是在耳邊互相低語的姿勢。

他將手掌貼在梅莉達雙腳的腳踝上，輕輕地往上撫摸。

庫法抱持著急躁的心情，彎曲膝蓋蹲下。

「從下半身往上爬的能量會像這樣——」

「啊嗚……」

「通……通過大腿讓骨盤變得強健……」

每當庫法用指尖的感觸讓梅莉達意識到力量通過的路徑時，梅莉達的脊背便會顫抖不停。碰觸到大腿內側時，桃色嘴唇更是吐出了銷魂的氣息。她的膝蓋已經開始顫抖，雙手垂落，四肢慵懶地鬆弛下來。所以說，沒錯，庫法事先就有所覺悟了——

LESSON: I
～燭臺裂開時～

這樣是「上不了課」的。

庫法讓手掌沿著少女平滑的腹部曲線移動時，梅莉達已經完全疏忽了拳法的架式，將身心都託付給庫法的體溫了。

從旁人眼裡看來，那身影也只像是少女被男友從背後緊抱著一樣吧。少女溼潤的眼眸被身邊的心上人嘴唇給吸引住。

「老師……」

少女緩緩地瞇細作夢般的眼神。

嗯——朝庫法嘟起嘴唇。

在梅莉達差點吻上臉頰前，庫法像要跳開似的翻身。

「就……就就就就像這樣！」

庫法努力保持冷靜，試著完美無缺且冷靜地修正軌道，回到講課上。

搭配著比手劃腳。結果變成好像慌張地在跳舞的動作，這應該是錯覺。

「所……所謂的柔拳，從不知道結構的人來看，常會以為是『魔法或魔術』，但絕對不是那麼一回事！如果能精通柔拳的奧義，甚至能突破肌肉高牆，一擊就將對方打趴在地——」

「那要怎麼做呢？」

「咦？呃，這個嘛……」

「請老師像平常那樣手把手地教我。」

請吧——梅莉達張開雙手，等待著庫法。

彷彿在說「擁抱我」一樣。

假如庫法在這邊伸出手，少女八成會嬌媚地將手腳纏繞到庫法身上，試圖繼續剛才的行為吧。因此庫法只能「咳哼」地清了清喉嚨，假裝平靜。

「……今天的課程就上到這邊吧。」

「老～師～？」

「唔哦，這不是艾咪小姐嗎！怎麼了嗎？」

在後門的門打開前，庫法便依靠著艾咪的氣息這麼呼喚她。

不出所料，慢了一拍露面的艾咪訝異地睜大了雙眼。

「晚餐準備好嘍。」

她這句話讓庫法由衷鬆了一口氣。

相對的，梅莉達則是在即將與最喜歡的家人一起用餐前，不滿地噘起了嘴脣。

「……謝謝老師的指導。」

她一如往常地點頭鞠躬之後，飛奔而去。

庫法與艾咪並肩目送她的背影消失到門後，接著吐了一口氣。

自從在梅莉達一年級的夏天與她首次相遇後，梅莉達變得非常有女孩子的感覺。倘若是以前，應該可以形容成「彷彿食物當前卻不能吃的寵物一般」吧。然而現在卻是怎樣呢……那彷彿要融化般的視線，以及溼潤地傳遞熱度的肌膚。看似飢渴地撫摸嘴唇的手指動作。

藉著庫法的視線高度，以絕妙的角度拉扯衣領的那個誘惑！

庫法一邊收拾教材與木刀，一邊走近茶几拿起外套。

才這麼以為時，只見他突然無力地垂下頭，將手掌拄在桌子上。

「最近的小姐實在是……！」

這就是目前家庭教師正面臨的，前所未有的問題。

雖說完全是自作自受，但庫法不得不捫心自問「那時候怎麼會……」。

那時候——在那趟鋼鐵宮博覽會後的回程列車上。庫法現在很想痛斥那時在黑暗的展望室中，入迷地渴求梅莉達嘴脣的自己。

† † †

LESSON: I ～燭臺裂開時～

這樣下去很不妙——庫法好幾次這麼心想。

看來「那時候」——自從與梅莉達脣瓣交疊後，她似乎自認已經徹底理解了比自己年長的青年。梅莉達認為庫法對十四歲的女孩子深感興趣，主動抱住庫法或獻吻的話，庫法應該會很開心。

才沒那回事。絕對沒那回事。

自己與梅莉達是主從，同時也是師父與徒弟。不能輕忽這點，處於對等的立場。否則會產生扭曲——就像現在這樣。所以庫法要好好地以隨從身分紳士地劃清界線，必須找回教師的威嚴，以師父身分受到敬重才行。

就在庫法剛這麼下定決心時——

當天晚上。庫法造訪位於宅邸一樓的寢室，聞到了安穩的香味。是梅莉達愛用的沐浴乳香味……看來她剛洗完澡。

庫法用有些僵硬的動作敲了敲門。

應該是有事先告知會來訪的關係吧，庫法立刻獲得了進房許可。

庫法打開門，一臉若無其事地踏入房間。

穿著女用睡衣的梅莉達坐在床上，等待著庫法到來。

「今天是定期健診的日子。」

庫法重新這麼告知，於是梅莉達露出微笑。

「我恭候多時了，老師。」

喀嚓——庫法背著手將門鎖上。

這麼一來，就連宅邸的女僕也無法像剛才那樣窺視主從的祕密。無論接下來在這個房間內，兩人之間會發生什麼事……

庫法自覺到自己的聲音有些像是在辯解。

「……所謂的瑪那器官，原本是從幼少時期起耗費七年以上的歲月逐漸形成的。但小姐的情況是跳過了這些過程，僅僅一晚就讓器官定型……就如同我之前已經告知的，並沒有出現排斥反應，但非常抱歉，至少在我擔任家庭教師的期間，希望能先診察身體變化——」

「老師想脫掉我的衣服對吧……？」

庫法差點噴笑出來。

他心想梅莉達怎麼會講出這種話，目不轉睛地注視著她，於是梅莉達看似慌張地揮了揮手。

「那……那個，最開始的檢查日，老師不是這麼說過嗎！『請將身上穿的衣服全部脫掉』。其實應該裸……裸體會比較方便檢查吧……？」

LESSON: I ~燭臺裂開時~

「啊，哦……的確。」

庫法一邊叮嚀自己「保持威嚴，威嚴」，同時穩重地雙手交扠環胸。

「——小姐說得一點都沒錯。對，為求萬全，我現在也是深切地期望著能夠確認最真實的小姐。但是！因為小姐會覺得害羞，無論如何都不願脫光，我只好妥協，隔著睡衣進行健診……真沒辦法，明明小姐還是個孩子，沒什麼好難為情的——」

「我……我明白了。」

庫法更加懷疑起自己的眼睛和耳朵。

梅莉達像是下定決心似的抿緊嘴唇，在床上背對庫法。

她抓住女用睡衣的下襬，一鼓作氣地往上掀起。

少女白皙光滑的脊背暴露出來，讓人不由得心想，那塊薄布底下居然是如此毫無防備嗎——

「……」

梅莉達順勢將睡衣從頭脫掉，宛若黃金工藝品的髮絲滑順地隨風飄逸。

但她似乎還沒有勇氣以那副模樣面向這邊，她將脫掉的女用睡衣抱在胸前，總算轉過頭來。

「請……請便…………」

梅莉達躺平，仰臥在床上。

庫法不知原本打算在哪個時間點阻止少女，只見他用手向前伸出一半的姿勢僵在原地。唯獨視線不由得在梅莉達的肌膚上來回，看遍她全身每個角落。

「小……小……小姐？妳……妳還好嗎？」

「沒……沒關係！」

梅莉達彷彿小狗嚶嚶叫似的回答。

換個角度觀察，那看來也像是獻上絕對信賴的姿勢——

「如……如果是老師，我……無論被做了什麼都……啊……啊嗚～……！」

庫法進退兩難。威……威嚴——家庭教師的威嚴上哪去了？他內心湧現一股毫無意義地想探索周圍暗處的衝動。

但是，倘若在這裡顯露出動搖的模樣，就會被梅莉達牽著鼻子走。

庫法在千鈞一髮之際找回年長者的驕傲。這種時候——沒錯，自己身為一名成熟的紳士，在這種時候，面對學生的裸體該如何應對呢？

「——了不起的覺悟。」

庫法用指尖撥開瀏海，非常理智的細長眼眸犀利地亮起。

他以優雅的腳步走近並爬上床鋪。跨坐在梅莉達的雙腳上。

LESSON: I

～燭臺裂開時～

——這是重要的「檢查」。產生愧對良心的感情實在太不敬了。

況且在檢查的第一天，聽到庫法說「把衣服脫掉」，便用枕頭反擊的梅莉達，被庫法定期探索肌膚超過一年以上後，似乎也差不多死心了。最近甚至會主動掀起女用睡衣，露出下半身。「既然是檢查，這也沒辦法」——她這麼表示，甚至容許內褲卡臀的模樣被心上人看得一清二楚。

「這……這種模樣……只能給老師看而已……」

庫法假裝並未想起少女這樣的低喃，緩緩地搖了搖頭。

只是少女的獻身程度提昇一個等級罷了。要是庫法心慌意亂，只會讓梅莉達感到後悔而已吧。因此板起面孔才是正確的態度。

幾乎裸體的梅莉達仰望著這樣的家庭教師，不滿地抿緊嘴脣。

「明明都努力做到這種地步了……」

「什麼？」

庫法冷淡地將少女的低喃左耳進右耳出，高舉雙手，在指尖點亮蒼藍火焰（瑪那）。

梅莉達用自身的手掌抓住庫法的雙手。

「那……那麼老師！到目前為止，老師在觸診方面也手下留情了對吧？」

「咦？這個嘛——那是當然的。就算小姐能夠接受……」

「從這這……這次開始請不用客氣！」

梅莉達話才剛說完，立刻使勁將庫法的雙手拉向自身的胸前。粗獷卻又纖細的十根手指，隔著女用睡衣包住胸部。推擠小巧隆起的感觸朝手掌擴散開來，幸福的鐘聲在庫法的腦內迴盪。

儘管做出如此不檢點的行為，公爵家千金的氣勢仍停不下來。

「因為這……這……這對我和老師而言，是必要的檢查！『請老師儘管碰觸』——我之前這……這麼說過對吧……噫……噫嗚！」

是企圖讓庫法習慣嗎？梅莉達一下握住庫法的手指，一下讓庫法的手指移動，藉此間接地確認自己的胸部。她這麼做的話，「並非沒有」的隆起形狀將被家庭教師的手給記住，她無所謂嗎？

庫法抬頭仰望床鋪的頂篷，努力地避免去意識。

這是檢查，檢查——庫法一邊這麼告誡自己，同時全神貫注在瑪那器官的狀態上。畢竟這種榮譽是不可多得的機會……題外話，這時在庫法的腦中，可以想見十根手指各自彷彿不同生物一般，在平緩的布丁海中游泳的光景。

「啊嗚……！」

左右兩邊的食指似乎不小心撞上什麼而擱淺了。梅莉達的下頜往上挑起。

LESSON: I
～燭臺裂開時～

庫法的十指在這時宛如鋼琴師一般開始絕妙的觸摸，絕對不是他本人的意思。因為他腦中正在思考完全不同的事情。

也就是「採草莓」。

「噫嗚——……！」

似乎有什麼要素讓羞恥心超越極限。梅莉達的脊背猛然往後仰。

梅莉達已經沒有餘力去確認自己的胸部，她用左右兩邊的手掌摀住臉部。從她的手指縫隙間能看見的未成熟美貌，羞得滿臉通紅。

「這……這這這……這種事果然還是不行。這是騎士公爵家不該出現的下流行為！啊，可是可是，難得庫法老師意識到我的魅力……！如……如果不在這時候加把勁，老師對待我的方式就跟大家沒兩樣……！」

庫法將獲得自由的雙手緩緩地撤離少女的胸部。

雖然遲了些，但他總算察覺到梅莉達的企圖。

「——聽好嘍，小姐？」

庫法將食指筆挺地豎起，梅莉達回過神來，抬頭仰望庫法。

到頭來，她是打算用「色誘」讓庫法傷腦筋吧。她深信如此一來，年長的家庭教師就會色瞇瞇地露出笑容，自己就能夠掌握主導權。

——完全是無的放矢。是憑空杜撰，無憑無據的找碴。

讓少女產生這種**誤會**的原因究竟是什麼呢？

「我就趁現在先講清楚，之前在列車上的行為，那個——是關係好到能坦誠相見的女士與紳士之間常見的『打招呼』！不是用『好久不見』、『最近好嗎？』這種老套的說詞，而是以嘴脣的動作時髦地……表現出親愛之情呢？」

梅莉達儘管是毫無防備到極點的打扮，眼神仍瞬間冷淡下來。

「就算是我這樣的小不點，也知道那才不是那種打招呼的接吻。」

「接……！總……總之，前幾天的『肌膚接觸』只是讚賞小姐在博覽會上的奮戰，並沒有更深一層的意思！請小姐千萬別誤會了。沒錯，小姐的活躍讓我太開心了，我也有過於放肆之嫌呢。我們彼此都好好反省一下吧。」

「唔～～～～！」

庫法趁梅莉達孩子氣地鼓起臉頰時，一個勁兒地說道：

「好啦，小姐？一直維持那副模樣的話，肚子會著涼的喔？」

「這……這臺詞太沒情調了吧！——聽好了，老師，我也不會永遠都是個小孩子。一旦邁入新學期，我就是學院的三年級生了！身高也比之前長高了一些，手腳也是，學院的學妹都說我『好像模特兒』，胸……胸部也是……！可不是一點料都沒有喔！」

LESSON: I
～燭臺裂開時～

我知道——庫法沒有這麼說，而是再次覆蓋在梅莉達身上。

「這麼說來，檢查才進行到一半呢？好啦，小姐，請移開妳愛逞強的手臂，像隻貓咪一樣乖乖別動。對，完全不需要意識到什麼。」

「呀啊～呀啊～呀啊～！老……老師大色狼！」

叩叩叩——有人敲了門。

梅莉達與庫法以危險卻又愚蠢的姿勢，猛然看向門口。

不出所料，來訪者的聲音是女僕長艾咪。

「打擾了。請問庫法先生該不會在這裡吧？」

「是……是啊——」

庫法的聲音不禁顫抖起來，同時急忙地下了床鋪。

要是被知道門上了鎖，可能會傳出不好的謠言。庫法接著詢問：

「因為跟小姐的**課程**還沒結束……怎麼了嗎？」

「有客人來訪。」

庫法不禁與梅莉達面面相覷，接著抬頭仰望掛鐘。

現在就算出門上街，還開著的店頂多就酒館吧。

「在這種時間？……究竟是哪位？」

「是聖弗立戴斯威德的拉克拉．馬迪雅老師。」

「——咦？那是來找我的？」

梅莉達匆忙地將剛才脫掉的女用睡衣重新穿上。

就在她讓頭鑽過領口，雙手穿過袖子時，艾咪的聲音繼續說道。說不定艾咪也早已經換上睡衣。可以感受到她將手掌輕輕地貼在房門上的氣息。

「不是——她並非來找小姐，而是有事要找庫法先生……」

艾咪的聲音聽來似乎很疑惑。梅莉達的表情也一樣。

但庫法光是這樣，便察覺到拉克拉老師的意圖。他自覺到內心急速地變得敏銳。他轉頭看向床舖，走近坐在床上的主人。

他伸手從開放的衣領觸摸梅莉達裸露出來的肩膀。此刻並非演戲或逞強，而是蘊含著難捨難分的心情撫摸少女的肌膚。

「我去應付她。請小姐就這樣好好休息吧。」

「咦？可……可是……」

「小姐不用操任何的心。」

並非在學院，而是專程造訪梅莉達的宅邸，還指名要找庫法單獨談話的理由只有一個。簡單來說，就是她並非以在聖弗立戴斯威德任教的「拉克拉．馬迪雅老師」身分來

LESSON: I ～燭臺裂開時～

訪——

而是身為情報組織白夜騎兵團的特工，有事情要傳達吧。

† † †

「——緊急召集？所有人嗎？」

庫法這麼確認，於是佇立在暗處當中的「黑衣人」點頭回應：「對。」

她流利地在手邊的黑色便條紙上寫下文字。

『似乎來了一項』『重大任務。』

『聽說是弗蘭德爾的』『王爵大人』『親自下達的命令。』

「是席克薩爾公的……」

庫法抱持著複雜的感情，將手指貼在下頜。

與他有面對面的交流，是去年四月聖弗立戴斯威德女子學院春假時的事吧。這麼說來，從那個充滿謎團的席克薩爾家當家就任弗蘭德爾王座後，很快就要經過一年——

「黑衣人」繼續流利地書寫筆記。明明都跟梅莉達的宅邸拉開一段相當遠的距離，將地點移動到四下無人的小河橋上了，但她似乎想以防萬一。

她身穿軍服，將兜帽下拉到蓋住雙眼。

布拉克．馬迪雅將如同名字一般躲藏在黑暗中的面孔面向庫法這邊。

『在大陸的』『盡頭的盡頭。』

『朝外海突出的』『孤島。』

『黎明戲兵團的』『餘黨』『似乎聚集在那裡。』

「我們白夜要負責掃蕩他們？」

「黑衣人」沒有依靠筆記，肯定地點頭回應。

黎明戲兵團——他們被稱為威脅到弗蘭德爾的最凶狠犯罪組織，但在之前針對鋼鐵宮博覽會的恐怖活動中慘敗後，其勢力急速衰退。

主力的人造藍坎斯洛普部隊全滅，其開發者也死亡了。甚至還失去當作王牌的「刺骨火焰」與「到達臨界點」，騎兵團大半都認為對下次活動資金大概也得煞費苦心籌措的他們，在不久的將來就會瓦解。

布拉克．馬迪雅似乎也對此抱持相同意見。她流暢地寫下好幾張筆記。

『他們似乎』『正在網羅』『全力』『做最後的抵抗。』

『但要說戰力，』『都是些最低階藍坎斯洛普的』『南瓜頭，』

『以及沒有瑪那』『也不具備咒力的』『武裝構成員。』

她迅雷不及掩耳地撕破筆記，令人眼花繚亂地奮筆疾書。

『儘管如此，』『對一般國民而言』『仍會造成威脅』『沒錯吧？』

「但那算是我們的業務範圍嗎？」

庫法並非不願意接這任務，而是提出純粹的疑問。

承擔弗蘭德爾黑暗面的白夜騎兵團十分強大。

相對的人數非常少。講得好聽點是少數精銳……但換句話說，這是篩選掉無法承受到最後的人，實在難以說是人道的訓練成果吧。總之，經常可以看見白夜的團長動不動就在嘀咕「人手不夠啊」的模樣。

前陣子名叫威廉・金的新團員加入一事值得歡迎，不過——

雖說是餘黨，但要肅清黎明戲兵團，的確有必要將總數推測約十幾名的白夜特工一個不漏地召集起來吧。說不定目前已經退出前線的團長恐怕也得前來——就像鋼鐵宮博覽會那時一樣。

以人數來說，是否太費勁了？

「這也不是什麼需要對國民保密的任務吧。交給燈火騎兵團負責如何？」

與承擔黑暗面的白夜相反，他們是在民眾的稱讚中高舉著劍。偶爾會覺得非常羨慕他們，是活在黑社會之人的習性嗎？

馬迪雅也露出有些諷刺的表情，搖了搖頭。

『很快就要在聖王區』『舉辦那個對吧？』

筆尖有些猶豫，接著迅速地寫出剩餘的文字。

『舉辦王座會議。』

「啊，原來如此——」

庫法雙手交扠環胸，不由得深深地點了點頭。

「原來是關係到那件事嗎？」

王座會議——正式名稱為「為了新國王的世界會議」。

若說弗蘭德爾的王位是每三年交棒一次，在王位交棒一年後舉辦的就是這個通稱王座會議的活動。被選為參加者的是各業界在近三年內最為出名的頂尖菁英……諸如富豪和政治家、被稱為英雄的騎士、下層居住區各鎮的領導人，最後還有運動選手和藝術領域的天才這類精挑細選出來的人才。

這些最高權威會齊聚一堂，展開批評。

評論「新王爵的統治如何？」。

王爵要聆聽來自各種觀點的意見，廣泛地收集知識，讓剩餘的任期變得更加充實。

就是這樣的宗旨。

LESSON I

~燭臺裂開時~

……不過這些宣傳詞幾乎是表面話，首先沒有參加者當真會深入探討王爵的政治方針。雖然有時也會認真地議論，但最後大多是這麼總結——「托王爵的福，弗蘭德爾安穩太平」。

受到邀請一事本身就是種榮譽。對王爵而言，是一種固定儀式。

儘管如此，議題仍遍及到各業界揹負的各種問題，王座會議的日程固定在弗蘭德爾二月第四週起的一星期舉辦。聖王區在這段期間會嚴加戒備。會議的參加者是不能失去任何一人的人才。加上也必須邀請下層居住區的人參加的關係，還得分配人員去接送、護衛他們——

因此在這個時期，反倒是燈火騎兵團會為了人手不足而大傷腦筋吧。

『除此之外』『還有其他理由。』

馬迪雅在雙手手指上高舉便條紙。

她流暢地替換已經寫完的幾張筆記。

『今年的』『王座會議』『注目度』『非比尋常。』

『因為有個』『重頭戲。』

「之前報紙有刊登呢。記得是……」

對——馬迪雅也在兜帽底下點頭同意。

『似乎從畢布利亞哥德』『找到了』『傳說中的』『預言書片段。』

貫穿照明型都市弗蘭德爾的中樞，樓層數多達百層的巨大迷宮圖書館「畢布利亞哥德」。從過去到未來，據說收納著所有情報的那個場所，有一本長久以來被認為是傳說的創世預言書。

據說那本書記載著未來可能會發生的所有事件——

雖說只是片段，但據說獲得了那本書的實體。發現者不是別人，正是現任王爵塞爾裘．席克薩爾……王座會議的參加者將會盛讚這是他的豐功偉業之一吧。據說他將在會議那天解開預言書的封印。

預言書裡究竟記載著什麼呢……報社連日來都像在互相競爭似的胡亂寫出離奇古怪的考察，煽動民眾的興趣。

即便不是會議的參加者，隔天的報紙攤前想必也會大排長龍吧。

「因此燈火騎兵團需要更加倍警戒——」

『黎明戲兵團』『估計這是』『最後機會』『而採取了行動。』

兩人愜意地以話語和筆記對談，但庫法搖了搖頭。

「……正因如此，能出動的部隊並沒有太多選擇——」

『所以才會輪到』『我們白夜』『上場呢。』

LESSON: I
～燭臺裂開時～

「我理解情況了。」

庫法好幾次微微點頭，同時在最後左右搖了搖頭。

「不巧的是我無法配合那個召集。因為我不能放棄小姐的——梅莉達・安傑爾的教育。」

馬迪雅依舊將表情隱藏在兜帽底下，就那樣目不轉睛地抬頭仰望庫法。

庫法輕輕地聳了聳肩。

「現在的我在表面上是騎士公爵家的傭人。別看我這樣，大眾批評的眼光可是從未間斷過呢。要是沒有充分的理由就離開崗位，會損害到安傑爾公爵家的威信。」

這是庫法的真心話。現在的梅莉達正值聖弗立戴斯威德女子學院的第三學期。原本在社交界就被當成「無名的貴族」，有時也會受到嚴格檢視的自己，倘若在重要的時期離開小姐身旁，實在是說不過去。

庫法之所以被允許進出原本是男性止步的聖弗立戴斯威德女子學院，都是多虧了學院長和女學生們的好意，以及庫法本人非常小心謹慎，不讓以理事會為首的反對派有機可乘的成果。

穩定感跟以一介講師身分潛入的「拉克拉・馬迪雅老師」截然不同。

儘管馬迪雅沒有提出異議，她仍緩緩地大動作搖了搖頭。

『重視』『那個立場』『有意義嗎？』

「這話什麼意思？」

『莫爾德琉卿』『不知去向。』

『他』『委託的』『暗殺』『任務，』

『如今也』『懸而未決。』

啵——黑色筆記被火焰包圍。

庫法一看完，筆記便隨即燒燬，少女的話語不會在這世界留下任何證據。

『只是當個普通的』『家庭教師這種事，』

『才該說是』『並非我們白夜的』『業務範圍吧？』

「……這——」

『那麼一來，』『我——』

『在那個學院的』『任務』『也結束了呢。』

馬迪雅不等庫法開口，接連地寫下筆記。

她冷淡地別過臉去，在指尖上又高舉一張筆記。

『真是神清氣爽。』

筆記從指尖輕飄飄地被風給擄走。

LESSON: I ～燭臺裂開時～

那筆記在空中起火，將點綴在上面的文字全部吞沒，看似依依不捨地散落。

庫法伸出手。

他將黑衣人的兜帽拍向背後，隨心所欲地撫摸對方蓬亂的黑髮。

「──那麼一來，學院的大家會感到非常寂寞呢。」

「夠了，別摸我的頭！」

露出真實面貌的嬌小少女舉起雙手，猛然逃離庫法身旁。

她一邊飛奔過橋上朝門扉前進，同時像在拋下退場臺詞似的對庫法大叫：

「拜拜啦！總之我傳話給你了。之後你就自己去挨爸爸罵吧。咧～！」

少女像是喜歡點心的幽靈一樣吐出舌頭，敏捷地飛奔過植物園。

庫法目送著少女的背影，同時不知如何處置剛才伸出去的手掌。

──為何馬迪雅並非穿著學院的講師用長袍，而是以白夜騎兵團的軍服裝扮造訪這裡呢？她隱藏在單薄胸口裡的心境究竟是？

跨越這個冬天之後，季節將迎向新的春天。從庫法的角度來看，還是個孩子的梅莉達也即將成為聖弗立戴斯威德女子學院的高年級生。等她有朝一日從學院畢業，庫法也將脫離公爵家傭人這個立場，回到沾滿血腥的黑暗社會。

──到時候殘留在我這手掌的東西會是？

寒冷的夜風吹過植物園。那風滑過庫法的手指縫隙間，只留下刺骨般的感觸，便飛舞到空中。

† † †

弗蘭德爾二月第四週第一天——

王座會議的會場定在聖王區引以為傲的五星級「帝國飯店」。飯店附設劇場，從客房窗戶能眺望到眾多觀光名勝，是個出類拔萃的地點……不過在終於到來的會議第一天，從窗戶能看見的景色，四處都是身穿傳統深紅騎士服的軍人身影。

無論如何，帝國飯店最大的看點在於一樓的茶室。傳統的烘焙點心與紅茶的評價不用說，其內部裝潢——在光線從天窗照射進來的中央，存在著格外引人注目的巨大「鳥籠」。

將平臺鋼琴與一張桌子整個包圍在內的牢籠——聖王區的觀光導覽上是這麼記載的。觀賞用藤蔓沿著鳥籠攀爬，花瓣在來自天花板的光芒下閃耀的模樣，會讓坐在周圍餐桌前的婦人「哦……」地發出嘆息吧。

可說是特別席的那個場所，坐著兩位「天使」。

是宛如天使一般惹人憐愛的莎拉夏．席克薩爾，與繆爾．拉．摩爾。

「妳看妳看，莎拉。」

為了保持氣質，繆爾用楚楚動人的指法拉了拉摯友的袖子。

茶室裡的所有餐桌前，已經坐滿受邀出席王座會議的參加者，眾人開始暢談。無論看向左右哪邊，都是在報紙、海報或雜誌上常見的熟面孔。報社的攝影記者從弗蘭德爾各地蜂擁而至，彷彿每一張照片都能成為寶物似的狂按快門。

不過這麼說道的繆爾她們，也同樣具備被迫坐在「特別席」的地位就是了。

「在那邊的餐桌前占領了三張椅子的，是邦卜公司的巴希蒙社長喔。跟傳聞一樣，是個彷彿野豬一般豪爽的人物呢……啊，在那邊接受採訪的是女演員亞莉亞小姐！真懷念去年的王爵巡禮呢……德比劇團的露西爾小姐和萊拉小姐又能以劇團身分演出，真是再好不過了。」

「嗯……嗯，說得也是。」

莎拉夏也有些坐立難安似的環顧著會場。

鏡頭有時也會轉向少女們這邊。「被鳥籠囚禁的公爵家千金」這種構圖，想必就像一幅畫吧。但莎拉夏似乎不是因為周圍的視線感到緊張。

她將所有餐桌從右到左眺望一遍後，又將視線移回右邊。每隔幾分一直重複這個動作。即使繆爾丟話題給她，她也心不在焉。擁有黑水晶秀髮的妖精雙手交扣，露出試探般的眼神。

「……妳看那一桌。母親大人真是的，一眼就能看出她很想喝酒而心神不定呢。熱情地在跟菲爾古斯叔叔大人談話的老人家……是『劍聖』德文特呀！學園長不是說過，他成了眾多英雄故事的主題嗎？」

「真的……都是些很厲害的人物。」

「我們只因為是公爵家成員，就待在這裡真的好嗎？」

繆爾看準記者的興趣不在自己身上的時機，啜飲紅茶。

相對的莎拉夏則是完全沒碰桌上的點心一口。

「我還以為莉塔和愛麗一定也收到邀請了呢。」

繆爾亮出王牌。莎拉夏的視線還是一樣望著遠方。

「那樣的話，大家就能一起揶揄庫法老師了呢？」

「說得也是呢……」

莎拉夏的視線總算望向自身的膝蓋。

「如果能找庫法老師商量……」

繆爾不耐煩地將身體探向前方。周圍的餐桌離她們相當遠。

攝影機的快門也不可能連對話內容都記錄下來吧。

「莎拉，妳從剛才開始究竟是在**找誰**？」

「……父親和母親。」

「咦！伯母大人他們回來了嗎？」

「哥哥說『今天能見到他們』。」

莎拉夏這麼說道，露出前所未見的陰鬱表情。

「他還說『所以妳務必要參加會議』……」

「嗨，莎拉夏！繆爾。我自豪的妹妹們。」

這時，塞爾袞．席克薩爾本人造訪兩人所在的餐桌。瞬間，從四面八方以令人頭暈目眩般的氣勢亮起閃光燈。

他身穿輝煌的巡王爵衣裳，綽綽有餘地回應攝影機的鏡頭。

莎拉夏勉強忍到攝影告一段落，然後開口詢問兄長。

「哥哥……母親他們的桌子在哪裡？」

「我有好好地準備他們的桌子喔。妳放心吧。」

「但是哥哥大人，會議的參加者名單裡，並沒有伯母大人他們的名字喔？」

「我想給大家一個驚喜。」

塞爾袞一邊以虛無飄渺的聲音這麼說道，同時悄悄地將臉湊近桌子。

「讓會場裡的眾人都會嚇到跳起來的大驚喜——聽好嘍，莎拉夏、繆爾。無論接下來周圍的參加者有多麼混亂，妳們都絕對不能離開這個『鳥籠』喔？沒事的，沒什麼好害怕的喔。」

「哥哥……？」

「儀式開幕！」

塞爾袞．席克薩爾快活地笑了笑後，瀟灑地轉身離開。

妹妹伸出的手掌果然還是怎樣也無法搆到他——

「……自從解散革新派之後——」

繆爾一邊用茶杯遮掩住嘴角，一邊目送著王爵的背影。

「哥哥大人真是的，就連對我們也愈來愈多祕密了呢？」

「…………」

塞爾袞的背影眨眼間就遠離兩人所在的桌子，沒多久後就坐到原本的上座。會議場的眾人注目著他，停止議論並拿起玻璃杯。

「「「敬聰明的年輕王爵大人！」」」

「謝謝。非常感謝各位。」

LESSON: I
～燭臺裂開時～

塞爾袞也拿起玻璃杯回應，並啜飲一口香檳。

他以優美的動作將玻璃杯放回原位，向參加者打招呼。

「會議應該已經達到最高潮，不知各位有何感想呢？重新回顧這一年，覺得在弗蘭德爾的生活如何？我這個生手的政治是否有不周到之處？」

「王爵的本領著實令人欽佩！」

想奉承塞爾袞的一名官僚率先尖聲說道。

「政治手腕凌駕曾被譽為『黃金詩君主』的那名伊蒂絲．拉．摩爾女王陛下！證明了以勇猛聞名的席克薩爾家甚至文武雙全呢！」

身為女兒的繆爾看見亞美蒂雅不滿地扭曲了嘴脣。看來那個官僚似乎忘記巡王爵的任期為「三年」，等時期到來，拉．摩爾家的亞美蒂雅將會再次登上王座這件事實。

儘管其他參加者不像他這麼糊塗，但也是各自說盡好話來讚揚王爵。有人是企圖增加預算，有人是想要開拓事業的立足點，還有人是因為單純的想求功名……

「王爵大人很仔細地瀏覽每一個民眾的請願書——」

「多虧了王爵大人幫忙採取對策，下層居住區的物流也變得順暢！」

「總覺得社員充滿了活力呢。」

「我對著王爵大人的照片許願，結果就贏了重要的比賽！」

塞爾袞迅速地高舉手掌，遏止暴風雨般的讚賞。

他的美聲迴盪在安靜下來的會場內。

「各位能這麼認為，我深感萬幸！……但是。其實我本身並無法信服自己身為國王的成果。」

參加者面面相覷。菲爾古斯・安傑爾的眼皮抽動了一下。

率先感覺到危險氣息的是莎拉夏。

「哥哥……？」

當然，塞爾袞所在的桌子那邊聽不見莎拉夏的聲音。那個官僚不忘搓手諂媚。

「是，是啊，沒錯！倘若是充滿上進心的王爵大人，想必會那麼認為吧。接下來的兩年將會變成更加光輝洋溢的——」

「接下來的兩年？我們沒時間說那種悠哉的話了！」

塞爾袞突然大聲說道，讓參加者都嚇得發抖。

——這就是「驚喜」？繆爾與莎拉夏疑惑地互相對望。

搓手的官僚並不氣餒。

「您……您……您……您的意思是……？」

「請各位再仔細思考一次看看——這一年當真是安穩的一年嗎？首先我的加冕典禮

LESSON I

～燭臺裂開時～

就遭到恐怖分子攻擊，隨後下層居住區的鄉哥爾塔差點被藍坎斯洛普給毀滅。然後夏天也發生無法告知各位的大事件——最新的事例就是沒多久前的鋼鐵宮博覽會！」

塞爾袞像在演戲般的演講，讓會場的眾人都盯著他看。

不過，眾人還是一樣不明白他到底想說什麼。他自己貶低自己，是作何打算？

塞爾袞打從心底感到沉痛似的擺出抓住左胸的動作。

「……理應展示國家威嚴的祭典成了犯罪組織的目標，還差點出現大量傷亡者……我那一天刻骨銘心地實際感受到了。弗蘭德爾被眾多敵人給包圍著，國民的和平如履薄冰！」

「不……不……不過，博覽會的事件，王爵不是事先採取了對策嗎……？」

「要是對策再晚了一個小時呢？即使只有一個人，萬一各位的家人和朋友成了犧牲品？我們沒空說什麼『今後兩年』這種夢話了。現在！就在今天！就在此地！國民希望我們能採取具體的解決對策！」

菲爾古斯公想從椅子上站起身。但塞爾袞立刻高舉手掌制止他。

「世界會議」只是徒有其名，今天被邀請到這裡的名人幾乎都跟政治無關。沒有任何一人能夠理解年輕王爵在述說著怎樣的展望。就連負責警備的騎士也面面相覷，菲爾古斯公嚴肅地蹙起眉頭。

不過，說不定只有「她」注意到了而已。

只有莎拉夏……

注意到哥哥又打算做出沒有任何人期望，異想天開的行動——

塞爾裘正中紅心地射穿莎拉夏不祥的預感，只見他高舉手掌。

「我在此提議，為了永久守護弗蘭德爾的和平，我們應該從根本重新檢視防衛體制！進行歷代國王從未下定決心施行的真正改革！」

「要做什麼……」

「就是做出**與藍坎斯洛普和睦相處**這個選擇！」

啪！他高聲彈響手指。

與此同時，茶室的門扉盛大地被打開了。

「大家好，大家好！剛才承蒙王爵介紹了。沒錯，我就是藍坎斯洛普！」

以菲爾古斯為首，反應快的人立刻轉過頭去。

非能力者的會議參加者驚訝地睜大了眼。彷彿在享受那表情一般，站在門扉前的「**像男人的野獸**」揚起他裂開的嘴賊笑。

「——夜界居民！」

以服務生為首的女性參加者發出尖聲哀號。緊接著有好幾隻「野獸」衝進茶室，飛

LESSON: I

~燭臺裂開時~

奔穿過餐桌的縫隙間。

那些「野獸」——看起來像是狼。但他們分散到會議場各處後，**直挺挺地**用兩隻腳站了起來，回過神時只見他們穿著作工精細的的西裝。頭部也並非完全是野獸的外貌，而是變化成接近洋溢著野性氣質的人類外型。

繆爾與莎拉夏一邊回想起課本的知識，同時踢開椅子站了起來。

「「『狂人狼（Werewolf）』族！」」

隨後，理應是裝飾的柵欄毫無預兆地滑動，堵住了巨大鳥籠的出入口。儘管莎拉夏和繆爾連忙飛奔靠近，但柵欄已經動也不動。

「哥哥！」

縱然完全被囚禁住的莎拉夏這麼吶喊，她的聲音也並未傳入理應能聽見的兄長耳中。

會議場一片騷然。最先出現的狂人狼族男性穿著格外高級的西裝，看來是整合部下的領導者。他叩叩地踩響擦得發亮的皮鞋走近餐桌，只見參加者發出「噫！」的慘叫，從椅子上摔落。

狼男舉起單手，恭敬地鞠了個躬。

「聚集在此的各位！」

捲曲的長髮與鬍渣。他揚起宛如野獸一般裂開的嘴角，炫耀他的犬齒並嗤笑。

倘若以人類的基準來判斷，感覺他超過四十歲了，但他柔軟地伸直的高大身材和沉不住氣的滑稽動作，彷彿初出茅廬的小丑一般。是個給人印象很不協調的男人。

「本大爺正是這次王座會議最後的參加者……同時也是藍坎斯洛普首次的來賓！月亮的象徵、高貴的狼之末裔……狂人狼族！希望各位能蘊含著親愛之情，稱呼本大爺為『馬德·戈爾德』。咯……咯咯咯！」

「馬……馬德·戈爾德（Mad Gold）……？」

「本大爺在夜界有一定的立場——擁有『夜界樞機卿（Testament）』的地位！……咯咯。」

自稱是戈爾德的男人聲音，才心想他不自然地將臺詞分段，又突然一口氣說個不停，非常難聽清楚。

只不過他的音量相當大。在帝國飯店值勤的警衛對「藍坎斯洛普」、「狂人狼族」、「夜界樞機卿」這些詞產生反應，趕來會議場。

「這是……！」

身穿紅色騎士服並配戴著勳章的警備隊長，一邊顫抖著八字鬍，同時拔出劍。

「看守在搞什麼？你們是從哪裡闖進來的，這群惡魔！」

隊長率先一蹬地板，七名部下接連撲上前。其中一人用軍鞋踩踏餐桌，高高飛舞到

LESSON: I ～燭臺裂開時～

天花板。玻璃杯被震飛，參加者發出哀號。

戈爾德和其他狂人狼族毫不緊張，泰然處之。

「真是粗暴！」

馬德‧戈爾德用長著銳利爪子的食指咚咚地敲了敲一旁的餐桌。

結果光是這樣的動作，餐桌就從地板上跳了起來。與豪華的作工相較之下，十分堅硬厚重的餐桌以驚人的氣勢旋轉起來，同時直接撞上一名騎士的下頷。

騎士從嘴裡噴出血，被撞向後方。

「好啦好啦，各位坐下吧。」

戈爾德從容不迫地走著。他沿途將剩下的椅子一張張用食指彈開。

椅子以砲彈般的速度吹飛出去。他乾淨俐落地將飛撲過來的騎士打回去，讓他們滾落到牆邊。警備隊長一口氣加強警戒。

他在腰部架起使用已久的愛劍。

甚至讓空間扭曲的火焰（瑪那）被解放出來。

「『引爆……——！……？………！」

攻擊技能的宣言在途中消失了。

究竟是怎麼一回事呢？只見警備隊長用自己的手勒住自己的喉嚨，拚命地想擠出聲音。可憐地收斂起來的瑪那從他的愛劍上化為霧氣散開。
馬德・戈爾德露出彷彿常識一般的態度，在嘴角豎起食指。
「噓、噓、噓！保持『沉默』。在會議場必須安靜點才行……！」
在警備隊長連呼吸都變得困難的時候，戈爾德用另一邊的手掌又甩飛一張餐桌。
隊長甚至連抬起劍尖的判斷都慢了一拍。
因此在千鈞一髮之際插進來的白銀騎士，用長劍揮開椅子。
「菲……菲爾古斯公……！」
警備隊長氣喘吁吁地勉強抬頭仰望眼前的背影。
菲爾古斯・安傑爾毫不鬆懈地一邊讓瑪那充滿全身，同時瞪著強敵看。
「居然是超級警戒種(Testament)……夜界的大地主來弗蘭德爾有何貴幹？」
「這還用說！我受邀參加今年的王座會議啊。來晚了真是抱歉……！」
菲爾古斯稍微瞪了一下站在馬德・戈爾德後頭的塞爾裘・席克薩爾。
有個人影慎重地從塞爾裘的背後一步步逼近。
甚至沒穿著騎士服，而是年輕的服務生。是菲爾古斯為了以防萬一，事先埋伏在會議中的伏兵。他的右手掌藏著餐刀。
他消除氣息，像是滑行似的逐步靠近。獵物(塞爾裘)依舊面帶看似無害的笑容——

LESSON: I ~燭臺裂開時~

隨後，服務生以快到看不清的速度動了起來。

他用最低限度的動作將餐刀劃向塞爾袞的脖子，然後手掌一閃——「得手了！」菲爾古斯也清楚地察覺到他的內心這麼呼喊著。

不過，刀刃以毫釐之差並未搆到塞爾袞的死線。

塞爾袞本身並沒有動作。

取而代之地從他背後冒出來的「影子」，以具備質量的手臂將服務生揍飛。被打中臉部的服務生吹飛出去。從他手裡飛離的餐刀氣勢猛烈地在地板上滾動，參加者又發出尖聲哀號。

「怎麼可能……！」

服務生一邊流著鼻血，一邊以驚愕的眼神抬起上半身。

並不是因為奇襲失敗感到驚愕。

而是因為塞爾袞操縱的「影子」真面目。讓人聯想到人類上半身的那個影子，有著彷彿惡魔一般肌肉發達的輪廓。那影子纏繞著黑煙，迸出猙獰的殺意。

「影子」從凹陷的眼窩朝這邊投以被妄執附身的視線。服務生顫抖起來。

「那股力量並非瑪那……！是藍坎斯洛普的異能(咒力)吧？」

「這樣不行呢，居然反抗自己的國王。」

塞爾袞總算轉頭看向服務生。

和平常絲毫沒兩樣的微笑，讓年輕的服務生打從心底發冷。

「——你有做好覺悟，要揹負殺害國王的十字架嗎？」

「你終於露出本性了啊，塞爾袞。」

女性的美聲在這股龐大的壓力當中響徹周圍。

亞美蒂雅．拉．摩爾在參加者的注視中走上前。她本身瞥了一眼「鳥籠」的特別席

——確認女兒等人平安之後，高高舉起手臂。

警備隊長回應她的動作，將愛劍扔了過去。

劍柄俐落地被吸入女公爵的左手掌。亞美蒂雅一邊用巧妙的指法揮舞著劍，同時走

到菲爾古斯身旁。

凜然地揮出的劍尖，瞄準了一直賊笑著的馬德．戈爾德，與纏繞著黑暗影子的塞爾

袞．席克薩爾的心臟。

「我身為評議會的一員，在此提出要求——你現在立刻奉還巡王爵的地位，並等候

制裁。居然說要和睦相處？身為騎士公爵家，居然打算與藍坎斯洛普聯手，真令人無法

想像。」

「真傷腦筋。」

塞爾裘從空無一物的空間颼地拉了什麼出來。

是他的愛矛。他已經毫不遮掩那異端的力量。

「現在這國家的國王是我。你們的行為是對弗蘭德爾的反叛喔？」

「那就來決定吧。」

菲爾古斯・安傑爾以堅定不移的語調回答，他架起長劍，將劍尖對準對方的眼部，壓低重心。

「決定哪一邊才是對國民而言的『正義』……」

「咯咯！人類就是這樣，所以才有趣啊！」

戈爾德以令人不愉快到極點的態度嗤笑，體毛濃密的雙手手掌迸出凍氣（咒力）。

他宛如藝人般，向顫抖不停且無法動彈的參加者打招呼。

「還請理解，弗蘭德爾的諸位！能夠只靠瑪那之力來守護都市的時代已經結束了！今後請跟好友……沒錯，換言之就是與我們狂人狼族！一同發展，分攤辛勞，用融合了瑪那與咒力，無人見過的光輝照亮這個『夜晚』！革命之時到來啦！」

「這些蠢話還說得真好聽……」

亞美蒂雅用力握緊劍柄，將刀身拉到臉部旁邊。

一邊是安傑爾家與拉・摩爾家的當家。一邊是「英雄」席克薩爾家最年輕的當家，與擁有夜界樞機卿頭銜的超常狂人狼族……聚集在現場的會議參加者，沒有任何一人能預測到決鬥的結果會是如何。

即使是公爵家自己人也一樣。

「怎麼會這樣……」

繆爾．拉．摩爾緊握被關閉起來的柵欄，顫抖著她彷彿妖精般的美貌。

她的摯友莎拉夏已經快放棄開口呼喚一事。映照在視野正中央的兄長露出跟平常一樣的柔和表情，卻操縱著從未見過的黑暗影子。這樣的差距撕裂少女的心靈。

明明以為他——以為塞爾裘從小時候開始，就片刻不離地一直守護著自己，但他其實早就拋下妹妹，啟程到陌生的場所去了。

究竟從何時開始？

一年前，與堂姊妹庫夏娜．席克薩爾爭奪王爵之冠時？還是更早之前，揮舞著革新派旗幟將眾多貴族捲進來時……或者說不定從他繼承當家之位，開始隨心所欲地操控席克薩爾家那時起——

影子在莎拉夏那雙翡翠色的大眼眸左右動了起來。

三名戰士與一名怪物從兩側展開激戰，在中間點產生火花。

隨後，爆發性地膨脹起來的光彩，將少女們的視野染成一片空白——

LESSON: I ～燭臺裂開時～

† † †

弗蘭德爾二月第四週，王座會議隔天的第二天。

從都市的第一層到第五層，遍及人類生活的各個地區，都大肆報導著某個新聞。據說巡王爵在會議上宣言要與藍坎斯洛普和睦相處來進行革命，還有同時在會議場出現的狂人狼族團體——

讓聖王區淪陷了。

LESSON：Ⅱ ～被稱為英雄的覺悟～

「大新聞！大新聞──────！」

在早晨的卡帝納爾茲學教區，可以看見一個少年的身影飛奔過大街。

是戴著跟往常同一頂報童帽的報販。他一抵達商店街，就立刻撒起塞滿在包包裡的傳單。居民從道路的左右兩側聚集起來。

報販拒絕收錢，將傳單塞給每個遇到的人。

「塞爾袞國王施行了新政策！參事會下令──告知全國民眾！好啦，拿去吧！無論是小孩或大人，都牢牢地記住這消息！」

「什麼什麼……？弗蘭德爾在今日廢除領地的防守──」

「無論是工匠、商人或官員！都得服從聖王區派來的『特使』的指示！──啊，喂，走在那邊的女僕姊姊！」

可以看見一名少女避開人群，試圖快步通過。

是在梅莉達宅邸工作的女僕長艾咪。她雙手提著看來頗重的購物籃。少年報販繞到她面前。

「請收下！帶走這份號外吧！」

「……不用了，我不缺。」

艾咪低下頭避免與少年四目交接，通過少年身旁。

但她映照著石版路的視野中，映入了某人的鞋子。

艾咪猛然抬起頭來。如果沒停下腳步，差點就撞上對方了。

對方是個身高超過兩公尺的巨漢。他帶著好幾個人，穿著同一款風衣。艾咪不禁忘了呼吸，啞口無言。

對方的頭部是狼的頭。

狂人狼族的巨漢將血盆大口宛如新月一般裂開，發出嗤笑。

「這位小姐……我幫妳拿那個看來很重的行李吧？」

「……」

艾咪倒退兩三步，飛奔到道路的反方向。

狂人狼族的男性目送著她離開。他們的眼眸就宛如注視著兔子的狼——

艾咪一邊繞遠路，一邊回到梅莉達的宅邸，將門扉牢牢地關上。

……就算不特地拿什麼號外，她也非常清楚弗蘭德爾目前的狀況。畢竟光是在大門前掃地，彷彿跑馬拉松還什麼似的飛奔而過的報販就會將早報塞過來。無論哪份報紙的頭條報導都一樣。

她通過廣闊的植物園，走過架在小河上的橋，回到自家的梅莉達宅邸。

艾咪從後門進入廚房，才總算「呼……」地鬆了口氣。

「妳回來啦，艾咪……！」

立刻前來迎接的女僕同伴麥菈接過購物籃。

「好重！」她嚇了一跳。沒錯……艾咪沒來由地採買了比平常還多的量。艾咪將水倒入杯子，一口氣喝光之後，坐到椅子上。

「……街上情況如何？」

女僕同伴之一的葛蕾絲這麼詢問。她用力地握緊掃帚，該不會是打算以此為武裝吧？很像在同僚的女性群之間個子最高且力氣大的她會做的事。

雖然明白她的心情，但這是杞人憂天。

「跟平常一樣喔。」

艾咪疲憊似的這麼說道，用手掌按住額頭。

「這反倒很詭異！明明弗蘭德爾都變成這樣，為什麼我們的生活卻一如往常呢……

LESSON：Ⅱ ～被稱為英雄的覺悟～

明明有狼臉的可怕人們在街上晃來晃去，他們卻沒有危害任何人！」

麥菈輕輕地將手貼在艾咪肩上。艾咪依偎著那股體溫取暖。

「……雖然不是希望他們掀起戰爭，但我不知道自己該露出什麼表情去面對他們才好。騎兵團的人也在他們進駐時從街上消失了……現在究竟是什麼情況？」

喀沙——響起紙張摩擦的聲響。

早上被扔進屋裡的報紙在廚房桌上大大地被攤開。第四名女僕同伴妮采戴上看書用的眼鏡，仔細閱讀著內容。

「……騎兵團反對塞爾袞王爵的新政策，固守在賽勒斯特泰雷斯凱門區抵抗。是之前舉辦鋼鐵宮博覽會的要塞呢。我看看，『狂人狼族外交代表耐心地進行說服』……？留在各街區（坎貝爾）的騎士，似乎被斷絕與上層的聯絡，進退維谷呢。」

「老爺怎麼了？」

「菲爾古斯公……安傑爾公爵家……找到了。」

妮采搜尋報導中有提及的部分，朗讀出來。

「菲爾古斯・安傑爾以及亞美蒂雅・拉・摩爾在擾亂會議場並抵抗後逃走。其中一人身受重傷，另一人下落不明。狂人狼族的馬德・戈爾德樞機卿擔憂他們的安危，正在追查行蹤——」

妮采朗讀到這邊，將報紙扔向桌上。

「這一定是謊言。老爺可是人稱騎兵團最強，無論對方是怎樣的敵人，都不可能落敗。亞美蒂雅大人也是……」

「就是說呀。」

艾咪像在說服自己似的點了點頭，看向窗戶。

窗外是一如往常的風景——

「可是，無論哪家報紙都異口同聲地報導著同樣的內容。」

鬱悶的空氣籠罩在熟悉的廚房裡。

明明世界才一個晚上就變了樣，人們的生活卻跟到昨天為止沒有兩樣。一到早上店家就會開門營業，路人各自趕往自己的職場，孩子們吃了早餐後梳理門面，出門上學以免遲到。

與梅莉達情同姊妹的艾咪擔心得不得了。

「梅莉達小姐和庫法先生他們沒事吧……」

在窗戶對面。理應聽不見的上課鐘聲，從聖弗立戴斯威德響起。

† † †

LESSON: II
～被稱為英雄的覺悟～

這一天，聖弗立戴斯威德女子學院急遽舉辦了全校集會。
三個年級共三百名的學生聚集在大堂，側耳傾聽從講臺傳來的聲音。
此刻一名身穿修女服的女性正站在講臺上。
只不過她的頭部是狼的外貌。
雖然她似乎露出微笑，但在女學生眼裡，那表情看來只是一臉凶狠樣。
「我是……抹大拉……『聖母』抹大拉……」
她轉動頭部，環顧在場所有女學生。
然後突然大叫出聲。
「多麼惹人憐愛啊！」
一年級團體嚇得全身顫抖。
她的低喃剛輕柔得彷彿用羽毛在撫摸一般，卻突然搖身一變，發出對心臟不好的尖銳聲音。就連學院的講師也感到困惑，不知如何應對。布拉曼傑學院長露出看似不安的眼神。
自稱是抹大拉的聖母毫不介意地繼續打招呼。
「我們狂人狼族……在夜界被稱為『**無血主義者**』。可說是在藍坎斯洛普當中……

與各位人類最貼近的一族吧……呵呵！嗯呵呵呵呵！」

「妳說你們是無血主義者？」

似乎就連布拉曼傑學院長也不曾聽說過。抹大拉緩慢地轉頭看向講師群隊伍。

「我們……並不希望與人類爭鬥！無論是狂人狼族或人類，都不能讓雙方流任何一滴血……我們至今曾好幾次說服並阻止不理解這件事的夜界強硬派勢力。」

講師面面相覷。每個人都是曾加入過騎兵團的騎士。

……在隊伍當中並沒有拉克拉·馬迪雅的身影。她從幾天前就請假休息。

抹大拉彷彿在提醒似的說道：

「我們是朋友。」

然後轉頭看向學生團體。

她比手劃腳地繼續演講。確實是五根手指，但長著銳利爪子，彷彿狼一般的手掌從修女服袖子裡忽隱忽現。

「我們『聖母』……不僅限於聖弗立戴斯威德，而是被派遣到弗蘭德爾所有的騎士學校……為了讓各位理解我們的『無血主義』，希望能以教育顧問的身分！盡一己之力來工作……」

她所說的話語內容。

還有那難以聽清楚的語調，讓三百名女學生感到困惑。

不過，只有在紅薔薇制服的中心——個頭特別高大，身穿黑衣的庫法注意到了。這些狂人狼族抑揚不協調的說話方式，是「不懂人類語言的生物靠臨陣磨槍在說話」。

聖母抹大拉彷彿在宣告神諭似的張開雙手。

「我想送各位一個禮物……來表示親愛之情。」

她的視線稍微瞥向後方。

幾名講師露出不情願的表情，走上前來。雙手還抱著什麼沉重的東西。

那個「禮物」什麼的從學生隊伍的一邊開始依序被分發過來。梅莉達與一旁的愛麗絲也接過禮物，在雙手間攤開。

附帶一提，平常的固定成員中，只有蘿賽蒂此刻並不在現場。她說「我有事非辦不可」，在通學路上與大家分開了。也因為她離開前再三拜託的緣故——庫法一邊將手貼在梅莉達與愛麗絲的背後，一邊窺探著「禮物」。

是鮮紅的頭巾(Wimple)。儼然是修女愛用的那種頭巾。

抹大拉看準頭巾分發到所有學生手上的一刻，一臉滿足似的笑了。

「這是我……親手製作的。據說弗立戴斯威德的制服是『紅色』，所以我試著染紅了……呵呵。」

學生不知該如何反應。於是抹大拉又突然大叫出聲。

「戴上！」

學生反射性地動了起來。梅莉達與愛麗絲也慌慌張張地確認頭巾的正反面之後，將頭巾戴在嬌小的頭上。

因為三個年級被混在一起發，所以頭巾尺寸大小不一。發育較好的三年級生似乎覺得頭巾太緊，相反地像是一年級的緹契卡．斯塔齊，則是煞費苦心地想避免顯然太鬆的頭巾滑落下來。

但從抹大拉的笑容來看，這些事情似乎都是微不足道的問題。

「──這是制服。從今天開始，在學院內一定要戴上這頭巾。違反校規的人會處以嚴厲的懲罰……呵呵呵！總覺得我突然變得很有老師的樣子呢……？」

這時候點頭就好了嗎──女學生因為頭巾的緣故，就連要跟身旁的同班同學四目交接也很辛苦。

「我在這間學院，有一件事情……想教導給各位。」

抹大拉起勁地繼續說道。

「節制。」

就連講師也面面相覷。聖母抹大拉走下講臺。

LESSON: II

～被稱為英雄的覺悟～

她像是要撥開紅薔薇花田似的走在學生隊伍中。她的手指動作像是在跳舞，又像在作夢一般，說得難聽點，就是感覺陰森。

「謹言慎行……克制慾望……磨練自己的內心，以成為清廉之人為喜悅……！這十分貼近聖弗立戴斯威德女子學院的信條吧？——是吧！」

「噫！」

看到抹大拉突然停下腳步向自己拋出話題，站在那裡的二年級女學生嚇得點頭如搗蒜。

確實，「培育出賢妻良母」這句學院的宣傳詞，與聖母抹大拉的教育方針感覺並沒有矛盾。聖母沒有再多看女學生一眼，再次輕快地邁出步伐。

「我……認為自己能跟各位相處得非常融洽……一直很期待來到這裡……——明明如此，為何——」

嘰——她踩響鞋底停下腳步。伸出手掌。

被撫摸下頷的是庫法。

即便有毛骨悚然的感觸攀上肌膚，他也絲毫不為所動。

「為何像你這樣的礙事者……會闖入這美麗的女子學院呢……？」

梅莉達沉下臉來。庫法用單手悄悄阻止了那樣的主人。

抹大拉隨意地用雙手手掌撫摸青年的肩膀與胸膛。

「看這身衣服，你是軍人呢……至今為止殺害了無數個，無數個……夜界同胞……但你放心吧？我們已經是朋友嘍……？」

「……不敢當。」

「但你很礙事。」

抹大拉將她野獸的嘴巴湊近庫法的耳邊。

輕聲低喃。

「給我出去。」

梅莉達終於忍受不了，插入兩人之間。

狂人狼族的個頭整體而言都十分高大。被嬌小的梅莉達從下方瞪著看，抹大拉誇張地露出驚訝的動作。

「我知道喔……安傑爾家……我知道妳，梅莉達．安傑爾……」

「……」

「妳的母親……是個荒唐的蕩婦。拋棄丈夫，貪求慾望！呵呵呵……但我會好好引導身為女兒的妳……以免妳誤入歧途……！」

梅莉達火冒三丈，想走上前更靠近對方時。

LESSON Ⅱ ～被稱為英雄的覺悟～

不曉得是怎麼回事。

「嗚……！」

在那之前，梅莉達突然按住頭蹲了下來。庫法與愛麗絲立刻從左右兩旁扶住他。「小姐！」、「莉塔？」

「我的頭……！」

梅莉達如同她所說的，緊抓頭部——或者該說是握緊戴在頭上的頭巾。

庫法也將手貼上去，然後注意到。

那個頭巾……變得非常**沉重**，重到感覺不像是布料。梅莉達是因為重量才硬是被迫低下頭的。儘管庫法試圖解開繩子，但立刻有個聲音嚴厲地落下。

「那是制服！不能脫掉！」

庫法怒瞪抹大拉。她儼然聖母似的露出微笑。

「那條頭巾……在你心懷邪念時……會給予懲罰，讓你知道自己犯了錯。『要自戒自律』……它會用正確的聲音……向你這麼低喃，呵呵。」

「請等等，聖母抹大拉。」

一直靜觀到這邊的布拉曼傑學院長像是再也忍受不了似的插話了。她看似焦躁地拄著枴杖，拖著不聽使喚的雙腳移動。

她的眼光彷彿在說倘若自己身為戰士處於萬全的狀態，非常想將抹大拉趕出這裡。

「在聖弗立戴斯威德絕不會有給予痛苦來指導學生這種事。」

「但這就是我的教育方針。」

聖母高舉一張羊皮紙。

那無庸置疑地是都市參事會發行的委任書。也有現任王爵塞爾袞．席克薩爾的簽名。必須噤口的反而是布拉曼傑學院長。

「我也能把妳從學院長的位置上趕下來。」

「……！」

「妳不想守護重要的家園嗎？」

這時響起了腳步聲。

是勉強踏著地板站起身來的梅莉達。

「沒……沒關係的，學院長。我不要緊。」

「莉塔……」

「愛麗也是！還有庫法老師也是，別那麼擔心喔？」

頭巾還是一樣沉重。梅莉達儘管浮現出汗水，仍燦爛地露出笑容。

她在最後又瞪了聖母抹大拉一眼。

LESSON: II
～被稱為英雄的覺悟～

「這種事根本不算什麼。」

聖母沒了笑容。

她露出彷彿那才是本性似的冷酷眼眸，彎下身體。

「那麼去上課吧——保持那模樣。」

「……！」

就這樣全校集會結束了。

之後，在聖母抹大拉的監視下，梅莉達如同她對布拉曼傑學院長和家庭教師承諾的一樣——到放學後為止，都必須一直忍受頭巾糾纏不休的重量。

† † †

「哥哥，請你說明一下這是怎麼回事！」

莎拉夏用以往從未發出過的大聲量無數次地這麼訴說。

明明如此，塞爾袞·席克薩爾卻看也不看妹妹一眼，只是在室內來回走動。

他們至今仍在王座會議的會場，聖王區帝國飯店的最上層樓。

「我不是好好地在說明嗎——這層樓全部都屬於妳。浴室在這邊——哇哦，還有娛樂室！雖然我不太能過來探望妳……但不要緊，妳一定不會無聊的。」

帝國飯店也被稱為「王宮的別墅」，就如同那稱號一般，其中最頂級的套房自然是非常奢侈的空間。

塞爾袞大致確認過客房的設備後，打開客廳的窗戶。

雖然景色超群，但這高度實在沒辦法降落到地上……

兩人都依舊穿著參加王座會議時的王爵披風與禮服。

「我在意的是其他事情！你是作何打算，將藍坎斯洛普——」

「妳需要的東西我都會派人送來，想找人幫忙的話，只要敲響呼叫鈴就行了。但絕對不能離開這層樓。明白吧？」

因為兄長完全不聽自己說話，莎拉夏的耐心終於到達了極限。

她放棄追逐塞爾袞的背影，用力地踩踏地板。

「哥哥！看著我！」

塞爾袞大吃一驚似的，總算轉頭看向這邊。

莎拉夏自覺到自己露出快哭的表情。

「你為什麼要做這種事……？」

「莎拉夏……」

LESSON: II
～被稱為英雄的覺悟～

塞爾袞露出打從心底感到沉痛的表情，走近妹妹身邊。

他將手掌放在莎拉夏肩上。如果他能就這樣將一切都詳細地坦白出來，該有多好呢？但他仍舊和平常一樣，在真心上戴著面具，露出笑容。

用跟以前——安撫年幼妹妹時一樣，絲毫不變的溫柔態度。

「妳大概已經無法相信我了吧？但我會完成目標的。縱使有一天這身軀會遭到斷罪火焰灼燒——莎拉夏，只要妳幸福就好了。」

「哥哥……」

「我走了。我會再來看妳。」

啾——塞爾袞吻了一下妹妹的額頭。

然後轉身離開。他搖晃著王爵的披風，用毫不迷惘的腳步離開房間。

房門緊緊地被關上，鎖住——莎拉夏膝蓋一軟，跪倒在厚重的地毯上。

「無論何時，我都相信著你……！」

若是能抱緊哥哥，挽留他的話該有多好呢？

但總覺得靠那種孩子氣的態度，無法改變任何事情。

莎拉夏在理應是孤單一人的房間中，聽見了聲音。

——千萬不能誤會喔，莎拉夏小姐。所謂的「相信」是怎麼一回事？

莎拉夏忍住眼淚，睜開眼皮。全國各地都有仰慕王爵塞爾袞・席克薩爾的人，但他本身能交心的人相當少。他的真心話依舊成謎。儘管如此，「那名青年」仍然……說他相信兄長的本質和良心。

——這是我給妳的唯一一項作業。

一股想詢問答案的衝動湧現上來。

莎拉夏打從心底憧憬青年的頭號徒弟……同時也是莎拉夏摯友的那個金色天使。

「庫法老師……我該怎麼做呢……？」

好想現在立刻飛撲到他的胸口，忘記一切向他撒嬌。

或是希望他能像王子殿下一般，從這高大建築物的窗戶帶自己離開這裡。

……但莎拉夏充分地體會到，只要自己逃避在那種幻想當中，是絕對無法拯救兄長的。

塞爾袞・席克薩爾隔著房門，察覺到妹妹那樣的苦惱。

他將鑰匙從門把上抽出來，沿著走廊前進。

在距離沒多遠的牆邊，有一名少女靠在牆上。

「不把我關起來沒關係嗎？」

是繆爾．拉．摩爾。她並非穿著參加會議時的禮服，而是便服打扮。她還是一樣，該說她處事精明嗎……她似乎不知不覺間在事先確保的客房中整理好門面了。

放置身為亞美蒂雅公女兒的她，確實也有危險。

但塞爾袞左右搖了搖頭。

「我有事情想拜託妳。」

「哎呀。」

繆爾露出裝模作樣的表情，冷淡地將臉撇向一旁。

「我已經不是革新派成員嘍？有什麼理由要聽從哥哥大人的命令嗎？」

「這是我一生的請求。」

塞爾袞堅定地將手掌放在繆爾的肩膀上。

繆爾不禁一臉正經地抬頭仰望他。

「……一生的？」

「對，沒錯。」

塞爾袞連連點了好幾次頭。

「這應該是貨真價實，我最後一次拜託妳做什麼了吧——」

LESSON II ～被稱為英雄的覺悟～

† † †

另一方面，在帝國飯店一樓，從昨天延續下來的會議熱烈進行著討論。

說是這麼說，但熱烈演講的主要是坐在上座的一人。

「換言之，以本大爺等人『無血主義者』的計畫來說——」

其他參加者總算開始理解這已經重複好幾次的演講。

無論是誰，都是代表弗蘭德爾的知名人物。

「以這個弗蘭德爾為據點……開拓新商業……？」

「正是如此！」

馬德．戈爾德輕快地笑了笑，將雙腳從桌上放下。

他還是一樣，相對於那滿是皺紋的臉和中年般的外貌，態度宛如輕浮的年輕人。

但他無庸置疑地是「無血主義者」狂人狼族的代表。

「夜界有各種思想的傢伙——人界也是一樣吧？特別是關於對弗蘭德爾的處置，更是個纖細的問題……！將人類居住的大地徹底給消滅吧！——雖然也有膚淺的傢伙這麼主張。」

一名參加者顫抖起來。戈爾德用野獸般的嘴得意地笑了笑。

「……那種傢伙什麼也不懂。不懂諸位擁有的**可能性**。但『我們』非常清楚。倘若諸位能接受和睦相處——我可以承諾，狂人狼族會以好友的身分，與諸位一同守護人界的領土與主權。」

「哦……哦哦……」

有人讚嘆似的吐了口氣。

在帝國飯店的茶室——也就是會議場中殘留著壯烈的戰鬥痕跡。大理石地板朝四面八方裂開，已經沒辦法使用的餐桌碎片散落一地。

受邀參加會議的參加者依舊被拘束在飯店裡，也無法任意外出。報社的記者還是跟昨天一樣並列在牆邊。只有他們有時會帶著取材的成果從會議場飛奔而出——他們的記者魂實在令人敬佩。

攝影機的閃光燈亮起，一名參加者用緊張的表情挺直了背。

「不……不過，雖說要和睦相處，但我們是長年敵對的不同生物……要讓所有國民接受這件事，應該需要一段時間吧？」

「最快的方法就是我方跟諸君變成『血緣關係』。」

戈爾德彷彿想說總算能進展話題似的這麼說道。

但他這番話的內容實在意義不明。參加者面面相覷。人類與狂人狼族無法跨越種族生子，這表示所謂「策略婚姻」的效果相當薄弱。

戈爾德彷彿想說他明白這點似的，高舉那野獸般的手掌。

「我早已跟塞爾袞王爵設想了最適合的方法——進來吧！」

啪！他彈響手指。

簡直就像在重現塞爾袞邀請他加入時的狀況。茶室的大門再次——這次是優雅地敞開，人們的視線聚集到站在門後的少女身上。

那閃耀動人的美貌讓記者不由得按下快門。

年紀大約是十五歲上下吧。翠綠色的頭髮。化著淡妝，身穿氣質高雅的禮服。少女叩一聲地踩響鞋底，踏入遭到破壞的茶室。

雖然給人的印象截然不同——但倘若梅莉達和庫法在現場，應該會注意到吧。若是讓少女換上寒冷地區用的裝備，並配備**狙擊步槍**，肯定一目了然。是塞爾袞．席克薩爾的「警犬」。席克薩爾稱她為「芙莉希亞」的狙擊手。

少女彷彿獵人般的犀利眼眸依舊不變，就這樣面無表情地走近會議桌。

馬德．戈爾德很親密似的抱著少女的肩膀迎接她。

「這位芙莉希亞確實是人類，但她其實是我們狂人狼族的掌上明珠。」

「…………」

「只要讓她與塞爾裘王爵結婚，代替我們生子。然後誕生的嬰兒由本大爺來『咬一口』——」

戈爾德露出他混濁的獠牙，向參加者炫耀。

「如此就能讓王爵之子重生成人狼。我們將以此作為友好的證明……！」

「什……什麼……」

參加者幾乎都不寒而慄。報社記者以全神貫注的表情在記事本上奮筆疾書。

然後身為當事者的芙莉希亞，即使在「與塞爾裘結婚」這件事被公開的瞬間，那犀利的面無表情也依舊面不改色。

咚！有人用力一敲桌子。

「仗著我們安靜聽你說……！」

是正好坐在戈爾德對面的參加者。還在騎兵團時被譽為「劍聖」的老德文特。

他的表情彷彿如果手上有劍取代枴杖，會立刻砍向戈爾德一般。

「居然想把王爵之子變成人狼……？別說蠢話了！首先那種不知打哪來的小丫頭怎麼可能擔任王爵的對象……在談這些前還有更大的問題！」

他伸出瘦骨嶙峋的食指比著戈爾德，高聲彈劾他。

「沒錯，老夫知道喔，知道狂人狼族在夜界當中**是怎樣誕生的**！你們在那群藍坎斯

LESSON II
～被稱為英雄的覺悟～

洛普之間也被嫌惡，是歷史短淺的暴發戶，卑賤的……！嗚……哦……噢……！」

「哦？」

德文特老連珠炮似的斥責難看地被迫中斷了。

因為馬德．戈爾德依舊殘酷地笑著，並伸出手掌。

他從桌子的另一頭，根本搆不到的距離緊握空氣。

老德文特的一隻手被拖向半空中，滋滋地響起了肉塊裂開的聲音。那光景實在太過可怕，讓坐在兩旁的參加者從椅子上摔落下來。

老德文特一臉拚命地忍住哀號。戈爾德非常愉快似的笑著。

「那你的來歷不曉得有多高尚呢？」

彷彿野獸般的手指更用力地握緊。

──在那之前。從一旁伸出來的青年之手，按住了戈爾德的手腕。

是不知何時造訪了會議場的塞爾袞．席克薩爾。

「馬德．戈爾德，你們不是『無血主義者』嗎？」

「唔哦！對喔。說得沒錯……！」

戈爾德像在開玩笑似的一邊笑著，一邊揮了揮手。

老德文特的手總算從看不見的壓力中獲得解脫。他一邊護著傷口，同時一臉憎恨地瞪著桌子的另一頭。

其實塞爾袞才剛回到會議場，但他立刻察覺到參加者之間的氛圍十分險惡。他以天生的開朗個性，宛如演員一般張開雙手。

「各位！想必你們一定感到很困惑吧。這也難怪。」

與戈爾德的沙啞聲音不同，王爵的臺詞悠然且清晰地響徹周圍。不光是所有坐在桌前的參加者，就連並列在牆邊的取材記者視線也集中在王爵身上。

塞爾袞看準攝影機的閃光燈亮起的時機，繼續說道。

「革命會伴隨劇烈的變化。我想各位正難以判斷那是正確或錯誤的道路——因此！我有個提議。在這邊試著納入『我們以外』，**客觀且命運般的觀點**如何？」

「也……也就是說……？」

「各位是否忘記了呢？忘記畢布利亞哥德預言書的存在！」

每個人都無一例外，驚訝地睜大了雙眼。

就如同塞爾袞所說，他們完全忘了這回事。今年的王座會議有個精彩的重頭戲——就是從迷宮圖書館畢布利亞哥德發掘出記載著未來事件的預言書碎片。那本預言書的解禁照理說是參加者與聚集起來的報社記者十分關注的事情。

雖然已經因為革命的大騷動，沒有心思去管那些了……

塞爾袞給眾人充分的時間整理思緒後，迷人地露出微笑。

「預言書上應該也記載著**這件事**。記載著我們與狂人狼族的和睦相處會帶來怎樣的未來。各位不認為現在正是解開預言書封印的時刻嗎？」

「不愧是王爵大人，真是出色的主意！」

率先這麼喝采的是馬德．戈爾德。

他的態度彷彿對輝煌燦爛的未來深信不疑。

「恕我冒昧，這個任務能否交給本大爺呢？」

「當然沒問題。」

塞爾袞早已將那本「預言書」夾在腋下。

用來當容器的是非常適合國家文件的雅致盒子。塞爾袞慎重無比地將預言書連同盒子放到桌上後，打開鎖並掀起盒蓋給眾人看。

全桌的人都將身體探向前方，緊盯不放的視線集中在盒子上。

「哦哦，這就是……！」

盒子裡收納著看來十分古老，用繩子束起來的幾張紙片——

確實就像「碎片」，感覺是從原本的書上脫落的內頁。幾乎快要腐爛，彷彿光是解開繩子，就會像枯葉一般碎裂開來。

馬德．戈爾德意氣風發地拿起第一張紙片，深深吸了口氣。

「『在綠龍加冕之年——』」

無論是會議參加者或取材記者，都緊張地吞了吞口水，側耳傾聽。

戈爾德的朗讀相當有模有樣。

「『高貴的狩獵民族造訪燈火之都。都市之王向他們宣誓友好，狩獵一族將替都市帶來豐碩的成果吧。軍隊的憤怒之後將因美酒獲得安撫。燈火之都將重生為月之都市，人們會歡欣地歌詠重生之歌吧』……！」

騷動在桌上蔓延開來。記者反覆按下快門，以記事本要破掉般的氣勢抄寫預言的內容。老德文特深感遺憾似的按住額頭。

馬德．戈爾德一邊對眾人的反應感到滿足，一邊從盒子裡拿起第二張內頁。

預言還有後續。他一邊用雙眼追逐文字，同時深深地吸了口氣。

「『只不過——…………？』」

戈爾德的聲音在講完最初的一句話便中斷了。參加者也一臉疑惑地面面相覷。

——「只不過」？

戈爾德讓視線在文字列中來回好幾次，同時用也在說服自己似的聲音編織出後續。

「……『只不過那首歌不會聽到最後。因為光芒將伴隨著新的一天現身。光芒會率

LESSON: Ⅱ ～被稱為英雄的覺悟～

領白衣戰士在月之都市四處點亮篝火。受酒醉所困的軍隊也將找回劍。之後火焰的氣勢將會燒光寶座，在都市頂點誕生的太陽將讓愚者清醒吧……被折斷羽翼的綠龍臥倒在地。』」

戈爾德的聲音早已失去了現實感。他用爪子銳利的手指撫過最後的文章。

「『擁有人類外型的光芒。伴隨拂曉造訪的金色光輝。那位神之子名叫——」

戈爾德抬起頭來。他已經將預言看到最後。人們的視線集中在他身上。

他裂開的嘴脣空虛地宣告：

「……『梅莉達．安傑爾』。」

LESSON：Ⅲ　～巴薩卡兄弟～

「喂，你看了嗎？今天的報紙……王座會議的後續報導！」

這一天，在卡帝納爾茲學教區的所有街道都展開了同樣的光景。

居民手拿報紙，丟下早上的工作，聚集在路邊。畢竟獨占頭條新聞的「那孩子」就在這鎮上，有時甚至會在通學路上與她擦身而過。

經營她常去的文具店老闆娘，激動地用手指敲打著報紙。

「聽說那位梅莉達・安傑爾小姐是替巡王爵的革命劃上休止符的『預言之子』！」

「不過，為何是梅莉達小姐呢……？」

也有許多人壓低聲音，露出懷疑的表情。

「她還是學生吧？而且傳聞不是都說，直到最近為止，她都還是個無法使用瑪那的『無能才女』嗎？再說，根據鋼鐵宮博覽會的報導……聽說梅莉達小姐明明生於安傑爾家，卻並非聖騎士，而是擁有武士位階耶。」

「那……那表示她果然在公爵家當中是個吊車尾嗎……」

LESSON:Ⅲ

～巴薩卡兄弟～

一位朝氣蓬勃的老爹用力拍了拍悲觀的兩名年輕人背後。

「蠢貨，你們不知道嗎？說到『公爵家四姊妹』，不就是在那場鋼鐵宮博覽會解決了恐怖分子的大功臣嗎！據說梅莉達小姐在四人當中也是帶領其他三人戰鬥，擊敗主謀的領頭人物喔！」

「關……關於戰鬥的事情並非我專業──」

其他居民也緊咬這話題不放。在大學擔任代書的青年試探似的說道：

「但公爵家的三大位階應該擁有特別的力量吧？所……所以才是最偉大的『公爵』……這表示梅莉達小姐雖然是低階的武士位階，卻擁有與其他姊妹的聖騎士、龍騎士、魔騎士位階並駕齊驅──甚……甚至超越她們的力量嗎？」

「畢竟也不能懷疑預言……………唔……唔哇！」

有個「影子」從較低的位置以彷彿要撞向人群的氣勢飛奔而過。

是狼。居民還無法坦率地接受從昨天起就把這裡當成自家地盤一般，開始賴在鎮上不走的他們。但現在狼那一邊也毫不介意，他們破風前行，不停奔馳。

以令人眼花繚亂的速度拋下景色，朝著小鎮的東南方前進。

沒多久後，狼來到的地方是聖弗立戴斯威德女子學院。他粗暴地踩響石版路，飛奔衝進正門，讓正前往學校的女學生「呀啊！」地發出哀號。

所有人都遵循新校規，戴著紅頭巾。狼用兩隻腳站了起來。
於是不知不覺間，只見狼已經身穿風衣。這是狂人狼族的異能，能視情況分別運用野獸與半獸的姿態。他用像人類的手掌摘下高帽。
「啊，小妹妹們！用不著那麼害怕。我是『無血主義者』！」
狼男彷彿想說這樣就能人感到安心似的，用野獸之嘴得意地笑著。
「我名叫史皮庫斯．羅傑……是『記錄、傳遞者』！我負責狂人狼族的宣傳。將正確的情報……平等地告知眾人！我是這麼打算的——請多指教！」
他將嘴角更往上揚，但在女學生眼中，那看來只是個邪惡的表情。
原來如此，自稱是羅傑的男人，在語調經常亂掉的狂人狼族當中，感覺是最擅長說話的。他大概打了聲招呼後，便轉身離開。
身穿修女服的女性在正門前的隧道等候著他。
——不，是「狼女」。是從昨天起以教育顧問的身分前來赴任的聖母抹大拉。上學中的女學生拉開相當遠的距離，低著頭通過她的左右兩邊。
羅傑筆直地逼近她。
「——那個叫梅莉達．安傑爾的人在哪？」
「如果她有來上學，我馬上就會注意到。」

LESSON: III ～巴薩卡兄弟～

抹大拉幾乎沒動到嘴地這麼說。

她是為此才一早就站在這裡。抹大拉的面無表情感覺就像雕像一般。

「她還沒現身。」

羅傑用後腳緩緩後退。

「那我去迎接她吧。」

他在折返回頭的同時變化成狼。以驚人的速度開始沿著來時的路飛奔回去。

路人驚訝的聲音在街上宛如腳印一般響起——

早已事先調查完畢的羅傑，朝著據說是梅莉達．安傑爾與傭人一同生活的郊外宅邸前進。他僅僅幾分鐘就到達宅邸時，發現門扉前有幾個穿著相同風衣的狂人狼族人影。

羅傑也變化成半獸的兩隻腳，走過剩餘的距離，用五根手指抓住門扉。

——門上嵌著看來相當牢固的鎖。

在他想靠蠻力硬掰開的瞬間，狼的鼻子抽動了一下，感覺到異樣感。

先一步到達的同志之一，從一旁開口說道：

「已經成了空殼。」

「一看就知道了。」

在門的內側——從梅莉達・安傑爾的宅邸領地內，完全感覺不到人類的氣息。一個人也沒有。這間宅邸就宛如空房子一般靜悄悄吧。

羅傑轉過頭，眺望卡帝納爾茲學教區。

他用野獸手掌看似煩躁地敲打門扉。

「那他們究竟消失到哪裡去了？」

† † †

「小姐們，這邊請……請盡量加快腳步。」

有個四人組的身影正快步通過卡帝納爾茲學教區鐵路沿線的艾立斯塔街道。是一對高個子的相配男女（情侶），與手牽著手，感情深厚的姊妹。

走在前頭帶路的青年真面目，就算是鎮上與他認識的人，肯定也不會立刻注意到吧。因為他並非穿著平常的**軍服**，而是很少穿的便服裝扮。

當然青年就是庫法。不穿軍服是為了隱藏身分。可靠的愛刀包在背後的布裡。他一隻手提著行李箱，裡面塞滿自己與梅莉達的旅行用品。

原本現在應該是在聖弗立戴斯威德上第一堂課的時間。

LESSON: Ⅲ ～巴薩卡兄弟～

不過，伴隨拂曉的到來，他們確信狀況已經不容許那種日常了。關於王座會議的報導在鎮上四處散播時，梅莉達與愛麗絲已經急忙地準備行李，離開各自的宅邸了。

當然，少女們也一樣——反倒該說梅莉達她們才需要穿日常便服來隱藏身分。

暫時得跟聖弗立戴斯威德的制服道別了吧……而且不是穿自己喜歡的裙子，而是依照庫法指示，挑選了方便活動的短褲。此外為了盡量緩和引人注目的金髮給人的印象，梅莉達還戴上鴨舌帽。

梅莉達一邊忙碌地動著包在絲襪裡的雙腳，同時開口說道：

「艾咪她們不要緊嗎……」

「現在應該走其他路線逃離鎮上了。」

庫法說話速度有些快地回答。

關於這點要感謝蘿賽蒂。庫法等人在昨天已經確信了身為公爵家的梅莉達與愛麗絲不可能就這樣安穩無事地度過。因此才用「有非辦不可的事」這個藉口，請蘿賽蒂事先採取了對策。

此刻梅莉達的專屬女僕——艾咪、麥菈、妮采、葛蕾絲這四人，也一樣穿著便服隱藏身分，同時與奧賽蘿女士率領的愛麗絲家女僕移動到安全的場所吧……有本家做後盾，在這種時候便令人感到安心。

但是，讓無法戰鬥的人自己分頭行動這件事，令梅莉達感到不安。
所以雖說是雙面刃，庫法也只能這麼說服少女。
「現在不跟我們一起行動，反倒會比較安全。」
「…………」
梅莉達深切體會著那句話的意思，愛麗絲用力地勾緊兩人交纏的手指。
警戒著前方的蘿賽蒂開口說道：
「能看見了。」
四人的目的地並非車站。
而是車站附設的站務員宿舍。耐人尋味的紅磚建築。
一名戴著車掌帽子的人站在宿舍前。那人有些年紀，體態略胖。他每隔一秒就看向道路的左右兩邊，同時忙碌地重組著左右兩手的指尖。
他似乎在擔心什麼，冷靜不下來。
庫法等人一邊警戒著是否有人跟蹤，同時筆直地走近那個人，於是微胖的車掌總算鬆了一口氣。他的表情像是救世主終於出現了。
「啊，啊啊，歡迎各位！我恭候多時了……！」
「感謝你的協助，列車長。我想直接切入正題……」

「嗯，那個，實在是非常抱歉。」

年紀要大上一輪的列車長好幾次向應對的庫法低頭致歉。

「原本應該準備特別的貴賓車廂，卻非常失禮地讓公爵家的各位搭乘這種……嗯，嗯。」

「請別放在心上。先別提這些，現在分秒必爭。」

「是……是啊！」

列車長非常誇張地彎下身，「這邊請。」走在前頭帶領一行人。

要是在卡帝納爾茲學教區逗留，會變成甕中鱉，但車站肯定受到監視。

因此庫法等人選擇的逃離路線是是車站的調車場。等候發車的車輛和已經結束任務的列車擁擠地並列著的場所。倘若是這裡，首先就不會引人注目。

而且該說蘿賽蒂萬萬歲嗎？有令人安心的可靠「護衛」在那裡等著。

雖說正休職中，但這是隸屬於騎兵團最高峰——聖都親衛隊的她才辦得到的事情。

「——來了呢。」

靠在貨物車輛上的三名男女，看到列車長與他帶領來的庫法等四人，從車輛上抬起身體。蘿賽蒂瞬間表情發亮起來。

「葛蕾娜學姊！艾汀……還有蓋雷歐先生也來啦！」

「看來妳愛遲到的毛病治好啦，蘿賽蒂。」

爽朗地迎接眾人的三名男女，也穿著顏色樸素的便服裝扮。當然，就算沒有穿著純白的騎士服，他們似乎也是蘿賽蒂在聖都親衛隊的前輩。

感覺是隊長的戴眼鏡女性，重新面向庫法。

「雖然去年只見過那麼一次面……」

「上次見面是畢布利亞哥德圖書館員檢定考試時呢。好久不見了，葛蕾娜小姐。」

庫法立刻回答，於是她──葛蕾娜看來很開心地露出微笑。

「還是一樣，是位毫無破綻的男士呢。」

那是從現在算起正好一年前，梅莉達為了獲得圖書館員資格，到迷宮畢布利亞哥德探險那天的事情。那時也發生了不得了的事件……總之，菲爾古斯・安傑爾公爵在同天同時刻造訪學院，擔任他隨從的其中一人就是葛蕾娜。

讓人歷歷在目地回想起進行「三對一」決鬥時的光景，她也有參與其中……

葛蕾娜接著走到在團體當中特別嬌小的姊妹面前。

她輪流注視著梅莉達與愛麗絲的眼眸，進行親衛隊式的敬禮。

「梅莉達小姐、愛麗絲小姐。葛蕾娜等聖都親衛隊的三名成員，將帶領兩位前往賽勒斯特泰雷斯凱門區！」

LESSON: III

～巴薩卡兄弟～

姊妹稍微互相對望後，戰戰兢兢地鞠躬。

「麻……麻煩各位了……」

一直在等待眾人打完招呼的列車長，用忙碌的手勢表達著。

「那……那麼各位，請搭乘這邊的車輛……！嗯，讓各位到這種有點髒亂的場所，實在非常抱歉……！」

可靠的同伴一口氣增加了。葛蕾娜首先搭上艙口敞開著的一輛貨物車裡。接著庫法一邊護衛梅莉達一邊跟上，蘿賽蒂也抱著愛麗絲的肩膀緊跟在後，名叫艾汀和蓋雷歐的騎士倒退進入，防守出口。

當然，葛蕾娜他們三人都攜帶著各自的武器，藏在布裡。

庫法立刻開口詢問：

「葛蕾娜小姐，聖王區目前是怎樣的情況呢？」

「我們也不清楚詳情……」

看來冷靜穩重的葛蕾娜，也顯露出苦澀的神情。

「騎兵團的聯絡網早已經沒作用了。我們三人正好在革命的瞬間來到下層城鎮……反倒算是運氣好。因此才能從蘿賽蒂那裡接到消息，像這樣與梅莉達小姐等人會合呢。」

貨物車輛沒有充足的燈光，而且滿是灰塵，但當然不可能有人抱怨。

一行人混在之後會通過月臺的這個車輛裡，藉此逃離鎮上。

「來確認今後的預定吧。」

葛蕾娜將弗蘭德爾全街區的鐵路圖直接攤開在地板上。鐵路圖相當大。

眾人將警戒外面的任務交給艾汀他們，剩餘五人一起探頭窺視鐵路圖。

「首先前往阿庫亞立姆斯水鏡區。從那裡到上面一層的第二層——」

葛蕾娜的食指在鐵路圖上轉圈畫了個圓形。

「關於騎兵團與狂人狼族在賽勒斯特泰雷斯凱門區互相牽制這個情報，要塞有我們才知道的進入通道。就走那裡與本隊會合吧。」

庫法與蘿賽蒂，還有兩名公爵家千金當然不可能有異議。

不過，在這邊提出意見的是後方的男性騎士。其中一個名叫艾汀的騎士，毫不鬆懈地緊盯著外面，同時陳述不安因素。

「但是，我們無法確認凱門區的狀況。只是將報紙的報導照單全收而已吧。」

「那麼，你的意見是？」

「在那之前，能夠先到某處暫且落腳嗎？我想收集情報。」

事情變得有些複雜起來了。梅莉達與愛麗絲悄悄地互相對望。

葛蕾娜的語調有些焦躁似的粗暴起來。

LESSON Ⅲ ～巴薩卡兄弟～

「首先要以公爵家的兩人安全為最優先。」

「這也是為了安全地護送她們到目的地。實際上，我們也是驚慌失措地剛回到這裡，根本不曉得現在的弗蘭德爾陷入怎樣的情況——這樣走一步算一步地前進，萬一路被堵住的話呢？」

葛蕾娜無言以對。最後一名騎士蓋雷歐看似慵懶地撫摸著下巴的鬍鬚。

「畢竟現在凱門區似乎也孤立啦。」

「……這表示有可能本隊才是最缺乏『外界』情報的嗎？」

葛蕾娜雙手交扠環胸，擺出沉思的姿勢。「實在令人苦惱啊……」她發出這樣的低喃。

庫法和蘿賽蒂似乎也在伺機陳述意見。情況如此發展的話，已經沒有任何學生可以插嘴的事情。梅莉達堅強地咬了咬下唇。

親愛的銀髮堂姊妹從一旁輕輕地將手掌重疊在梅莉達的手上。

梅莉達回望著堂姊妹的蒼藍眼眸，逞強地笑了笑。

「……莎拉和小繆現在不知在做什麼呢？」

愛麗絲也不是預言者，只能曖昧地搔頭回答。

打破沉默的是常在顫抖的男性聲音。

「啊，啊啊……實在非常抱歉……實在非常抱歉……！」

是呆站在艙口外側的列車長。他縮起微胖的身體，還是一樣一臉惶恐地不斷低頭道歉。

由於那動作實在太過誇張，親衛隊的騎士也轉頭看向他。

看來將公爵家的人塞到貨物車輛這件事，似乎讓他於心不安。

梅莉達蹙起眉頭。

——他會不會在意過頭了？

最終列車長低著頭一動也不動了。

「非常……抱歉……為什麼……為什麼會變成這樣呢？」

滴答。汗水從額頭滴落到地面。

然後眼淚從他的雙眼冒出。

「……我該怎麼道歉才好呢？」

隨後，待在車內的所有人都反射性地動了起來。

艾汀和蓋雷歐首先踹倒堵住入口的列車長。接著庫法抱著梅莉達，蘿賽蒂抱著愛麗絲跳向車外。最後在葛蕾娜丟下鐵路圖一蹬地板的瞬間——車頂被弄破了。

碎鐵片落到幾秒前為止，一行人還在交談的地方。

一起掉下來的狼大叫：

「被發現了！」

這時庫法等五名騎士已經拔出各自的武器。

車外已經是前後左右及列車車頂，能說是退路的退路都被數不清的狼給填滿。葛蕾娜一邊詛咒自己的大意，一邊抬起劍尖。

「是陷阱！」

那群狼同時飛撲上來。庫法從正面將梅莉達的腰攬入懷中。

在這已經駕輕就熟的姿勢下，梅莉達緊緊地將雙手纏繞在庫法的脖子上，以免妨礙到他。庫法用獲得自由的一隻手輕易地揮舞黑刀。

他從正下方頂起第一隻狼的下頷，用出鞘的劍尖橫掃第二隻狼。但接著揮出的第三擊被獠牙給擋住了。他用腳踩踏幾步，強硬地拔出刀。

蘿賽蒂也用一隻手保護愛麗絲，同時煩惱著該如何進攻。

砍斷肉的聲響與刀刃被擋住的聲響各占一半。蓋雷歐大聲嚷嚷。

「這些傢伙很棘手啊！」

縱使他好幾次揮舞自豪的鎚矛攻擊，狼也用宛如鎧甲般的皮膚忍耐住。

他心想既然如此，便用握柄將狼往上撈起，在空中靠蠻力毆打。不過敵人數量龐大。

「是狂人狼族裡專長暴力行為的傢伙嗎？」

「但終究不是我們的敵人！」

葛蕾娜將劍垂直立起後，展現出宛如機械般的精密劍術。

她連續兩次往下揮砍，然後發動疾風般的第三擊。她一口氣前進兩公尺的距離，同時將沿途的狼群一起驅散。

「開拓出道路！」

在狼群當中，有一隻狼散發出特別強烈的存在感。

是用半獸的兩隻腳身穿風衣，戴著高帽的史皮庫斯・羅傑。率領「專長暴力行為的傢伙」的不是別人，正是兼任指揮官的他。

「這群騎士挺有一套的嘛！那就是『白衣戰士』……聖都親衛隊的傢伙嗎！包圍他們，靠數量擊潰！將他們一個個確實地置於死地——！咦，唔哦！」

突然有人從腳邊緊抓住羅傑的風衣。是淚流滿面的列車長。

「我照辦了！我按照你們的吩咐行動了！」

「你……你做什麼，人類！放手！」

「請別對我的家人動手！我太太跟孩子沒事吧？」

列車長用充滿絕望的沙啞聲音這麼說道。

LESSON: III
～巴薩卡兄弟～

「你們說『敢反抗就會把他們變成狼人』…………」

羅傑踹倒那樣的他。拍了拍亂掉的風衣下襬。

「放心吧，你已經沒用處了——現在需要的是這邊，『巴薩卡』！」

羅傑毫無預兆地這麼呼喚，然後高聲吹響指哨。

那詭異的音色也吸引了庫法和葛蕾娜等人的注意力。

「很久沒遇到這麼活力充沛的獵物嘍！隨心所欲地破壞殆盡吧！」

一節貨物車輛回應羅傑的呼喚聲，從中間炸裂開來。

潛藏在內側的「某個人物」透過那驚人的破壞力，穿破了鐵板。牆上開出大洞，才心想一節車輛整個飛舞到半空中，只見它在遙遠的高處靜止。

它從大約二十公尺高的高度，化為鐵塊掉落下來。

鐵塊衝撞上地面，伴隨著類似地震的鳴動，掀起一片沙塵。

庫法等人護住臉部，瞪著在煙幕對面出現的人影。

「那傢伙是怎麼回事……？」

葛蕾娜不禁發出呻吟也是理所當然的。

因為新出現的敵人在大塊頭的狂人狼族當中，擁有更龐大的巨體。雖然他穿著跟羅傑一樣的風衣，但繫了好幾條厚重的皮帶，給人一種像是「拘束衣」的印象——那氛圍就彷彿在等候制裁的罪人。

顏面也十分異樣。就連長長的嘴巴也綁著皮帶，他試圖設法扯斷皮帶的嘴角不斷發出低吼聲。他的眼球充血，無法看見瞳孔。

是葛蕾娜身為戰士的直覺嗎？她抬起劍尖，試圖先發制人。

從一旁走上前的艾汀按住她的肩膀，阻止了她。

「——我有不好的預感。」

他留下這句話，便率先飛奔而出。葛蕾娜來不及制止。「艾汀！」

艾汀的武器是長劍。他沿途流暢地擊倒三隻狼。劍尖揮開沙塵，狂野地點綴著劍舞。

巨漢狼男根本不當一回事。

——他似乎叫做「巴薩卡」。

艾汀像是要將對方連同那名字一刀兩斷似的，一蹬地面。

他在空中扭動身體，將扭轉力盡情地追加到刀刃上。

「喝！」

他從肩膀往下斜砍毫不抵抗的風衣。

鮮血迸出。

這是因為長劍深陷的巴薩卡的左肩，以及——

LESSON: Ⅲ ～巴薩卡兄弟～

他毫不介意地揮出的右鉤拳，在艾汀的側腹上開了個大洞的緣故。

「嘎……咕……！」

只有艾汀這邊發出痛苦的聲音。

令人害怕的是，巴薩卡的攻擊並非拳頭。而是「手指」。他將兩根手指宛如矛一般往上頂，像在反擊似的攻擊了艾汀的側腹。

倘若是一般人，會遭到瑪那的防守與肌肉的阻礙，應該是手指骨折吧。

換言之，這表示那個叫巴薩卡的，光憑**手指力量**就勝過那些阻礙——

蘿賽蒂發出哀號。葛蕾娜立刻試圖飛奔到艾汀身旁。

艾汀儘管被對方光用手指就吊在空中，仍憑著毅力用力握緊劍柄。

「放開……我……嘎呼！」

不過，他沒能拔出劍。

對方也用宛如地層一般厚實的肌肉，牢牢地咬住刀身。

對方應該也痛不欲生吧。

明明如此，巴薩卡卻沒有一絲猶豫。他如同艾汀所期望的舉起左拳後——連同自己的右手一起毆打。

艾汀宛如被射向正下方的砲彈一般，高大的身軀陷入地面。

地面冒出龜裂，轟隆作響。衝擊波朝四方膨脹起來。

「艾……艾汀……！」

本想飛奔過去的葛蕾娜也不禁兩腿發軟。

艾汀已經失去意識。他的骨頭從被打中的側腹骨折成く字形。巴薩卡在承受攻擊時沒有絲毫猶豫，在發動攻擊時也毫不留情。

他抓住艾汀的腳，將他拖拉起身。

他使勁一握。

「『幻刀』！」

瑪那刀刃一直線地飛了過去。庫法瞬間踏向前方，同時揮刀橫掃。

雖然是也無法稱為攻擊技能的樸素一擊，但不偏不倚地命中對方的左右眼球。不知閃避為何物的巴薩卡從正面承受攻擊，他的上半身總算稍微傾斜。

瞬間，同伴反射性地動了起來。

葛蕾娜與蓋雷歐提昇氣勢，以拚命的突擊從左右兩邊扔出武器。巴薩卡絲毫不為所動。但艾汀的腳從他的手掌滑落下來。

史皮庫斯·羅傑發出歡喜的吶喊聲，將那副光景用相機拍攝下來。

「嘎哈哈哈哈！看啊，看啊！那似乎就是弗蘭德爾最棒的騎士！面對我『弟弟』根

LESSON: Ⅲ ～巴薩卡兄弟～

本束手無策！多麼不堪入目的模樣啊！」

剩餘的狼群也像在炫耀似的哄堂大笑。庫法與蘿賽蒂抱著各自的主人，背對著背。

……確實，以戰鬥力（Status）來說的話，五人在數值上沒什麼差別。

豈止如此，比庫法等人還厲害的老手，在騎兵團也寥寥無幾吧。

能夠輕易擊敗他們的那個巴薩卡，究竟是何方神聖……？

羅傑放下相機，盛氣凌人地說道：

「上吧，巴薩卡！讓那群渺小的人類見識你的力量！」

「……咕……唔……唔唔……！」

他似乎只會聽羅傑說的話。

巴薩卡僵硬地動了動因為拘束衣而無法自由活動的身體。

即使葛蕾娜好幾次用劍攻擊他滿是破綻的背後，但光是要劈開他的皮膚，就竭盡全力……

從風衣伸出的手掌不知作何打算，碰觸貨物列車的外板。

——不，應該說「握住」。

然後**抬了起來**。

那光景讓人懷疑起自己的眼睛。車輪從鐵軌浮起，宛如鋼鐵蛇一般的巨大車體被一

隻手支撐住。即使肌肉彷彿要裂開，巴薩卡也毫不躊躇。

「什……麼……！」

影子降落到抬頭仰望的葛蕾娜身上。

羅傑放聲大笑。

「使勁轉！」

巴薩卡彷彿機械一般執行那指令。庫法立刻護住梅莉達的頭，同時在地面上翻滾。蘿賽蒂也保護著學生，採取相同行動。蓋雷歐抱著失去意識的艾汀，搶先往後跳，目瞪口呆的葛蕾娜在最後一蹬地面。

鋼鐵蛇發出低吼。

六節車廂的列車橫掃頭頂。它將其他停止的列車捲入，伴隨著尖銳的金屬聲響，像推骨牌似的弄倒。巴薩卡彷彿想說戰場太過狹窄似的吼叫。他一邊削掉地面，一邊將更多列車捲入，然後宛如鞭子一般揮起手臂。

被頂向天頂的一隻手。

被握在那隻手中的超重量列車，彷彿神罰之矛一般伸向空中。

難以想像是這世上會有的光景，讓聖都親衛隊的騎士也說不出話來。

「簡直就是怪物……——」

LESSON Ⅲ ～巴薩卡兄弟～

列車被往下揮落。絲毫不把重量，也就是慣性當一回事的速度。

唯一幸運的是他沒有瞄準固定的目標。從列車頭到尾一口氣擊垮沒有任何人在的一直線距離。衝擊朝左右兩邊膨脹起來。彷彿世界末日般的轟隆巨響。

其他狼群彷彿觀眾一般圍住周遭。庫法等人甚至不知該逃向何處。

衣服被泥土弄髒，臉頰沾黏著血液。羅傑愈來愈得意忘形。

「很好！很好！將所有人一起擊潰吧——！」

巴薩卡試圖按照字面意思實行羅傑所說的話。

他這次用雙手將已經化為廢鐵的列車高舉到頭頂上。

所有人都立刻明白他打算做什麼——他想將列車扔出去。

不過，這時慌張起來的不是別人，正是史皮庫斯．羅傑。

「啊！等等，等等，兄弟！不能那麼做！」

羅傑為何阻止巴薩卡？——葛蕾娜試探般的視線看向他。

羅傑也沒注意到有人豎起耳朵在聽，喋喋不休地說道：

「那個位置會波及到車站！要是危害到鎮上的傢伙，會被老大痛罵一頓喔！」

庫法、蘿賽蒂還有剩餘兩名騎士的眼眸因找到生機而閃亮起來。

他們在一瞬間互相使了個眼色，轉過身去。目標正是擠滿卡帝納爾茲學教區居民的

車站。羅傑注意到這邊的企圖，發出尖叫。

「啊啊！可惡，那群混帳！」

巴薩卡對他的聲音產生反應，一邊低吼，一邊想邁出步伐。

但羅傑驚慌地阻止他。

「不行啊！不行啊！你會造成嚴重的損害！夠了，其他所有人追上去！只不過要避免波及到鎮上的傢伙——真是有夠麻煩！」

成了夾心餅乾的羅傑氣得直跺腳。

就在他手忙腳亂時，騎士等人的身影早已經混入列車後面。

車站裡頭突然騷動起來。因為有拿著出鞘的武器且滴著血的騎士——現在甚至沒穿著軍服，一個不好就像可疑人物。總之，才心想他們連車票也沒有就闖了進來，他們又推開其他乘客，以列車為目標。

「快讓開！不好意思，麻煩讓路！我們趕時間！」

「哇～哦！你們是怎麼回事啊……！」

「噫！有人死了……？」

有人看到艾汀的模樣而嚇得腿軟。蓋雷歐一邊將同僚扛在肩上，一邊扭曲嘴唇。

LESSON: Ⅲ
～巴薩卡兄弟～

「他還活著啦——勉強還活著。」

「別讓他們逃掉！把他們逼入絕境！」

隨後人狼蜂擁而至，月臺終於陷入大混亂。人潮以漩渦般的氣勢東奔西竄，甚至會迷失親朋好友的身影。

梅莉達拚命地尋找親愛的銀色色彩。

「……愛麗！愛麗在哪裡？」

有亮光閃爍了一下。

她們不知不覺間被人潮隔開，分散兩地。人狼從後方追趕過來，沒辦法停下腳步。車站裡的乘客都爭先恐後地跑向出口，甚至無法好好地請人讓出一條路。

這邊是梅莉達、庫法、親衛隊的葛蕾娜。

那邊則是愛麗絲、蘿賽蒂還有扛著艾汀的蓋雷歐。

親衛隊的騎士之間瞬間交換了視線。

「……分頭行動吧！」

庫法抱著梅莉達，然後蘿賽蒂抱著愛麗絲的肩膀，朝反方向飛奔而出。人狼猶豫著該追蹤哪一邊。正好有兩輛列車準備駛動。

兩輛列車同時朝前後反方向準備駛離車站。蘿賽蒂等人跳上其中一輛。已經達到充分初速的那輛列車，在千鈞一髮之際甩開狂人狼族的追擊，駛離月臺。

庫法等人跳上後方車間通道的，是朝反方向前進的列車。

正好就在那一瞬間，汽笛響起，車輪轉動起來。

——但實在太慢了。

在發車略晚的列車緩緩提升初速的期間，追兵猛然追趕上來。

以時間點來說，庫法察覺到了。對方肯定會搭上這輛列車。

庫法用力握住刀，心想只能在車內做個了結。

在那之前，不知是有何打算，突然轉頭看向這邊的葛蕾娜將手貼到庫法胸膛上。

「——拜託你了。」

庫法甚至沒有時間回問或蹙起眉頭。

葛蕾娜一蹬渡板。

她跳向車外，反過來用劍猛攻正要飛撲上來的狼群。

「喝啊！」

她伴隨著氣勢將一隻狼刺成肉串，在月臺上翻滾。她在採取護身倒法的同時砍飛第二隻狼，抓住想追趕列車的第三隻狼後腳，將對方拖倒在地，從背後將劍尖刺入心臟。

葛蕾娜拔出劍，在她背後可以看見彷彿要填滿地板的狼群。

LESSON III ～巴薩卡兄弟～

庫法一向冷靜的面具也不禁動搖起來。

「葛蕾娜小姐！」

「別過來！就那樣遠走高飛吧！」

葛蕾娜一邊揮劍橫掃，同時背對這邊。

鮮血從劍尖高貴地散落。

「保護『預言之子』！」

梅莉達的眼眸驚訝地睜大。

汽笛像是要抹消聲音一般，無情地響徹周圍。列車一口氣加快速度。葛蕾娜拚命地不斷揮舞著劍。狼的毛皮填滿她的周圍。之後眼看著戰場的景色逐漸變小——轟一聲地隱藏到建築物背後。

梅莉達纖細的膝蓋猛然搖晃一下，接著跪倒在車間通道的地板上。

庫法回過神來，單膝跪地，扶著梅莉達的肩膀。

「小姐……」

梅莉達毫不害臊地抱住庫法。

唯獨現在，她並非主張自己是淑女的女孩，也不是見習騎士，看起來像是比年齡還要更加幼小的稚子。無依無靠的手掌緊抓著心上人的胸膛。

她無法壓抑住眼淚。

「老師，為什麼？為什麼是我被預言選中？我根本沒有任何力量……！」

以往曾有像這樣對自己無法告知答案一事，感到如此懊悔的經驗嗎？

庫法只能緊抱住梅莉達。梅莉達也將雙手繞到心上人的背後，滴下溫熱的淚珠，心想要是能就這樣融化掉就好了。

列車已經不會回頭。它橫越卡帝納爾茲學教區熟悉的街景，沒多久從建築物也變得零散的郊外一口氣衝向街區外面。

在夜晚的黑暗當中，少女流下的一滴淚珠，散發出格外高貴的光輝。

「我無法拯救任何人呀……」

那彷彿要消失的聲音，因三度響起的汽笛，微弱地傳入庫法的耳中。

巴薩卡

種族：狂人狼

HP	10327（※）	AP	1183		
攻擊力	2145（※）	防禦力	1610	敏捷力	743
攻擊支援	–	防禦支援	–		
思念壓力	？？%				

主要技能／能力

狂血之宿命Lv.?／鋼皮Lv.?／終生狼狽Lv.X／近身格鬥／集氣／頭錘

※這是在對照人類基準的情況下，所預測的最低數值。

艾汀・雷尼歐斯

位階：劍士

HP	5801	MP	414		
攻擊力	412	防禦力	590	敏捷力	475
攻擊支援	–	防禦支援	0～25		
思念壓力	46%				

主要技能／能力

牢固Lv.8／練氣功Lv.7／零之守衛Lv.7／祭品Lv.9／
修劍士・超級連舞劍「戰線雷管」／修劍士・超級守衛法「加蘭德騎士」

大眾報日刊《守燈人》號外

縱然不與狂人狼族締結同盟，也能夠守護弗蘭德爾——這是燈火騎兵團的論調，但希望各位讀者能比較一下本報所列舉的兩個能力值表。

這個巴薩卡絕對不是夜界最強的生物。儘管如此，他與弗蘭德爾最強戰力的聖都親衛隊之間仍有莫大的力量差距，各位讀者應該能看出這一點吧。

這樣是否真能說弗蘭德爾的防備萬全呢？我們不得不感到疑惑。守護市民生活的城牆意外地暴露出其脆弱的一面。

（撰稿人：史皮庫斯・羅傑）

LESSON:Ⅳ ～在安眠之夜～

那個場所展現出與從弗蘭德爾第一層到第五層的任何街區截然不同的異彩光景。

在鎮上淡薄地蔓延開來的蒸氣。櫛比鱗次的巨大水塔，與宛如針插的煙囪群。五顏六色的火焰從煙囪前端噴射出來，隨風搖曳。

抬頭仰望的話，能夠從正下方掌握到被稱為「超規模吊燈」的弗蘭德爾全貌。貫穿中央的主柱，與黃金色的支柱。倘若比較連接起各個柱子的鐵路軌道，便能隱約察覺到那令人頭暈目眩的規模感。

支柱的要地建設著提燈狀的街區，應該也能在其中之一找到熟悉的卡帝納爾茲學教區吧。平常的自己其實是在那麼高的地方住宿、生活啊——現在的庫法有些感觸良深地這麼心想。

這裡是弗蘭德爾正下方的虹油精製區「歐哈拉」。

是精製從礦脈汲取的「太陽之血」原液，提供到弗蘭德爾各處的場所。是下層居住區的代表地，其規模也相當龐大。

工廠街以弗蘭德爾的主柱為軸繞圈，以圓形拓展開來。高架鐵路呈放射狀延伸，貨車絡繹不絕地來來往往。人們把那座高架橋當作區隔的標準，區分出一號街到八號街。

然後說到現在的庫法，他正在二號街的市場買東西。

他沒有特地遮掩容貌，做那種會遭人起疑的行動。

「最近歐哈拉有發生什麼怪事嗎？」

庫法在購買了大量日用品的攤子，趁結帳時順便這麼詢問。

福態的女店主一邊將找零的銀幣和銅幣交給庫法，一邊開口回答：

「沒有呢，就跟平常一樣。不管『上面』發生什麼事，都跟這裡無關啦。」

「……說到『上面』，妳知道巡王爵的新政策嗎？有影響到這邊的生活嗎？」

「這麼說來，大概兩天還三天前吧？有人說是公告還什麼的，張貼了傳單呢。」

店主彷彿想說她已經回答了貨款份一樣，低頭看向攤開的雜誌。

「聽說最近會有官員從『上面』來虹油工廠那邊。好像很多做法會變更……希望不會影響到我丈夫的薪水就好了。」

庫法抱著紙袋，露出微笑。

「非常感謝。」

「不客氣！下次再來光顧啊。」

LESSON: IV

~在安眠之夜~

庫法很快地離開攤子。

在逃離卡帝納爾茲學教區的隔天，庫法判斷無論哪個街區都已經沒有安全的場所，像是被追趕似的下降到這個虹油精製區。儘管他沿途試著收集僅有的一點情報，但只是徒增異樣感而已。

人們的生活沒有任何改變——

狂人狼族提倡「無血主義」，試圖平穩地融入人類的生活。他們當真是為了追求與弗蘭德爾對等的同盟關係而前來的嗎？若是如此，不顧一切地抗拒他們，其實是錯誤的決定——？

那是不可能的吧。

讓庫法確信這點的事件不是別的，正是逃離卡帝納爾茲學教區的逃生戲。有件事令人費解……為何追兵能事先繞到庫法等人的逃離路線？光憑列車長受到威脅一事，並無法說明這點。

庫法有種預感，背後似乎有什麼更黑暗的交易在操縱這些事情……

無論如何，身為最高意志決定機關的評議會遭到控制的話，庫法也無計可施。因為評議會的「最高層」期望與狂人狼族建立親密的關係。

塞爾裘．席克薩爾……他是抱持什麼打算開始這場革命的？

庫法鑽過購物的客人縫隙間，俐落地脫離擁擠的市場。
雖然他隨時不忘提防戒備，但似乎沒有人跟蹤。
稍微回顧一下過去也無妨吧……
在與塞爾袞的關連中，至今為止曾幾次察覺到可疑的氛圍。但他的本性是極惡嗎？
倘若這麼自問，結果庫法還是不得不感到疑惑。
多虧他才得救的情況也不少。
既然如此，為何他要做**這種事**……
曾有人評論「他就像風一樣」。
這是指爽朗且舒適的意思嗎？還是難以捉摸的意思呢？
在庫法眼中，別說是風，他看起來就像羽翼遭到束縛的鳥——
「實在搞不懂那個人。」
庫法並沒有特別喜歡這個朋友。
話雖如此，但也並非憎恨著他。
即便他現在處於遭到騎兵團所有騎士反抗的立場也一樣。
在身為武士位階的自己的警戒網內，沒有無法察覺到的敵人。

LESSON: IV

~在安眠之夜~

也沒必要特地繞遠路，買完東西的庫法筆直回到「藏身處」。是在歐哈拉很常見，將一棟建築物縱向切割的狹長住宅。

是白夜騎兵團的活動據點之一。

由於是縱長的構造，一層樓只有一個房間。庫法將購物袋放在一樓的廚房，走上樓梯。

人的氣息在三樓。

一打開門，便可以在擺放著古色古香的家具的房間當中，看見梅莉達的身影。

她正低著頭坐在床上。

「我回來了，小姐。有沒有發生什麼事情？」

梅莉達緩緩搖了搖頭。

豈止如此，她的姿勢跟庫法出門時一模一樣，絲毫沒變。

她似乎一直在想事情。

「我才想問老師，街上情況怎麼樣呢……？」

「沒有異常。」

彷彿想說反倒讓人覺得沒勁似的，庫法聳了聳肩。梅莉達抬起視線仰望他。

「……要在這裡待到什麼時候？」

「能待的話就盡量待吧。只靠我們自己前往凱門區十分危險。」

「這樣就好了嗎？」

梅莉達回了出乎意料的話。庫法蹙起眉頭。

梅莉達用力抱緊自己纖細的身體。

「不是非得由我來打……打倒莎拉的哥哥大人才行嗎？」

「小姐——」

庫法立刻走近床鋪，將手掌放在少女的肩榜上。

雖然她嘴上說著剛毅的話，但身體卻在顫抖不是嗎？

「小姐不需要去思考那些事情。無論如何，這種狀況都不會持續得太久吧……關於席克薩爾公那邊，應該遲早會由騎兵團與他作個了結。在那之前，請小姐只要思考如何安全地躲藏起來。」

「…………」

依梅莉達的個性，是不可能聽到庫法這麼說，就立刻回答「就那麼做」的吧。

庫法彎下身，做出在坦誠相見的關係中常見的行為——他「啾」一聲地吻了吻梅莉達的側頭部，用手梳理金髮幾次後，轉過身去。

「小姐肚子餓了吧？我會使出渾身解數來準備餐點。」

LESSON IV ～在安眠之夜～

庫法留下應該暫時不會想動的梅莉達，離開房間。

他往下走到一樓，沿途確認掛鐘和圖畫的背面，還有凸窗的溝槽等地方。

……無論哪個「窗口」都沒有回信。

簡單來說，就是這裡設置了好幾個白夜騎兵團的聯絡網。庫法原本期待說不定能取得聯絡，但遺憾的是只有他單方面地發出訊息。

雖然在「拉克拉．馬迪雅老師」請假時，就清楚地知道了——他們似乎已經出門去辦那個重大工作。但當真是一個人也不剩？

——只有一個人也好，沒有哪個白夜騎士留下來嗎？

所謂的孤立無援居然令人如此不安嗎——庫法不禁差點軟弱起來。

他重新確認玄關有鎖好門後，前往廚房。

至少煮一頓美味的飯菜吧——

他一邊在腦中整理食譜，一邊挑選購買的食材。

這時樓梯嘎吱作響的聲音從天花板響起。

才心想梅莉達可能是去沖澡，但氣息就那樣往下走到一樓，「嘰」一聲地打開廚房的門。

庫法裝作沒有特別注意到的態度，面對著水龍頭。

「哎呀，小姐，妳已經肚子餓到受不了嗎？」

梅莉達沒有立刻回答，她走到庫法身旁後，靜靜地將身體靠在庫法身上。

她雙手環住庫法的側腹。

「我想跟老師待在一起。」

庫法爽朗地笑著回答：

「那麼，就跟我一起煮菜吧。」

梅莉達從胸前抬頭仰望庫法，聲音有一點快哭出來的感覺。

「……總覺得這樣好像新婚夫妻。」

然後總算能夠看見她的笑容，庫法的嘴角也自然地露出微笑。

——我想跟老師待在一起。

梅莉達的內心當真就是這種想法，在用餐之後，庫法也一直配合她的希望。縱然平常是被稱為「殘暴」的家庭教師，但在這種時候，就算盡情地寵溺梅莉達也不會遭天譴吧。

梅莉達甚至對夜晚要在不同房間就寢一事感到畏懼。

在兩人一起躺平的床鋪中，可以從庫法胸前聽見啜泣聲。

LESSON: IV
~在安眠之夜~

「如果世界就這樣……只剩下老師跟我兩個人就好了……」

庫法假裝沒注意到她說的話，只是不斷地撫摸著少女的金髮。

如果自己陪著睡能緩和這名少女的孤獨，就應該這麼做。

如果在庫法抱緊摸頭的期間，能讓她忘記辛酸的事情，就永遠這麼做吧。

只不過，啊，所謂的現實總是如此無情嗎——

梅莉達突然開始主張要「前往聖王區」，是這之後三天後的事情。

† † †

「老師，拜託你，請允許我外出。」

雖然嘴上說請允許，但梅莉達散發出倘若庫法沒有守在玄關前，她彷彿隨時會衝出去的氛圍。諷刺的是她洋溢著這幾天來最強烈的氣魄。

庫法當然不可能視而不見。他耐心地阻止著梅莉達。

「請冷靜下來，小姐……！妳突然是怎麼了？」

「我覺得自己還是不能就這樣一直躲藏下去。」

「發生什麼事了吧？請老實地告訴我。」

「……這個被風吹進來。」

梅莉達這麼說，將折疊成四角形的某樣東西遞給庫法。

庫法接過來攤開一看，發現是報紙。《週刊爆脾氣時報》最新號……

看到刊登在頭版，過於引人注目的照片，就連庫法也不禁驚訝得睜大眼。

「愛麗絲小姐……？」

照片上是禮服裝扮的愛麗絲・安傑爾。地點是……聖王區的帝國飯店。茶室裡的名產「鳥籠座位」……

在好幾根柵欄的對面，愛麗絲宛如被囚禁的天使一般，坐在椅子上。

報導是這麼寫的——

『日前，聖都親衛隊綁架了在卡帝納爾茲學教區正要上學的愛麗絲小姐。他們似乎試圖拱身為騎士公爵家千金的她作騎兵團的旗幟。

但在到達賽勒斯特泰雷斯凱門區後沒多久，「無血主義者」便隨即奪回她，目前已經在聖王區得到塞爾袞・席克薩爾巡王爵的庇護。愛麗絲小姐非常擔憂堂姊妹梅莉達・安傑爾小姐的安危，表示希望能早日與她重逢……』

LESSON IV
~在安眠之夜~

「她被抓到了。」

在報導裡面，只有這一點對梅莉達而言是事實。在卡帝納爾茲學教區分別之後，她們和自己等人相反，是朝上層前進，然後沒能與凱門區的騎兵團本隊會合，就被狂人狼族的追兵給抓住了……

既然如此，得去救她才行。不能只有自己躲藏起來。

「那孩子是我的姊妹呀。」

梅莉達快哭出來似的這麼說道。

「即使在我還是個吊車尾，遭到別人霸凌的期間，就算我說了很過分的話甩開她，那孩子還是一直待在我身旁。」

我的心——梅莉達按著左胸，指示心臟。

「對那孩子見死不救，就跟割捨自己是一樣的。」

梅莉達只說了些，便強硬地想前往玄關。

庫法頑固地阻止著她。梅莉達在庫法的手臂中大鬧。

「蘿賽蒂大人也是，現在不曉得怎樣了呀——」

「請冷靜下來，小姐，仔細看清楚這個！」

庫法這麼說，將報紙拿到梅莉達的鼻尖前。

梅莉達一臉不用庫法說她也明白的表情，庫法對那樣的她滔滔不絕地說起來。
「這張愛麗絲小姐的照片——小姐不覺得似曾相識嗎？」
「咦……？」
聽他這麼一說——梅莉達仔細地觀察一直避免去直視的照片。
禮服的種類、坐姿、椅子高度。愛麗絲的姿勢、手指的動作、避免去意識到攝影機、冷淡地撇向一旁的臉的角度。將這些全部納入鏡頭中的攝影機位置——
不愧是斷言愛麗絲為「自身一部分」的梅莉達，她沒多久便察覺到了。
「啊！這是去年……搭飛行船去提爾納弗爾大海溝『掃墓』時的……？」
「這是從弗蘭德爾出發之前，公爵家的各位針對記者團所舉辦的聯歡會上拍攝的照片。」
「這是怎麼一回事……？」
「換言之，這張照片——」
庫法放開總算冷靜下來的梅莉達，斷言道：
「是『合成』的。對方將愛麗絲小姐的照片與帝國飯店的照片重疊起來，假裝成愛麗絲小姐就在現場一般。然後對方必須準備這種假照片就表示，反過來說，愛麗絲小姐並不在他們手上——可以得知愛麗絲小姐並沒有被抓住。」

LESSON: IV
~在安眠之夜~

庫法再次將報紙翻回正面，確認日期。報導正是今天發行的。

「那群傢伙反倒是完全掌握不到線索吧。所以才會用這篇報導來當『陷阱』。看是梅莉達小姐會為了拯救愛麗絲小姐現身，或是愛麗絲小姐為了阻止這件事而露出馬腳——他們肯定是以其中之一的效果為目標。」

「那麼，假如愛麗被這篇報導給騙了的話……！」

「蘿賽不可能沒注意到這件事。無論發生什麼，她應該都會阻止愛麗絲小姐——就像剛才的我一樣。小姐明白嗎？現在妳們兩位都絕對不要行動，才是正確答案。」

「…………」

梅莉達低下頭。庫法還不肯從玄關前讓開，不知梅莉達是否能理解了呢？沒多久，金髮少女斷斷續續地低喃出聲。

「老師是職業攝影師嗎？」

「……不是。」

「老師能斷言那張照片絕對、百分之百是假的嗎？」

「小姐……」

梅莉達似乎自己說到自己都痛苦了起來。她猛然摀住雙眼。

「老師說的話我都相信！我相信，但是，萬一……嗚……！」

庫法放棄說服，靜靜地抱住梅莉達的肩膀。

從卡帝納爾茲學教區逃離之後，梅莉達一直被逼得快走投無路。如果只考慮人身安全，閉關在屋裡是最正確的吧。但照這樣下去，她在精神方面遲早會撐不下去嗎……

咚咚──庫法輕輕地拍了拍她的肩膀，開口說道：

「──我明白了，小姐。那麼，就去確認看看吧？」

「咦……？」

「至少要弄清楚那張照片究竟是真是假。這麼一來，小姐才能安心吧？」

梅莉達抬頭仰望庫法，她臉上還殘留著淚痕。庫法拿出手帕替她擦拭彷彿隨時會滑落臉頰的水滴。

「要……要怎麼確認呢……？」

「我去聯絡寫了這篇報導的報社員工。我正好認識一個人跟報社有關係……我私底下去接觸那個人，問出真相吧。」

呼──梅莉達正覺得鬆了口氣時……

「只不過──」庫法立刻叮嚀她。

「這是非常危險的行動。我們正處於遭到追捕的立場，這就像自己散播證據表示『我在這裡』一樣。請小姐做好覺悟，一度跟某人接觸之後，就再也無法回到這個藏身處了。」

「……！」

「以我的立場來說，是盡可能地不想離開這個安全的環境。雖然不是想不到其他藏身處……但小姐，能否請妳為了我，再一次重新考慮看看呢？」

梅莉達立刻領悟到庫法的溫柔。

他應該也很擔心愛麗絲和蘿賽蒂，卻自己表現出無情的一面，給梅莉達留退路。

梅莉達輕輕地將手重疊在庫法的手掌上，緩緩地搖了搖頭。

庫法反倒用明朗的表情露出微笑。

「是嗎。」

「對不起，老師。這樣明明是老師比較辛苦……」

「沒關係的。」

庫法真心這麼說道，挺直脊背。

「正因為是這樣的小姐，我現在才會像這樣在這裡。」

庫法搭在梅莉達肩上的手掌，位置比去年稍微高了一點。這是梅莉達長高了的證據。

儘管如此，庫法還是跟以前一樣，感到十分驕傲似的撫摸學生嬌小的頭部。

† † †

《週刊爆脾氣時報》——

是以下層居住區歐哈拉為據點的唯一一間報社。假如把據點移到弗蘭德爾的更上層，應該就能即時取材新鮮且刺激的情報吧。但代價是競爭率非常高。情報最重要的是新鮮度——這句話說得好。

《爆脾氣時報》報社避開擠滿競爭對手的弗蘭德爾上層，在創設當時為了彌補無論哪間報社都會延後處理的下層居住區，在此設置了據點。結果，儘管一星期發行一次報紙就是極限，但也成為對勞工階級而言非常便利的存在……可說是靠利基產業賺大錢的好例子吧。

甚至關於下層居住區發生的事情，反倒是他們比較能迅速得知。

白夜騎兵團有時也會利用他們來收集情報——

不出所料，庫法靠白夜的關係打聲招呼後，報社員工便給了回覆。

對方表示想直接見面，交換情報……

「我們走吧，小姐。」

LESSON IV
～在安眠之夜～

庫法與梅莉達將旅行用品都塞入行李箱，消除藏身處的痕跡後，離開玄關。約好見面的場所是五號街的酒吧「九號地獄」。

庫法沿途一直仔細地戒備著，但這次真的沒有埋伏也沒人跟蹤。

在酒吧入口站著沉默寡言的保鏢。不知是否覺得小孩會來這種地方很稀奇，他兇狠地瞪著梅莉達看，但並未責怪她。梅莉達低著頭前進，用帽子遮掩住表情。

兩人打開門，進入店內。

意外地是個整潔的空間。針對大人播放著雅致的音樂。雖然庫法不是很熟悉……但大概是在歐哈拉大受歡迎的歌手或樂團吧。

一名男性背對這邊，坐在指定的窗邊座位上。

這麼說可能不太好，但男性散發著不適合酒吧氛圍的粗野氛圍。

「你就是韋斯朋先生吧？」

庫法一邊搭話，一邊坐到男性的對面。梅莉達挨近庫法旁邊，露出緊張的表情，縮起身體坐下。

他──韋斯朋是以所謂聳人聽聞的**造假**報導博得名聲的男人。他撰寫報導並非依據「是否為真相」，而是「能引起多大的興趣」。將一丁點的汙點小題大作地誇大其辭並煽風點火，若是覺得對自己不利，縱然是事實也會撕毀捨棄。

他在一部分讀者間獲得狂熱的支持，相對地被大多數人視為蛇蠍，避之唯恐不及。不過，他撰寫的報導總之能夠提高發行量，因此受到重用……就是這樣一個記者。

明明還是白天，但桌上已經擺著空了的威士忌酒瓶。

酒瓶旁還有讓梅莉達感到恐懼的《週刊爆脾氣時報》最新號……

庫法等人一坐下來，男人立刻用那混濁的眼眸打量著兩人。

「關於你們的目擊情報，懸賞金額是金幣五百枚。」

梅莉達猛然抽動了一下肩膀。庫法則不為所動，將手掌探入懷裡。

他放在桌上給對方看的，是嵌著大顆寶石的戒指。韋斯朋露出理所當然的表情收下戒指，將戒指湊近眼前，仔細觀察。

梅莉達並不曉得那戒指具備多貴重的價值。

但沒多久後，韋斯朋將戒指塞入大衣口袋，開口說道：

「——關於愛麗絲．安傑爾的報導，是胡說八道。」

「真……真的嗎！」

該說不愧是記者的嗅覺嗎？他似乎已經察覺到這邊想問的事情。

即使梅莉達激動地抬起頭，庫法仍十分慎重。

「你這麼認為的根據是？」

「在報紙發行前一天，『上層』突然送了**這張照片**過來。要我們在頭版刊登這個那個和這種報導，散播到歐哈拉各處。因為那張合成照片實在做得太假——」

他從桌上拿起正在談論的那份報紙，看到頭版的內容，不屑地笑了笑。

「這邊表示想直接取材，就被打槍了。我試著也從上層街區訂購其他家的報紙來看，但無論哪家報紙，使用的照片和報導內容都一模一樣。我看別說是沒人採訪過愛麗絲．安傑爾，甚至沒人直接見過她本人吧——八成是因為你們絲毫沒露出馬腳，他們才會捏造報導，設下陷阱吧。」

韋斯朋將報紙扔到桌上。梅莉達打從心底鬆了一口氣。

庫法也壓抑住想鬆懈下來的心情，趁這個機會將身體探向前方。

「韋斯朋先生，弗蘭德爾現在究竟變成怎樣的狀況了？」

「沒變成怎樣——不，應該說那些傢伙**沒有怎麼樣**。」

庫法與梅莉達蹙起眉頭。韋斯朋諷刺地揚起嘴角。

「你們該不會認為那群叫『無血主義者』的傢伙當真是為了交朋友才來的吧？他們肯定有什麼陰謀。只不過他們似乎將那個陰謀擺後面，首先以獲得弗蘭德爾國民支持為優先。」

「獲得國民支持……」

「他們為此支配了弗蘭德爾的情報媒體。無論是廣播、報紙還雜誌，現在都對那群狼人唯命是從。主導者是叫做史皮庫斯・羅傑的男人……！」

那個人肯定就是捏造了關於愛麗絲報導的罪魁禍首吧。梅莉達在桌底下用力地握緊放在膝上的拳頭。

韋斯朋的語調一半感到佩服，一半感到無趣。

「他們的做法非常巧妙。報紙日夜不停地宣傳『人狼做了這種善事』、『相對之下騎兵團卻這麼吊兒郎當』。於是每天被迫閱讀這種報導的民眾，就會逐漸產生一種感覺──『該不會狂人狼族其實比騎兵團更強大且正義吧？』」

「怎麼會……」

梅莉達無意識地搖了搖頭，但韋斯朋對貴族階級也是毫不客氣。

「喂，小姑娘，妳也沒資格說別人吧？妳差點囫圇吞棗地相信了關於朋友的造假報導。雖然世界遼闊，但一個人類的視野是很狹隘的。如果沒有人來告知自己，那就跟『沒發生過』是一樣的……報紙絕對不會報導那群狼人在背地裡做了多下流的事情。也不會報導騎兵團的騎士為了守護每一個民眾的安全，是怎樣地犧牲自我，煞費苦心。」

梅莉達最終低下了頭，無法反駁。

韋斯朋將稍微剩餘在玻璃杯裡的琥珀色液體一口氣灌入喉嚨。

LESSON IV ～在安眠之夜～

「覺得很不講理嗎？沒錯，擅長運用這種不講理的傢伙，就叫做『惡徒』。」

他放下玻璃杯，扭曲嘴脣補充：

「包括我在內。」

……以庫法的立場來說，實在不太想讓梅莉達聽到這些事。

已經獲得了必要的情報吧。庫法催促著梅莉達離席。

他在最後將一枚金幣放到桌上，向韋斯朋告別。

「這頓就由我們請客。」

庫法本以為這樣就交易結束了，但韋斯朋再次搭話，叫住正準備離開的梅莉達與庫法。

「你們要回哪裡去？」

庫法不禁停下腳步。韋斯朋沒有轉頭看向這邊，他拿出作為情報代價的那枚戒指，重新仔細地觀察著。

在試探般的沉默當中，韋斯朋接著說道：

「報酬拿太多了點。有什麼動靜的話，我會通知你們。」

「……二號街的班雷斯街道。蓋在十二號的公寓。」

「我知道了。」

庫法之後並未轉頭，就這樣抱著梅莉達的肩膀離開了酒吧。

當然，完成情報交換的庫法與梅莉達接著前往的並非二號街。而是來到八號街的最外圍，在倒塌之後就一直被放置的城牆外側，有間廢棄教堂。現在已經連幫忙整修的人都沒有。雖然還保留著建築物的形狀，但屋頂已經崩塌。只不過，從那開洞的天花板上——有光照射進來。是來自弗蘭德爾，輝煌的太陽之血燈光。雖然歐哈拉四處都因蒸氣而微暗，但只有這裡因為絕妙的位置而能接受到太陽的恩惠。就宛如天使降落的階梯一般……

「唔哇，好棒的地方！」

一打開大門，梅莉達便開心地這麼說著，真是再好不過了。

庫法一邊露出微笑，一邊將行李箱搬進室內，關閉大門。他拴上門栓。該說理所當然嗎？沒有人會特地進出這種不知何時會遭到藍坎斯洛普襲擊的城牆外側。雖然也不能稱為房屋，但裡頭也有小房間，且用牆壁隔開。教堂後面現在也有湧出的泉水流動著。

只要搭設帳篷，將露營道具準備齊全，會比露宿森林舒服一百倍吧。

LESSON IV ~在安眠之夜~

梅莉達也表現出跟庫法體驗過好幾次的生存遊戲課程時一樣的態度。

「老師，真虧你知道這種地方呢？」

「這個地方啊——」

庫法注意到一直避免去意識的自己，呵呵地露出微笑。

「是剛來到弗蘭德爾時，年幼的我與母親生活的場所。」

「咦……」

「說是這麼說，但也只是大約一星期的事情啦。」

庫法撫摸著因腐蝕而產生龜裂的長椅椅背。

真的是從那時起什麼都沒變。似乎完全沒有人進出過這裡。

梅莉達儘管露出很感興趣的表情，但看來也無法隨便地深入這話題。庫法心想這也不是什麼需要隱瞞的事情，便以輕鬆的語調繼續說道：

「我以前也稍微提過，人們對來自夜界的流浪者具有歧視與偏見。雖然好不容易才到達這裡，但我跟母親卻因為『入市審查』這個名目，被迫等待了好幾天。他們當然不可能幫忙準備這段期間住宿的地方……在歐哈拉四處被白眼相待的我跟母親，就是在這間廢棄教堂等待審查結果。」

「怎麼這樣，好過分……」

「對我們母子而言，是充分的救贖嘍。在到達這座都市之前，說到光芒，就只有手裡拎的提燈而已。睡覺的地方總是在僵硬的岩石上。因為遭寒風吹打，半夜會醒來好幾次，每次聽見怪物的低吼聲時，心臟都會嚇到縮緊……一直認為這些是理所當然的我，打開這間教堂的門，才首次得知了。」

庫法像以前一樣走上前。

站在通道正中央抬頭仰望的話，就能從崩落的天花板沐浴到祝福之光。

「所謂的太陽，原來是這麼溫暖的東西——」

「老師……」

「有牆壁，有屋頂。附近有清潔的泉水湧出。欺凌我們的人不會特地靠近過來。這裡說不定是我跟母親一直夢想著的樂園。」

庫法朦朧地回想起昔日的母親印象時，在她安詳的笑容背後，經常會浮現出這間廢棄教堂的光景，應該不是毫無關係吧。

……不過在樂園的生活並未持續太久，庫法與母親在入市審查被百般拖延後，對方以缺乏開拓人手為理由，命令他們前往地底都市鄉哥爾塔。

梅莉達悄悄地依偎到庫法身旁。兩人一起站在祝福的聚光燈下。

「從以前開始，我就有件事一直想問老師。」

LESSON IV
~在安眠之夜~

「請儘管問。」

「老師的父親大人是……」

啊——庫法話說一半，點了點頭。

倘若知道庫法的本性，自然會在意這件事吧。畢竟說到他的半身——吸血鬼，是只有「最強」這個印象滲透在世上的傳說級藍坎斯洛普。

話雖如此，不巧的是庫法能告訴梅莉達的事情也很少。

「很遺憾，關於這件事，我不記得曾詢問過母親。畢竟我……有一段時間甚至就連『父親』這個概念都不曉得。」

「啊……」

「所以這終究是我的直覺，不過——」

庫法一邊說出這樣的前提，同時用手指貼向尖銳的下頷。

「我總覺得他已經不在世上了。」

「老師這麼認為嗎？」

「對。首先，就算他事到如今才冒出來自稱『我是你父親』，我也沒辦法抱有任何感情。」

是這樣的說法聽起來很嚴苛嗎？梅莉達稍微咬了咬下唇。

庫法努力用輕快的動作，攬著梅莉達的肩膀。

「這表示我『很滿足於現在』。容我放肆，對我而言的家人，就是指艾咪小姐她們和梅莉達小姐。」

「老……老師……」

梅莉達臉頰泛紅，低下了頭。

沒多久後她似乎下定了什麼決心，只見她用力握緊了雙手。

「好……好喔～……既然這樣，我就卯足全力來寵溺老師吧？今天由我來親手作菜款待老師，敬請期待！」

「哎呀，這可真是光榮。那麼，我就幫小姐擦拭身體來代替沖澡，當作回禮吧？」

梅莉達漲紅了臉，猛然護住胸前。

「老……老師真是的！請別把我當小孩看待。」

「哎呀？那個怕寂寞的小姐上哪兒去了呢？說什麼『不安到難以入眠』，甚至還鑽進我的棉被……」

「哇——哇——哇——！請忘了那件事～～！」

咚咚咚——梅莉達猛搥庫法肩膀的可愛模樣，讓庫法內心總算是鬆了口氣。

應該是因為能確信愛麗絲平安無事的關係吧。雖然並非狀況有所好轉，但梅莉達似

LESSON: IV
～在安眠之夜～

乎稍微打起了精神。

之後就是「等待」——只能祈禱追兵不會發現這個地方。

就這樣與梅莉達的共同生活持續了三天、四天、五天——在經過一星期的時候。

在逐漸習慣廢棄教堂的露營生活的某一天，有「客人」毫無預兆地來訪了。

吱吱吱——伴隨著這樣的鳴囀從天花板的洞穴飛舞降落的，正確來說是小鳥。

小鳥的一隻腳上安裝著器具。庫法一注意到牠的來訪，隨即驚訝地睜大雙眼。

是白夜騎兵團的聯絡網之一！該不會來了回信吧？

然而卻並非那麼回事。用來傳訊的紙張種類不同。這也就是說，首先是有人聯絡了二號街班雷斯街道的祕密基地，然後小鳥將訊息從無人的那個場所轉送到這邊來。庫法從器具裡拿出內容物，順便招待小鳥麵包屑。

聯絡用紙是使用報紙的碎片。

首先開頭就這麼寫著。

『很不妙喔。』

是八卦記者韋斯朋。是報社那邊有什麼動靜了嗎？

他似乎是有些焦急地在書寫，在小小的碎片中難以閱讀的文字還有後續。

『因為你們沒有被造假報導騙到，那些傢伙採取了更下三濫的手段。他們在五號街廣場殺雞儆猴。』

筆記在這邊幾乎寫滿紙張，在最後用小小的文字這麼補充：

『最好別讓小妹妹知道。』

就在庫法看到這邊時，梅莉達從後面走近。

狹窄的教堂，兩人獨處的生活。意外似乎立刻被她察覺到了。

「老師？發生了什麼事嗎……？」

庫法稍微猶豫了一下，然後捏碎手邊的筆記。

「……小姐，請準備外出吧。」

身為正四處潛逃的人實在不能奢求太多，但真希望能就這樣再休息一陣子。

不過看來「等待」的期間似乎已經進入尾聲了——

† † †

街上連一個人影也沒有，詭異地鴉雀無聲。

LESSON: IV
~在安眠之夜~

就連太陽之血的精製工廠也停止運轉。無論哪間商店都掛著「CLOSE」的牌子，馬車和汽車連鎖都沒鎖，就被放置在路邊。

想必是小偷大撈一筆的時候吧，但就連那種缺德傢伙的氣息也沒有。

那過於寒冷的光景，讓梅莉達也不禁摩擦上臂取暖。

「街上的人……究竟都上哪兒去了呢？」

果然應該讓梅莉達留下，自己前來嗎？

不，在這種明顯的異常狀況當中，一無所知地躲藏起來也很危險吧。

恐怕街上的居民並非消失不見——

而是「聚集起來」。

在信上提到的五號街廣場，為了確認被拿來殺雞儆猴的事物。

「……我們走吧，小姐。」

不祥的預感在庫法內心急速膨脹起來。

並非走十分引人注目的無人大道，而是為求保險起見，選擇錯綜複雜的小巷，庫法與梅莉達手牽手奔跑著。兩人充分地運用作為武士位階鍛鍊出來的潛伏技能，一邊消除自己的氣息，同時探索著周圍的情況。

隨著逐漸靠近廣場，人類的呼吸聲也慢慢地增加了……

果然人多到甚至要填滿廣場。逼近到只差一條路的近距離後，庫法一邊將梅莉達藏到牆壁後方，一邊悄悄地窺探著廣場。

在來到這邊之前，庫法一直以為八成是狂人狼族展開了什麼行動。

不過，在廣場卻沒看到那充滿特色的狼頭剪影。

取而代之的是能看見許多穿著酒紅色軍服的騎士身影。

「燈火騎兵團……？」

實在搞不懂情況。

首先，看來街上的居民果然都聚集到廣場來了。只不過，廣場中央由軍人排成一圈形成牆壁，不允許其他人靠近。

中央有座雕像。雕像的腳邊堆積著「柴火」。

然後感覺是五號街居民的一名少女，被人用繩子以十字架形綁在那座雕像上。

少女因恐懼而不停顫抖著。從人牆裡頭傳出女性尖銳的哀號。

「放了我孩子吧！她什麼壞事也沒做呀！」

騎兵團的軍人一言不發地阻擋像是少女母親的那名女性。

梅莉達也察覺到這異常的氛圍，從庫法背後探出臉來。

「究竟發生什麼事情……？」

LESSON: Ⅳ ～在女眠之夜～

在庫法將不祥的預感化為言語之前，可以聽見有個大到不行的聲音說出答案。
「現在開始『審判』！」
是個占據在雕像旁邊，體型相當肥胖的中年騎士。他將一枚勳章擦拭得閃閃發亮，掛在胸前。他似乎是這個騎士隊的……隊長。
隊長高聲地繼續演講。
「我們發現了歐哈拉的居民是『魔女』！是會誘騙人類的邪惡化身。她的罪狀就是……明知道梅莉達．安傑爾的行蹤，卻包庇她！」
「她不知道！那孩子什麼也不知道！要放火的話，就燒我吧！」
「那當然！這女孩只是第一個。假如這女孩不坦承自己的罪狀，女人，接著就是把身為母親的妳處以火刑了……唔哈哈哈哈哈！」
「怎麼這樣……她不知道……她什麼也不知道呀……！」
像是少女母親的女性因絕望而哭倒在地。街上的居民發出怒吼。
「太蠻橫啦──！」
「閉嘴，你們這群低俗的勞工！」
隊長將裝飾過剩的劍鞘插在石版路上。
瑪那火焰從他肥胖的體型緩緩冒出。

「如果不爽我們的做法，隨時都可以訴諸暴力。我會盡全力接受挑戰……！」

「太……太亂來了吧……」

「對梅莉達．安傑爾的行蹤心裡有數的人！最好盡快申報。否則過沒多久，歐哈拉就會變成鬼鎮嘍……？唔哈哈哈哈！」

那就是理應守護平民的貴族階級模樣嗎？

梅莉達向前彎得太過頭了點，因此庫法暫且緊抱住她，同時將她拉回小巷子裡。彼此的心臟都演奏著不祥的節奏。

「老……老師……那些人的目的究竟是什麼……？」

「……因為實在掌握不到我們的行蹤，而使出了強硬手段吧。雖然他們嘴上那麼說，但根本不認為能從街上的居民口中獲得情報。簡單來說……就是小孩子為了找出要找的東西，試圖將玩具箱整個翻過來。」

這表示就算結果會導致除了要找的寶物，其他東西都壞掉，也不放在心上嗎？

庫法敏銳地瞇細眼睛。

「在背後引導的肯定是狂人狼族吧。小姐記得在車站的攻防戰嗎？因為他們自稱是『無血主義者』，不能明目張膽地危害弗蘭德爾的人類——那些騎士是棋子，被交付狂人狼族難以做到的『扮黑臉』。」

LESSON IV

～在安眠之夜～

「為……為什麼騎兵團的騎士要聽從狂人狼族所說的話呢？」

庫法依舊抱著梅莉達，悄悄地探頭窺視廣場。

他看向肥胖的隊長，那是騎士不該有的體型。

「……就我觀察，那一位是負責歐哈拉的警備吧。對野心家而言，也有人認為被分發到下層居住區負責防衛是『不名譽』的事。他一定是覺得自己被發配到閒職……對現狀有所不滿吧。」

「……」

「正因如此，他才決定放棄騎兵團，倒戈到狂人狼族那邊。只要協助他們，就會在革命後的新體制提拔他就任要職——他一定是被這樣的花言巧語給騙了吧？」

庫法能斷言是花言巧語。那人肯定只是剛好方便拿來利用而已。

倘若可以冷靜思考，應該就能察覺到才對——

但騎士隊長的眼眸因妄執而混濁，似乎就連眼前的光景也看不見。

「拿火來！」

他讓部下搬火種過來。成為祭品的少女渾身顫抖，母親因絕望而大聲哭喊。

梅莉達露出平靜的表情，打算從小巷子裡走出去。

庫法輕輕地握住少女的手掌挽留她，僅僅一次。

「小姐？」

梅莉達冷靜地抬頭仰望庫法，她的眼神傳遞出意圖。

庫法也點了兩三次頭，悄悄鬆開手掌。

梅莉達在廣場上現身。每個人都注目著中央的雕像，沒有發現她。

「將魔女定罪！」

騎士隊長因狂喜而顫抖著。

「『幻刀一閃……』」

梅莉達流暢地收緊右手——

然後橫掃。

「『風牙』！」

膨脹成黃金色的火焰化為刀刃，筆直地飛了出去。火焰像是線穿針一般鑽過人牆，掠過騎士的圍牆，淺淺地攻擊隊長凸出的腹部——

「咕噫！」

同時在嚇到腿軟的他眼前衝撞上雕像。

衝擊甚至貫穿到另一頭，大小不一的石片飛散四處。沙塵華麗地飛舞起來，人們發出驚訝的聲音。雖然將雕像搞砸，實在很沒面子……

LESSON IV

~在女眠之夜~

但成為祭品的少女也因此重獲自由。少女的母親立刻飛奔上前抱住女兒。趁騎士隊動搖的時候，街上的男丁將母女藏到人牆之中。

隊長依舊雙腿發軟，驚恐不已。

「怎……怎……怎麼回事？發生什麼了！是誰搞的鬼？」

雖然只是一瞬間的事情，但每個人都知道閃光奔馳的方向。

街上的居民、騎士隊的軍人，所有人都一起轉過頭去。

一陣風吹起——

鴨舌帽從少女頭上被吹飛，露出英勇地隨風飄逸的金髮。是這一年來突然讓報紙熱鬧起來的面孔。那年幼的美貌讓某人顫抖著喉嚨說道：

「是梅……梅莉達小姐……」

「梅莉達．安傑爾……！是本人……？」

「『預言之子』救了那個女孩……」

騷動緩緩蔓延開來，就連軍人也被梅莉達的目光嚇到退縮，倒退了兩三步。

才心想隊長瞠目結舌到眼珠子像要掉出來一般，他的肩膀緊接著痙攣起來。

「唔哈……唔哈哈哈哈哈！妳終於現身啦，該死的『預言之子』！」

「…………」

「這可是個大功勞……是老夫的功勞！這麼一來，老夫就能回到弗蘭德爾東山再起啦！」

隊長像不倒翁翻滾似的跳了起來。他看也不看旁邊，突擊過來。

但在梅莉達擺出備戰態勢前，一陣風飛奔過她的身旁。

從小巷子裡衝出來的庫法從正面將隊長的臉踢了回去。「嘎噫！」隊長發出哀號，他步履蹣跚地倒退後，朝正後方摔了一跤。

那裡正巧是雕像的腳邊，黑煙從已經做好點火準備的那裡裊裊升起……

「好燙！燙燙燙燙！你……你們！快救老夫啊啊啊！」

「隊……隊長！」

「鼻子好痛！好燙！別……別發呆啦！還不快抓住那女孩！」

騎士隊一半的隊員，儘管感到困惑，仍拿起各自的武器。

已經沒有隱藏起來的意義了吧。庫法也拔出刀，將布丟向一旁。

他一邊讓梅莉達站到自己背後保護她，同時瞪著布陣成扇形的騎士。

「看……看招！」

一名騎士伴隨著鼓舞自己的氣勢，朝這邊飛撲過來。緊接著第二人也跟上。

——甚至沒必要拔刀吧。

LESSON IV ～在安眠之夜～

庫法用刀鞘擋開刺向這邊的劍尖。他刻意不抵銷氣勢，讓敵人向前傾，然後在擦身而過時攻擊延腦。第一人順著氣勢跌落到地面上。

第二人因為緊張而用力過頭。他從相反的角度用握柄頭分毫不差地接下垂直揮落的刀刃。力量反彈回正相反那邊，毆打敵人浮起來的軀體。

第二人臉朝上地摔倒，翻白眼之後一動也不動了。

「嗚……！」

剩餘的騎士瞠目結舌，握住武器的手過度用力。

庫法已經識破他們無法正常地發揮本身能力的理由。

「看來你們正對自己行動的正當性感到迷惘呢。」

有幾個人抽動了一下肩膀就是最好的證據。庫法緊接著說道：

「你們認為加入藍坎斯洛普那邊是正確的？現在不是我們起內訌的時候了。這時才應該所有人團結一致，對抗這個弗蘭德爾的威脅吧？」

「你們這群沒用的廢物！一個勁兒地衝上去！別停下來，只管進攻！」

隊長至今仍埋在柴火裡，這麼嚷嚷著。他還是一樣，只有聲音和塊頭特別大。

「唔哈哈哈！該死的小毛頭騎士，弗蘭德爾已經是狂人狼族的東西啦！能早一步討好他們的人，將握有下個時代的實權！那種小不隆咚的小丫頭怎麼可能阻止得了巡王爵的革命！動手，動手！把反叛者都給我燒光——！」

該說是軍人的習性嗎？騎士儘管緊張得冒汗，仍舉起武器。

庫法終於將手掌貼上刀柄。梅莉達也上前到他身旁，擺出格鬥術的架式。

然後——出乎預料的，還有一個人。

街上的年輕人從人牆裡走上前來。儘管身體不停顫抖，他的雙手仍握緊拳頭。

「太……太蠻橫了……你們太蠻橫啦！如果要對我的街坊鄰居動手……我……我也要戰鬥！」

「沒錯，說得好——！」

聲音和腳步聲從居民那邊接連響起。感覺對力氣很有自信的男人接二連三地飛奔上前，在庫法與梅莉達的周圍形成牆壁。主婦拿出擀麵棍，勇猛地捲起袖子，孩子們拿小石頭丟向騎士隊。

「別小看勞工！」

「不管是貴族還狼人，都別想我們會屈服！」

「沒錯，我們站在『預言之子』這邊！至少比你們要好多了！」

那驚人的數量讓騎士隊退縮了。梅莉達仰望庫法，熱淚盈眶地說道：

「老師……！」

LESSON IV ～在安眠之夜～

庫法回以優雅的微笑。不過，就在這之後沒多久。

狼的遠吠聲從遠方響徹雲霄。

廣場瞬間安靜下來，接著街上的居民騷動起來。

只有埋在柴火堆裡的隊長面露醜惡的笑容。

「唔哈……唔哈哈哈哈！你們以為我沒有通知嗎？他們……狂人狼族早就布下天羅地網了。為了無論何時！『預言之子』出現都能有備無患！」

「……！」

「好啦，他們隨時會蜂擁而至喔？他們肯定會咬碎狂妄自大的勞工，將真正的魔女處以火刑吧！唔啊——哈哈哈哈！」

庫法認為沒義務聽他講到最後，在他話說到一半時便轉過身去。

他抓住梅莉達的手並拉起。

「我們走吧，小姐。」

「可……可是，在這裡的人會……」

「小姐忘了嗎？他們表面上自稱『無血主義者』。在有眾多目擊者的情況下，他們

無法危害一般國民！」

庫法刻意大聲地這麼告知。這番話滲透到原本動搖的居民之間。

接著庫法更是挺直脊背，筆直地注視騎兵團的騎士。

「這下也沒必要搞什麼無意義的魔女審判了。畢竟我們已經被發現了嘛。騎兵團應該會遵循其本分，守護街上的居民吧！」

「……！」

姑且不論隊長，庫法並未看漏那些部下的眼眸裡還殘留著騎士的驕傲。

最後，庫法悄悄地在梅莉達耳邊低喃：

「敵人的目標終究是我們。」

梅莉達已經不抵抗了。她就那樣被庫法牽著手，飛奔離開廣場。

——應該逃到哪裡呢？

總之要盡快逃向遠方。剛才是慎重地挑選小巷行走，現在則恰好相反，兩人沿著大道，在完全沒人的道路正中央盡全力奔跑。四處都還沒看見人狼的身影。只是有不祥的氣息宛如烏雲一般悄悄靠近。

庫法突然拉著梅莉達的手，跑向路旁。

「小姐，請搭上去！」

LESSON IV ~在安眠之夜~

才心想是怎麼回事，原來是停在路邊的汽車。是在歐哈拉相當流行，情侶經常用來兜風的可愛敞篷車。

不過，這樣擅自借用真的好嗎？

「該說職務權限嗎——」

庫法推著梅莉達的背後，一邊讓她坐上副駕駛座。

「現在是緊急狀況！」

同時自己也俐落地跳上駕駛座。

他氣勢猛烈地轉動曲柄桿，於是引擎宛如野獸一般發出低吼。

車身抖動起來——

「請抓穩了！」

庫法一口氣踩下左邊的踏板。後輪猛烈地空轉起來，接著車子彷彿後方爆炸似的奔馳而出。梅莉達「哇！」了一聲，緊抓著椅墊。

庫法巧妙地操作兩根操縱桿，用右手粗魯地轉動方向盤。眼看著汽車很快地加速起來，每當後輪因轉彎而滑動時，石版路便會燒焦。之後庫法將腳從踏板上移開，用雙手握緊方向盤。

輪胎穩定到跟剛才截然不同，車子快似箭地奔馳過大道。

梅莉達一下看得出神，一下驚訝不已，非常忙碌。梅莉達自豪的這個家庭教師，當真沒有辦不到的事情吧？就在她像這樣看庫法的側臉看得入迷時，庫法本人用感覺非常緊迫的聲音，不輸給強風似的吶喊：

「能不能看見追兵的身影？」

梅莉達急忙地連同身體轉向後方看。

她抓著椅背，盯視來時的方向，現在就連吼叫聲也聽不見。

「什麼也沒——」

看見——就在梅莉達想這麼告知的瞬間。

汽車伴隨著尖銳的喇叭聲響，從轉角的左右兩邊衝了出來。

不是只有兩三輛而已。在庫法他們的車通過後沒多久，漆黑的汽車隨即從小巷裡接二連三地出現。車子布滿大道，一邊互相碰撞著車身，同時盡全速追趕著這邊。

是前後、側面都安裝著玻璃窗，且設有車頂的牢固密閉型汽車。

隔著玻璃窗可以看見身穿風衣的狼男正握著方向盤。

「狂……狂人狼……！」

那副打扮是在卡帝納爾茲學教區進行埋伏，所謂「專長暴力」之輩。

只有一輛頂著車篷，開放式的旅行車摻雜在裡面。

是駕駛戴著高帽，脖子上還掛著相機，讓人印象深刻的狂人狼。

「找到了！找到人嘍！『預言之子』梅莉達．安傑爾！你們這次可別讓他們逃掉啦！下次再失敗，就要被老大痛罵一頓嘍！」

後面跟著的密閉型汽車同時加快速度。

庫法再次單手伸向操縱桿，並踩下左邊的踏板。

「小姐！請牢牢地坐在座位上，小心別摔出去了！」

梅莉達照庫法所說，重新面向前方壓低姿勢，抱住頭部。

車子以驚人的氣勢將景色拋在後方。街上都空無一人，實在是萬幸。才心想會一直用最高速奔馳下去時，庫法突然令人眼花繚亂地轉起方向盤。他用銳利到令人害怕的內角猛然急轉彎，一邊弄焦石版路，同時以最速奔馳而過。後輪響起震耳欲聾般的音色。是抗議的哀號，抑或歡喜的吶喊呢？

那駕駛技術甚至讓人覺得沒辦法開得更快了。

因此會慢慢地被追上，純粹是因為車子的性能差距嗎——

跟在後面的前頭車輛終於逼近到眼前，敵人就那樣猛衝，並未放鬆油門地以直線衝撞上來。車身被搖晃這種史無前例的衝擊，讓梅莉達忍不住發出哀號。庫法巧妙地穩住方向盤，恢復平衡。

敵人也從左右兩邊追趕上來。一跟這邊的車並行，駕駛立刻毫不留情地轉動方向盤。從正旁邊遭到撞擊了。駭人的金屬聲響起，車身用力搖晃。

庫法像要拉住脫韁之馬一般，拚命地壓住亂動的方向盤。

「小姐！在我的內側口袋裡……」

在庫法說出全部前，梅莉達便抱住了他。

她摸索著外套的內側，抽出投擲用的彈片。她在轉頭的同時，將彈片從食指與中指之間丟向正後方的車輛。

應該會相對地形成驚人的貫穿力。

儘管如此，卻還是被玻璃窗彈開了。梅莉達懷疑起自己的眼睛。

「為什麼……？」

「看來似乎改造成軍用的了。」

證據就是排氣量非常驚人。在那群敵人通過的後方，黑煙裊裊升起。車窗肯定是強化玻璃吧。難怪能開出像犯規一樣的超速度——

既然如此——庫法的腦內浮現出歐哈拉的地圖。

他再三提醒梅莉達。「請抓穩了！」半桶水的反擊沒有意義。

庫法盡可能維持最高速度，靠駕駛技術彌補性能差距。若是從後方被碰撞，就利用

LESSON: IV
~在安眠之夜~

那股氣勢加速，假裝往左邊前進，然後朝右邊急轉彎，讓後面的車白跑一趟。趁敵人朝外側膨脹起來時，這邊以最短距離奔馳過內側跑道。慢了一拍後，黑色流星群在石版路上拖拉出燒焦痕跡。

目標是架設在五號街與四號街交界處的高架橋。

庫法開車衝向高架橋底部。只有車頭燈可以依靠。他用不把黑暗當一回事的刺客之「眼」，閃避過所有肯定會衝撞到的支柱群。

鋼架在頭頂正上方發出低吼。輪胎碾過什麼，車身稍微浮起。在穿越車子幅度勉強能通過的縫隙的瞬間，令人頭暈目眩的火花在車門外側四射。

「呀啊啊！」

梅莉達已經發出整個就像「膽小女友」似的哀號，抱住庫法。由於氣勢過猛，嘴唇還撞上庫法的臉頰。「哎呀？」庫法這麼說道，散發出像是爽朗地在開車兜風的男友氛圍。

「小姐明明這麼纖瘦，卻四處都很柔軟呢。」

「現……現現現在是說這種話的時候嗎！」

「這樣正好，請繼續抱緊我——會搖晃。」

從後方響起爆炸聲。

梅莉達照庫法所說，讓雙手緊緊地繼續纏繞在庫法脖子上，看向後方。幾乎被黑暗封閉的空間裡，綻放著烈火。是狂人狼的追蹤車接連地發生衝撞意外。有的人不曉得前方一公尺是盡頭，從正面衝撞上去，有的人是輪胎一駛到建材上，便因為速度過快，在空中旋轉起來並吹飛。車子從天花板墜落，玻璃窗碎片四散。他們也不曉得彼此的位置而塞車，完全沒有放慢速度的魯莽車輛衝入同伴的車群。

一邊車門凹陷，一邊車體前部與引擎一同破碎——

然後爆裂。

庫法將那陣爆風當作順風，讓車子加速。他踩下右邊踏板。後輪煞車，車體宛如舞者一般跳躍起來。梅莉達抱住庫法的手更用力了。

在前輪轉向某一點的瞬間，庫法抬起右腳，踩下左踏板。

一陣煙從後輪迸出。車子爆發性地加速，眨眼間便駛離高架橋。一輛車也沒有追趕上來。俐落的逃亡戲——明智的敵人指揮官並未讓自己的車衝進去，而是在橋的另一頭氣憤地不停顫抖，握緊方向盤。

「……居……居……居……居然敢瞧不起我們，那個人類！所有人都丟掉車！」

雖然駕駛也不是完全沒事，但該說不愧是藍坎斯洛普嗎？他們從半狼變化成純粹的狼型模樣，各自粗魯地從車裡爬了出來。

LESSON IV
~在安眠之夜~

他們毫不在乎鮮血從傷口流出，用四隻腳一蹬地面。

他們這次毫不迷惘，流暢地突破高架橋。數量果然相當可觀。

「老師……！」

梅莉達看似不安的眼神從近距離望向庫法。

庫法再次調換操縱桿，稍微放慢最高速度。

「小姐，能請妳從腳邊幫忙撿起我的刀嗎？」

逃走這件事本身比剛才輕鬆多了。敵人的腳速已經比車子還慢。

還無暇喘息，庫法與梅莉達便接著前往四號街的虹油工廠。

果然空無一人。這樣正好——裝滿太陽之血原液的巨大油槽擁擠地並排著。庫法他們的車鑽過門扉後，大約慢了三秒，狂人狼的團體也零散地跟了上來。

庫法改成只用左手握住方向盤。

「小姐，準備好了嗎？」

「是的！」

他一邊聽著學生活潑的回答，一邊讓刀出鞘。

然後橫掃。

在車子穿過的同時，一旁的油槽被刻上一直線的斬線。太陽之血宛如噴泉一般噴出。人狼毫不在乎讓地面淹水的那些太陽之血。

他們接連地踏入裡面——

隨後，梅莉達踩著座位站了起來。她早已解放了瑪那。

「『幻刀一閃——風牙』！」

她釋放出聚集在右手掌的火焰。黃金色刀刃飛了出去。那刀刃斷開了敵方團體的正中間，一口氣飛越到最後面。沒有掠過任何一隻狼——

相對地點燃了地面的太陽之血。

火海一口氣蔓延開來。狼群被燒傷了腳，一旦因劇痛而打滾，旺盛燃燒的火焰就會吞沒他們全身。他們痛苦地滿地打滾，發出哀號。縱然有鋼鐵般的皮膚與生命力，要是從肺部被燃燒殆盡，也是不堪一擊。

已經沒有任何人追趕過來，梅莉達與庫法的後方展現出煉獄般的光景。

「成……成功了……！」

看到學生雖上氣不接下氣仍這麼低喃，庫法也不禁露出微笑。

隨後沒多久。

從油罐後方衝出來的一隻狼，跳到汽車前面。他衝向前輪。狼連哀號都沒有地被碾爆，但那硬質的皮膚弄破了輪胎。

車體後部往上跳起。

梅莉達嬌小的身軀浮起之後，庫法立刻緊抱住她，跳離了駕駛座。在千鈞一髮之際，車子前傾翻滾，一邊削起地面，同時跳起好幾次。車子一邊揮灑零件一邊活潑地旋轉，維持那樣的速度衝撞上油槽。

庫法與梅莉達以震耳欲聾的轟隆聲響為背景，在地面上翻滾。

雖然這陣衝擊震撼著腦袋，但梅莉達自覺到她本身完全沒有受到傷害。因為庫法牢牢地穩住她的後腦杓與腰部，代替她承受傷害。庫法巧妙地轉動身體，必定會讓自己的肩膀與背後撞向地面。

他就那樣仔細地削弱氣勢，最後「砰」一聲地倒向地面。

梅莉達好不容易從庫法的手臂中抬起上半身。

「老師！」

用手掌碰觸就能明白，庫法的肋骨有幾處發生異常。

讓車子用最高速度前進，結果卻徒勞無功……明明如此，但梅莉達頂多只有擦傷。真不曉得庫法有多麼重視自己。總覺得即使將身心全部奉獻給他，似乎也無法徹底滿足。

汽車喇叭聲響起。

還以為敵人的追蹤部隊全滅了，卻並非如此。旅行車在最後獨自一輛突破火海，猛烈地衝向這邊。

手握方向盤的是身穿風衣並戴著高帽的指揮官狼。

「哇——哈哈哈！就這樣碾死你們——！」

就連梅莉達也能清楚地想像到他毫不猶豫地踩下油門的模樣。

庫法緩緩地爬了起來。

「老師！」

他的腳步非常穩固。他彎腰撿起自己被拋向地面的黑刀。

「小姐，請妳站在原地，一步也別動。」

他看來有些呼吸困難。他究竟打算做什麼呢？

就在這段期間，汽車那彷彿怪物般的車頭燈逼近眼前。

狼駕駛顯露出狂喜之情。

「去死吧————！」

梅莉達維持趴著的狀態，動彈不得地睜大了雙眼。

就在庫法高大的身軀差點被鋼鐵獠牙咬住的瞬間——

他以快到令人看不清的速度滑動到正旁邊。

LESSON IV
～在安眠之夜～

以一線之隔逃到輪胎外側後，他將刀水平地刺向前方。

一直線地從前輪劈開到後輪。

輝煌的鋼鐵碎片從使勁揮出的刀尖散落。

「唔哇！」

橫衝直撞的車一口氣失去了控制。駕駛胡亂地轉動方向盤。只有剩餘的右側輪胎猛烈地轉動，拖拉著車體左側急速轉彎。

車子以相當遠的距離穿過目瞪口呆的梅莉達的外側。

然後翻滾。

庫法一邊轉頭，一邊將左手探入懷裡，在拔出手的同時讓指尖一閃。

彈片從食指與中指之間飛了出去。

那彈片宛如流星一般被吸入汽車的發動機，炸裂出火花後——

又綻放另一朵烈火之花。

「嘎啊啊啊啊啊！」

駕駛身穿著火的風衣，被拋向空中。他描繪出拋物線，墜落到遠方。然後車子散播出幾次爆炸聲響，同時衝撞上地面。零件壓扁到甚至看不出原形。

爆炸衝擊波呈圓環狀颳過，粗魯地吹起梅莉達的金髮。

「唔哇……啊……」

梅莉達瞠目結舌。工廠情況已經慘不忍睹。之後負責人和作業員前來的話，光是清理收拾廢鐵，就得花上一整天吧……

梅莉達放棄深思，好不容易從地面上跳起身。

「老師！」

她飛奔到庫法身旁。不管怎樣，梅莉達先飛撲向庫法胸口，一邊由衷地傳遞敬愛之情，同時也為了確認庫法的傷勢。庫法也稍微攤開單手，試圖迎接學生的擁抱。

不過，在那之前。毫無預兆地在地面上冒出的龜裂，劈開了兩人的中間。

地面像是被頂起來似的搖晃著。梅莉達不禁踉蹌了幾步，就連庫法也有一瞬間失去平衡，用左腳穩住身體——負傷的影響顯現出來。

話說回來，剛才的搖晃究竟是怎麼回事？

「咕……咕呼呼。不會讓你們逃到任何地方的……！」

梅莉達猛然一驚，轉過頭看。只見穿著風衣的狼指揮官，已經渾身是血地拖著腳靠近。他的毛皮和衣服下襬都燒焦了。

但毫髮無傷的相機仍在他的脖子上詭異地亮起鏡頭——

如果有聽說名字，應該能察覺到吧。

LESSON Ⅳ ～在安眠之夜～

史皮庫斯．羅傑一邊從喉嚨裡吐出血，一邊放聲尖叫：

「擊潰他們，**巴薩卡！**」

地面的龜裂一口氣呈放射狀拓展開來。那光景就彷彿裂開的玻璃杯一般，才心想有大小不一的踏腳處胡亂地隆起，又緩慢地開始凹陷。

梅莉達與庫法立刻朝彼此伸出手掌。「老師——」、「小姐！」

卻來不及。地面格外用力地搖晃了一下，接著整體便一口氣崩塌。梅莉達拚命地保持平衡，同時驚訝地睜大了眼。在前方展現出來的空間——是地下工廠！鋼架與鋼管布滿在黑暗當中。

然後，在那個地下空間的正下方——

有個眼眸喪失理性，穿著拘束衣的人狼。

他雙手的肌肉無止盡地膨脹起來，輕而易舉地彈開兩三條拘束帶。

口水與低吼聲從獠牙縫隙間漏出，最終就連束縛嘴巴的拘束帶也被他只靠下頷的力量撕裂。

彷彿要吞食一切似的張開的嘴巴，發出令人毛骨悚然的咆哮，響徹四方。

叮——空氣顫抖起來。

巴薩卡強烈地一蹬地面，宛如弓箭一般跳出。他的目標是空中的庫法。刀與爪激烈

衝撞，留下瞬間的火花後，兩個剪影互相糾纏並吹飛。在梅莉達慢了些追逐殘像的瞬間

——傳來轟隆聲響。

是誰發出的聲響呢？只見幾滴血液殘留在半空中，散落到地板上。

梅莉達焦急地一蹬土塊，在地下工廠的地板著地。幾乎就在同時，天花板約十公尺範圍大的土塊崩落下來，撞上地面。掀起猛烈的沙塵。

「老……老師……！」

該過去幫忙嗎？還是應該躲藏起來，以免妨礙到他呢？

但是，梅莉達也沒有選擇的餘地。頭頂上響起下樓的聲音。有人從地上跑了下來。

相機的閃光燈烙印在黑暗中。

「咕哈哈哈哈……！終於把妳逼入絕境啦～……『預言之子』！」

梅莉達敏銳地吸了口氣，立刻轉過身去。

她遠離相機的閃光燈。聲音伴隨著零散的閃光追趕過來。

「很明智！人們的希望……咕哈哈！居然在這種地面下東逃西竄，這模樣可不能被刊登到報紙上啊！但已經太晚啦——」

在梅莉達衝進陰影處後沒多久，白光渲染背後。

正想從反方向衝出去時，相機的閃光燈先一步掠過鼻尖。

LESSON: IV ～在安眠之夜～

雖然應該還沒被拍到……是嗅覺！他靠狼的感覺探查到自己的所在處。梅莉達將手掌碰向牆壁，靠反作用力朝敵人的反方向飛奔而出。

腳步聲與相機的閃光斷斷續續地一邊照亮黑暗，一邊靠近梅莉達。

「妳以為我會放過醜聞的瞬間嗎？你們在大道上東逃西竄的期間，我可是把妳的男伴開車橫衝直撞的模樣一絲不漏地拍下來了！要是把那些照片跟街上路人的照片**合成**，妳覺得會變出什麼？……就是『在午後的市場橫衝直撞的車！「預言之子」正在享受蜜月旅行？』啦！」

「……！」

「嘎～～哈哈哈！那群人類想必會大失所望吧。畢竟他們一邊膽顫心驚地對我們察言觀色，一邊在心底等待著妳的歸來。他們認為『總有一天「預言之子」會出現，把危險的狼人都趕出去才對』……一群蠢蛋！我就在明天的早報立刻摧毀他們的希望吧。咕哈哈哈哈！」

在對方的臺詞說到一半時，梅莉達便停止奔跑。

她用力握緊拳頭……下定決心折返回頭。

她從陰影處現身。

風衣變得殘破不堪的狼人站在通道前方。「哦？」史皮庫斯．羅傑發出像是感到佩服的聲音，暫且放下相機。

梅莉達筆直地瞪著他的野獸眼眸。

「……那麼，就是你嘍？是你合成愛麗的照片，捏造了那篇假報導吧。」

「妳發現啦？要是妳能被那個給騙到就省事多了。」

「我聽說你會為所欲為地操作情報。如果不想吃苦頭……就告訴我弗蘭德爾現在發生什麼事，把你知道的事情一五一十地說出來！」

梅莉達撿起隨意滾落在通道旁的鐵管。

她將前端對準羅傑，於是野獸的嘴「噗哈」地直接大笑出聲。

「喂喂喂，妳連我們的力量差距都不明白嗎！我們可是夜界的一大勢力，狂人狼族喔！跟一般的『野生魔物』相比，無論是咒力強度或戰術知識，都截然不同——還是妳當真以為自己是『被選中的勇者』？當時候到來特別的力量就會覺醒，能夠毀滅邪惡？這還真是滑稽！」

梅莉達無話可反駁。她痛切地感受到自己有多麼渺小無力。

儘管如此，在尊敬的師父努力奮戰，親愛的堂姊妹感到悲傷時，怎能只有自己躲藏起來呢！梅莉達架起也不能稱之為武器的鐵管，拚命地忍住不後退，也不從敵人身上移開視線。

LESSON: Ⅳ ～在安眠之夜～

這時有個聲音從完全出乎預料的地方傳來。

「雖然是孩子但也是騎士——別小看了她的決心喔。」

是從梅莉達的背後傳來的。她不禁轉過頭去，只見有個女性優雅地走近這邊。

妙齡的美貌，長達腰部的黑髮——兼具高雅與嬌嫩的存在感。

那非同常人的氛圍，讓史皮庫斯．羅傑驚訝得睜大雙眼。

「什麼……！」

女性右手拎著厚重的大劍，走到梅莉達面前。

「亞美蒂雅伯母大人……」

她只有一瞬間看向梅莉達，神祕地揚起抹著口紅的嘴脣。

拉．摩爾家的當家，亞美蒂雅女公爵的尊容確實就在這裡——

史皮庫斯．羅傑也一樣露出難以置信的表情。

「怎麼可能……魔騎士亞美蒂雅．拉．摩爾……？妳居然還活著嗎！」

「若要模仿你的說法，就是被當成一般騎士，我可受不了啊。」

豈止活著，她的模樣就跟梅莉達曾見過幾次時一樣健康。

亞美蒂雅只靠右手凜然地將看起來就十分厚重的大劍對準羅傑。

「你不明白我們的力量差距嗎？」

「咕……！」

羅傑後退兩三步，慌張地咬起手指。

「兄……兄弟！快點，把這女人收拾掉！」

隨後，通道的牆壁被盛大地貫穿。

他似乎與庫法上演了一場死鬥。互相糾纏並在地板上翻滾的剪影，猛然地朝左右兩邊分開。庫法踢著敵人的肩膀往後跳，巴薩卡毫不在乎地讓鞋底滑向幾公尺後方。

「亞美蒂雅大人……？」

庫法稍微吐了點血。似乎是折斷的骨頭對內臟造成損傷。

亞美蒂雅瞥了他一眼後，隔著敵人滑行到對角線上。

「這裡就交給妾身吧。我大致看出這個怪物的行動模式了。」

「妳，說，看，出～～？」

羅傑一溜煙地拉開了距離。他一衝到陰影處，立刻只探出頭來，發出號令。

「不明白力量差距的是妳！捏碎她，巴薩卡！」

巴薩卡張開大嘴，彷彿要振破鼓膜的吶喊聲轟動了地下空間。

肌肉在長靴內側隆起，他強烈地一蹬地板。可怕的是那股瞬發力讓空間彎曲變形，彷彿戰車般的壓力逼近亞美蒂雅。

LESSON IV ～在安眠之夜～

庫法敏銳地發出警告。

「他的力量非比尋常！」

亞美蒂雅改變架式。

「那樣正好。」

魔騎士的火焰從她的全身轟！一聲地解放出來。

「『葛蘭巴尼卡之怒』……！」

可以知道她是在宣告技能。但從未見過的現象讓梅莉達驚訝得睜大雙眼。

首先特異的是瑪那的舉動。該說將重力可視化嗎？瑪那以亞美蒂雅為中心，像被吸引似的起伏著。她本人將大劍架在眼前，壓低重心，沒有採取行動。沒有初動——也就是說這並非先發制人的攻擊技能。

是劍士位階擅長的反擊系防禦技能！

巴薩卡無論對手是什麼狀態，都毫不猶豫。無論對手會迎戰會逃跑，或是打算擋住攻擊，都跟他無關。他擁有能夠連同防禦一起粉碎的力量，與超越逃跑速度的拳壓。還有就連反擊也不當一回事，深不見底的韌性。

——到目前為止是這樣。

亞美蒂雅對他而言，無疑成了前所未聞的敵人。

巴薩卡的鐵拳從頭頂高高往下揮落。膨脹起來的衝擊波與金屬聲。凹陷的鐵地板。

梅莉達摀住嘴角，擔心就連亞美蒂雅的膝蓋也被這拳給粉碎了。

緊接著。

「……喝啊！」

亞美蒂雅伴隨著簡潔的氣勢，反過來揮起大劍。刀刃勾勒出一抹光線，斬擊聲穿破天際。於是怎麼了呢？只見巴薩卡首次華麗地吹飛出去，臉朝上地滾落地面。火焰燒焦了他的毛皮。

梅莉達不用說，最驚愕的應該是史皮庫斯・羅傑吧。

「別……別開玩笑了！那是人類的力量嗎……？」

「應該不是人類的力量吧。」

只有庫法一邊摸索自己的立足處，同時已經注意到機關。

就連巴薩卡也有一瞬間看起來像是殺意產生動搖。他再次發出像要撕破喉嚨般的咆哮，掩蓋那種困惑。他用趴著的姿勢跳起身，勇敢地挑戰對手。

威力猛到彷彿要將對手撞飛到大地盡頭一般的強力金臂勾。

亞美蒂雅絲毫不為所動地用劍身擋住那攻擊，隨後踏步向前。她流暢地揮起大劍，巴薩卡伴隨著宛如新月的光線吹飛出去。

他從頭部撞上建材堆，發出尖銳的衝擊聲響，緊接著鋼架傾盆而降。

亞美蒂雅厭惡瀰漫起來的沙塵，用空著的左手拍了拍嘴角。

「簡直就像頭野豬啊。」

敏銳的人早已經察覺到。

亞美蒂雅的防禦技能是魔騎士才辦得到的強化版——該稱為反擊技能嗎？藉由魔騎士的能力將敵人攻擊的威力無一遺漏地「吸收」起來，而且追加在自己本身的攻擊力上，反彈回去。

巴薩卡銅牆鐵壁般的防禦力，被自身絕對的力量給突破了。

倘若是理性的戰士，應該能立刻察覺到自己的大意吧。

但對瘋狂的巴薩卡來說，並沒有「思考」這個選項。應該說沒有必要嗎……總之從鋼架堆裡爬出來的巴薩卡，用爪子抓著地板，顯示出他仍會繼續突擊的意志。他一隻腳被壓在底下，花了幾秒才抽出來。

亞美蒂雅俯視對方完全就是野獸的姿態，眼眸流露出憐憫之情。

「也沒道理拖延太久……我已經充分『獲取』了。」

這次輪到我了——她彷彿想這麼說似的水平架起大劍。

梅莉達不用說，就連庫法也感到戰慄的壓力蓄積在那刀身上。這就是會奪取敵人力

LESSON: Ⅳ ~在安眠之夜~

量的魔騎士位階可怕之處……！無法完全抑制住的鬥氣讓厚重的大劍嘎吱作響，且讓周圍的空氣微微地顫抖起來。

巴薩卡總算彈開鋼架，一蹬地板。

就連要看準最適當的時機，也輕而易舉。

「『希爾維斯之慟』！」

這次是必殺的攻擊技能。刀刃描繪出圓弧軌跡，流利地捕捉巴薩卡的下頷。然後順勢縱向上砍臉部。巴薩卡也不禁放聲尖叫。

大劍以超脫常識的速度被抽回，狂砍破綻百出的軀體。才心想她從對方的右肩往下斜砍，只見劍尖反彈回來，伴隨著女公爵跳舞般的步伐三連擊。在巴薩卡的意識偏向左側的瞬間，砍進右側腹的刀刃橫掃到左肩上。

不過，她在這裡耗盡了「吸收」過來的攻擊力。

「太拚了點嗎？」

亞美蒂雅將最後的突刺推入胸膛，將巴薩卡的巨體反推回去。

刺客的影子從他的背後滑行逼近。

「之後請交給我——」

庫法強烈地踏步向前，揮拳毆打。

來自下半身的衝擊累積在骨盆，環繞全身的氣力集中在手肘上，炸裂開來。

巴薩卡的脊背宛如波浪一般彎曲變形。他的內臟破裂，從野獸的嘴裡迸出鮮血。

「武士有武士的——」

庫法片刻不停歇地攻擊七處穴道。

「戰鬥方式！」

最後同時推壓左右掌心。

他突破鋼鐵肌肉，巴薩卡的骨頭碎成粉末。內臟也稍微受傷。這樣的傷害超過容許量了吧。巴薩卡連臨終前的哀號也沒發出，突然搖晃著巨體。

接著他趴倒在地面上，那股重量掀起了猛烈的沙塵。

解決掉了——

庫法謹慎地將手掌貼在他的胸口，確認他的呼吸確實已經停止。這麼一來，包括最大的強敵在內，狂人狼的執行部隊便全滅了……

不，還有一個人。還殘留著一個不能放過的人。

那個人縮起脊背躲在陰影處，同時悄悄地試圖後退。

「居……居然有這種事……沒想到騎士公爵家的力量這般強大……可惡！既……既然如此，廣場的魔女審判就當成是那女人做的好事——」

LESSON IV ～在安眠之夜～

「慢點？可以借一步說話嗎？」

細長的某樣東西戳著風衣男的背後。

羅傑轉過頭去，只見相機立刻從他的手邊被打落。相機悽慘地在鐵地板上破碎開來，底片四散。

「唔嘎啊啊啊啊啊！搞……搞什麼啊，居然將我的財產……！」

當然是一直睜亮眼睛盯著他的梅莉達。黃金色火焰寄宿著感情，在她往下揮落的鐵管上熊熊燃燒著。

她再一次使勁將鐵管高高舉起。

「這是你侮辱愛麗跟我的懲罰！」

用力攻擊羅傑的腰部──「咕嘰！」在羅傑身體往後仰時，立刻橫掃他的延腦。

羅傑就這樣輕易地昏倒過去，砰──！一聲地從鼻頭倒落地板上。活該──梅莉達丟掉鐵管，啪啪地拍了拍雙手手掌。

這時響起了輕快的鼓掌聲。

「很精彩的劍術！安傑爾之女啊。」

「亞美蒂雅伯母大人，您怎麼會在這裡……？」

梅莉達慌張地飛奔到摯友繆爾的母親身旁。

亞美蒂雅一邊用指尖輕快地轉動著感覺十分沉重的大劍，同時讓大劍落入刀鞘。

「能找到你們真是萬幸。因為五號街似乎發生了什麼騷動，我心想搞不好是你們，就來刺探情況，結果不出所料呢。」

「亞美蒂雅大人為何會在歐哈拉？」

庫法也將愛刀收入刀鞘，然後擦拭嘴角的鮮血。

「根據報紙所說，您從王座會議那天就下落不明……」

「那是我太大意了。但是，別再相信報紙的內容了。」

亞美蒂雅看似痛苦地搖了搖頭。

「弗蘭德爾已經生病了……更糟糕的是，幾乎大部分人現在都還沒注意到它的症狀。再這樣下去會無法挽回。」

「這話是指……？」

就在庫法與梅莉達面面相覷，蹙起眉頭後沒多久。

周圍忽然變暗了。

不，畢竟是地下空間，所以黑暗是理所當然的。不過**正因為如此**，庫法等人才能立刻注意到那個「異常」。

理應會從天花板開的洞流洩進來的「地上的燈光」消失了。

LESSON: Ⅳ

~在安眠之夜~

亞美蒂雅表情嚴肅地盯著頭上。

「已經開始了嗎……！」

女公爵瀟灑地轉身前往階梯。庫法與梅莉達也快步地追逐她的背影。

三人從地下工廠爬了出來，站到能環顧歐哈拉街景的位置後，總算注意到了。

「天空」很黑暗——

工廠街歐哈拉是為了精製太陽之血而存在。照理說精製過的太陽之血每天都會被抽取到上層，提供輝煌的路燈光芒給弗蘭德爾二十五個街區。

讓人聯想到太陽的那個光芒消失了。

被提燈狀的容器包圍的街區，宛如鬼鎮一般沉入黑暗中……

「為……為什麼？明明還是白天……！」

梅莉達這麼呻吟，縱然是深夜，也不可能所有街區都像這樣完全熄燈。因為太陽之血並非單純的光源，而是「太陽之盾」。黑夜會將生物改造成藍坎斯洛普這種怪物，太陽之血能保護人類免於黑夜的威脅。

「是那群『無血主義者』的指示。」

亞美蒂雅一臉憎恨地這麼說道。梅莉達與庫法轉頭看向她。

「聽說接下來會大幅縮減太陽之血的供給量，慢慢減少路燈的點燈時間。遲早會變成從早到晚都隨時被夜晚的黑暗給包圍的狀況吧。」

「那……那麼做的話，就會從抗性較低的人逐漸被瘴氣侵蝕，大家都會變成藍坎斯洛普！」

「**那正是那群傢伙的目的**。」

梅莉達更加啞口無言。庫法也嚴肅地蹙起眉頭。

亞美蒂雅像是要用話語打樁一般，在一字一句裡蘊含感情。

「強硬進攻的話會遭到抵抗。掀起戰爭的話會出現犧牲者。那麼，假如能夠將敵人『養到死』的話……？他們首先從這座都市拔除獠牙，接著等時機成熟，奪走太陽的守護。於是人們便會無計可施，只能慢慢地淪落成藍坎斯洛普，不知不覺間，弗蘭德爾就會變成夜界的一部分——這就是他們的如意算盤。」

「怎麼會……！」

「聽好了，絕對不能搞錯喔。」

女公爵將塗著暗色指甲油的食指豎立在眼前。

「所謂的『無血主義者』並非和平主義者。而是**試圖不流一滴血地獲得弗蘭德爾**的勢力。」

梅莉達和庫法已經無言以對，他們抬頭仰望彷彿亡靈一般陷入黑暗中的吊燈。

LESSON: IV
~在安眠之夜~

可怕的陰謀化為烏雲，盤旋在弗蘭德爾的上空——

只不過在那當中，僅有一處。

只有巡王爵所在的聖王區，如今也輝煌地散發著光輝，宛如天頂的星星一般，彷彿在暗示不祥的未來。

LESSON：V　～滿滿一茶匙的希望～

燈光的供給量受到限制這點，對潛伏的一方來說也挺有利的嗎？至少就算與路人擦身而過，也不用擔心會遭到盤問。

即使是這陣子作為最重要人物，讓報紙熱鬧起來的面孔並排在一起也一樣。

尤其是梅莉達，在一連串的逃亡劇裡不知把帽子掉哪兒去了。庫法彷彿要獨占少女耀眼的金髮一般，從背後攬著學生的肩膀前進。

這樣可能有一點難以走動，梅莉達慢吞吞地從胸口的位置抬頭仰望庫法。

「……老師，你的傷勢還好嗎？」

庫法像是要接吻似的從後方將臉湊近。

「我會找機會『再生』。請小姐不用擔心。」

若是兩人獨處也就罷了，現在這種狀況實在不能隨便使用吸血鬼的力量。

拉．摩爾家當家大人的背影就在附近，近到兩人必須講悄悄話。

她用沒有絲毫迷惘的腳步，帶領兩人前往的地方是——

LESSON V

～滿滿一茶匙的希望～

在歐哈拉也飄散著格外濃厚的蒸氣，而且被「白沙」給掩埋的小村子。屋頂上堆積著數公分的白沙層。每走一步，鞋底就會感受到細軟的感觸。是沙子反射著光芒嗎？周圍有一點明亮。

梅莉達等人早已經失去方向感。她用顫抖的聲音詢問：

「伯母大人，這個地方是……？」

「是歐哈拉虛幻的『零號街』。以位置來說在一號街的外側。」

梅莉達訝異地抬頭仰望家庭教師。她從未聽說過「零號」街的存在。

亞美蒂雅突然掬起腳邊的沙子，從指間讓沙子沙沙地滑落。

「這些白沙是在精製太陽之血的過程中被剔除的『多餘成分』。但除了『雪白漂亮』以外就毫無利用價值，而且會大量排出。這個零號街原本是單純的沙子集中場——但出現了在這裡定居下來的人。」

「究竟是怎麼的人物呢……？」

「是『前』貴族。」

亞美蒂雅再次邁出步伐。前往村子深處——庫法等人只能隨後跟上。

自從離開卡帝納爾茲學教區後，梅莉達好幾次窺見了至今從不曉得的弗蘭德爾黑暗的一面。這個村子一定也是其中之一。

「貴族擁有瑪那這種特別的力量，在身分上獲得優待，相對地有責任跟藍坎斯洛普戰鬥——但也有人不喜歡這樣。那些人主張『我想作為一個平凡的民眾生活，才不想拚上性命跟怪物戰鬥』。」

「那麼，這裡是……」

「沒錯。『奉還貴族身分以放棄戰鬥責任的人』的村子……但無論哪裡都會有偏見。歐哈拉也不例外……結果，這裡的人現在極力避免干擾外部，村民之間也不太交流。」

——證據就是連地圖上都沒有記錄這個村子的存在。

正適合用來藏身呢——女公爵這麼說道。

庫法環顧左右。來往的行人確實極端地少，儘管能四處感覺到有人的氣息，但村民都窩在家中，給人一種靜悄悄地屏息的印象。

生靈之村——這麼說是否有些失禮呢？

至少感覺不是會通報逃犯的風氣。

「在村子郊外，有從妾身的曾祖母大人那代繼承下來的別墅。」

亞美蒂雅的步伐沒有絲毫迷惘。她似乎也很習慣在沙子上行走。

梅莉達為了不被絆倒，走得有些辛苦。

「拉．摩爾家的別墅嗎？」

LESSON V

~滿滿一茶匙的希望~

「嗯。妾身有時會到處轉移研究的場所。這裡是妾身在下層居住區的據點——有時也會發現從高處看不見的東西。」

亞美蒂雅用若無其事的語調補充道：

「偶爾也會帶女兒過來。因為她不怎麼喜歡都會擁擠的人潮。」

梅莉達猛然抬起頭來。

「小繆……！請問，小繆她現在平安無事嗎？」

「……原本想等到了再說，不過好吧。妾身照順序來說明。」

亞美蒂雅若無其事似的看向周圍。庫法也不斷警戒著，但在看得見的範圍內，似乎沒有人特別注意自己等人。

豈止如此，甚至連在說話聲能傳遞到的距離都不見任何人的身影。

「首先，妳應該一直很在意吧。妳的堂姊妹跟『一代侯爵』都沒事。」

庫法透過手掌察覺到梅莉達的肩膀猛然跳起。

「在你們分別行動後，她們兩人平安到達賽勒斯特泰雷斯凱門區，目前在騎兵團的本陣受到保護。在離開街上時，好像有聖都親衛隊的護衛負傷了啊？但那之後似乎沒遇到任何麻煩。」

「太好了………」

儘管是幾乎能夠確信的事，梅莉達仍鬆了口氣，將手掌貼在胸前。

不過，她還有一兩件掛心的事情。

「請問，您知道聖都親衛隊的葛蕾娜小姐情況如何嗎？」

「……不，不巧的是護衛聽說是『兩名』。不過也沒聽說在卡帝納爾茲學教區有出現死者，或是被抓去當人質的事情。別太悲觀喔。」

「那麼……父……父親……大人他呢？」

亞美蒂雅稍微放慢行走的速度，隔著肩膀轉過頭來。

「他沒事。」

庫法看出梅莉達緊張地嚥了一下口水。

關於王座會議的報導，到底有多少真實度呢？女公爵將臉轉回前方。

「那傢伙目前在凱門區負責率領騎兵團全軍。正逐步為了反擊之日進行準備。正因如此，妾身才會將『上面』交給那傢伙，自己來到下界這邊。」

這是總算能獲得情報的好機會。庫法也不禁迅速地詢問：

「『上面』……聖王區目前的情況是？」

「知道的消息很少。」

女公爵用冷靜沉著的聲音回答。

LESSON V
～滿滿一茶匙的希望～

「除了聖王區早已經被塞爾袞與狂人狼族徹底支配這件事以外。應該沒有能從內側說服他們的人還留著吧……就連塞爾袞的妹妹似乎也被監禁在帝國飯店最上層樓。」

「莎拉……」

「然後——關於妾身的女兒。」

不知何故，亞美蒂雅在這邊支支吾吾了起來。

「……她下落不明。」

「咦！」

「從王座會議的隔天起，就突然完全沒了消息。看來也沒有跟莎拉夏一同被監禁起來。因為那群『無血主義者』似乎也在尋找小女的行蹤——換言之，這表示敵人也沒有掌握到她的下落。話雖如此，她當然也不在凱門區……」

「……雖然有些難以啟齒——」

這時庫法從旁插嘴了。

他稍微俯視學生。因為這情報不是別人，正是由梅莉達所獲得的。

「我以前曾向亞美蒂雅大人報告過吧？繆爾小姐參與了塞爾袞大人主導的『革新派』會議。有沒有可能是投靠那邊呢？」

他手指貼著尖銳的下頷，慎重地挑選用詞。

「……從本人的證詞與收集到的情報來看，莎拉夏小姐似乎是『因為是哥哥做的事』，所以儘管覺得可疑，還是參加了革新派。雖然不確定塞爾袞大人的目的，但假設繆爾小姐的動機是兒時玩伴的莎拉夏小姐——」

「那是妾身的指示。」

聽到亞美蒂雅這麼若無其事地回答，庫法難得地露出愣住的表情，說不出話來。

梅莉達也睜大雙眼，顯露出驚訝的神情。

「這是怎麼一回事呢？」

「正如妾身所言。繆爾之所以會參加革新派，是**妾身拜託她**的——雖然早就察覺到從幾年前起，塞爾袞便哄騙那些奉承他的貴族，開始在策劃些什麼，但妾身被那傢伙提防著，難以刺探內情。因此才讓小女偷偷潛入……為了讓她當間諜，報告塞爾袞的動向。」

亞美蒂雅一口氣告白到這邊後，稍微壓低聲調。

「她本人的確有擔心莎拉夏而自願奉陪的意思。也就是妾身利用了這點——安傑爾之女啊，聽說妳被捲入革新派的陰謀，被迫吃了不少苦頭……但求妳別怪罪小女她們。」

「不……不會的，我怎麼會……」

梅莉達驚慌不已地拚命搖擺雙手。

LESSON V
~滿滿一茶匙的希望~

儘管解開了幾個謎題，庫法卻反倒陷入了沉思。

「……塞爾裘大人是為了什麼推廣革新派這種思想呢？」

「說不定是『為了這種時候』。」

據說從幾年前就進行調查的亞美蒂雅，似乎早已經預測到這種種況。

「都是因為那傢伙引進革新派這種奇怪的風氣，導致貴族社會的團結渙散，此刻正即將決裂……正中那群狂人狼的下懷。要對抗那些傢伙，光是湊齊戰力還不夠。必須統一騎兵團的士氣才行。」

「戰士的士氣……」

「好啦，到了。」

亞美蒂雅這麼說，打開門扉。在村子最深處建立著一棟五層樓的高大宅邸。

亞美蒂雅在宅邸入口一下彎折庭院的樹枝，一下將貓頭鷹雕像的翅膀抬起又放下，依序進行幾個步驟後，才總算走向玄關。

「妾身設置了好幾層防護。」

亞美蒂雅醞釀出宛若魔女般的威嚴，這麼說道。

「你們一直無暇放鬆吧。暫時好好養精蓄銳吧。」

「呼哇……」

叮叮噹噹——玄關的鈴鐺響起。梅莉達不禁大大地張開了嘴。

一樓相當狹窄，呈縱長型——內部裝潢是懷舊風格，梅莉達回想起直到一星期前都還在居住的歐哈拉二號街的藏身處。

同時也想起在心上人身旁所夢想的，短暫的「新婚生活」……

「仔細一看，你們似乎剛從戰地歸來啊！」

點亮燈光之後，亞美蒂雅從頭到腳眺望著兩人的模樣。

庫法與梅莉達也重新看向彼此。聽她這麼一說，在經歷與狂人狼族的汽車追逐戰和地下工廠的決鬥後，衣服早已沾滿泥濘。庫法的外套領口甚至還染上吐血的痕跡。

「你們先去洗個澡吧。」

亞美蒂雅這麼說，將梅莉達推向樓梯前。她的動作有些強硬。

「也幫你們洗一下衣服吧。你們兩人都把換洗的衣服從行李裡面拿出來吧。」

「可……可是那樣的話，洗完澡就沒衣服可穿……」

「借穿小女的衣服即可。若是借給妳穿，應該不需要顧慮吧。」

庫法將勉強回收來的行李箱放到桌上。行李箱也因為奉陪了這場逃亡劇，有明顯的小刮傷和髒汙。

亞美蒂雅在一樓的櫥櫃前來回徘徊。

LESSON V

~滿滿一茶匙的希望~

「呃，全新的毛巾放在哪兒呢……」

「等會兒我再把毛巾送過去，請小姐先去洗澡消除疲勞吧。」

庫法幫忙說話，於是梅莉達儘管看來有些過意不去，仍點了點頭。

目送她啪達啪達地爬上樓梯後，庫法脫掉外套。

他轉頭一看，只見亞美蒂雅用慎重的眼神注視著這邊。

「要喝杯茶嗎？」

「好。」

庫法注意到亞美蒂雅是刻意支開梅莉達的。

就庫法推測，應該是有不想讓梅莉達聽見的「大人的事情」吧。

從樓上傳來沖澡的聲響時，女公爵在冒著熱氣的茶杯前開口說道：

「妾身剛才也說過，現在騎兵團意見分歧。」

看來狀況似乎不平靜。庫法將身體往前探向桌子，從自己的茶杯喝了一口熱紅茶。

脫掉外套變成襯衫打扮後，已經不見血跡。庫法也在好不容易到來的休息時間裡喘口氣。

但亞美蒂雅的表情至今仍十分嚴肅。

「假如妾身沒有找到你們，你們今後原本打算怎麼做？」

「我是想躲藏到情勢穩定下來為止。」

「那想法我難以贊同——」

庫法蹙起眉頭。亞美蒂雅露出複雜的表情，搖了搖頭。

「騎兵團也有很多人表示期待『預言之子』。」

庫法嚇了一跳。

仔細回想的話，約半個月前。記載未來事件的預言書舉出梅莉達的名字，說她是「粉碎塞爾袞王爵的革命之人」一事，成了兩人四處潛逃的決定性契機。雖然庫法本身並沒有很重視那個預言……

但女公爵的眼眸告訴他並非大家都這麼想。

「目前菲爾古斯在凱門區為了打倒塞爾袞，正為決戰做準備。但也有許多人無法說服自己接受『對王爵舉旗造反』這個行動——也有部隊不響應召集。甚至還出現加入狂人狼族的騎士。」

關於這點，庫法心裡也不是滋味。僅僅幾小時前，在廣場上舉行的那場不講理的魔女審判的光景，歷歷在目地在腦海中復甦。

「我們需要『正義的旗幟』，作為所有騎士的指標。」

女公爵這麼述說。她表示第一個候補人選就是「預言之子」梅莉達・安傑爾。以庫法的立場來說，實在很想主張這太荒謬了。

「小姐才十四歲而已喔？」

「她很快就要升三年級了。」

女公爵立刻這麼還擊。碰巧那正是梅莉達本人一有機會便會主張的事情，因此庫法瞬間啞口無言。

亞美蒂雅儘管再次重複她的意見，但看來還是有些不痛快的模樣。

「再過不久也會開始與藍坎斯洛普的實戰課程吧……最重要的是，倘若一直將那孩子藏起來，可能會更加折磨到那孩子本身。」

「這話是什麼意思呢？」

亞美蒂雅非常難以啟齒似的繼續說道：

「妾身說過吧，愛麗絲・安傑爾已經在騎兵團那邊。自從你們隱匿行蹤後，在騎士之間有這樣的風潮逐漸蔓延開來──『假如「預言之子」失敗了，她的堂姊妹應該能成為備胎吧？』」

庫法不由得滿腔怒火，他將身體靠向椅背。

「……太不敬了！」

「這表示大家已經緊迫到這種地步了。」

亞美蒂雅擺出實在不想去責怪任何人的態度。

追根究柢，只要戰力足夠齊全，也用不著把還是學生的少女們當成依靠。庫法下定某種決心，再次將身體探向桌子。

「……關於騎兵團的狀況，我有件事想誠懇地請教亞美蒂雅大人。」

「白夜騎兵團嗎？」

庫法感覺像是心臟被一把抓住一般。他端正的表情不禁產生動搖。

「原來您知道……我隸屬的部隊嗎？」

「別擔心，這件事只會留在妾身心裡。塞爾裘似乎也注意到這一點了呢？為何白夜的刺客會服侍安傑爾之女這件事，妾身就不過問了……雖然不曉得菲爾古斯知道多少，又作何想法。」

庫法緩緩地讓呼吸平靜下來後，重新開口說道：

「……白夜騎兵團從王座會議的幾天前起，就因為『掃蕩黎明戲兵團餘黨』的任務離開弗蘭德爾。下令的不是其他人，正是塞爾裘大人這件事，讓我感覺不太對勁——」

「那肯定是陷阱吧。」

亞美蒂雅立刻這麼回答，斬釘截鐵地證明了庫法的預測。

LESSON V

～滿滿一茶匙的希望～

「他設想自身的革命，事先趕跑了麻煩的傢伙。無論等待多久，都沒人可以保證白夜的人們能夠平安歸來——不，應該先當作他們早已經『全滅』。無法指望他們。」

「…………」

「不過——」

亞美蒂雅在這時用這一連串的議論中最為強調的語氣說道：

「**你**有留下來這件事說不定是塞爾袞的失算。」

「您的意思是？」

「塞爾袞最畏懼的是暗殺。就連燈火騎兵團和聖都親衛隊都無法辦到這件事。雖然專長暗殺的白夜騎士幾乎都離開了，但還有一個人留在這裡不是嗎——聽好了，暗殺教師啊。」

女公爵將身體猛然探向前方，以嚴肅的表情告知：

「若是替主人的重擔感到憂慮，就**由你**來討伐塞爾袞。沒錯，拉・摩爾騎士公爵家的當家在此下令。身為唯一留下來的白夜騎士，你必須殺掉那個惡逆之王，解放弗蘭德爾……！這件事只有那傢伙稱為『朋友』的你才辦得到。」

「…………」

庫法低下頭，看向自己在桌上交扣的手掌。

這雙手至今沐浴過多到記不得的鮮血，烙印著許多人的怨恨——過去的自己能夠想像到有一天會抱持這樣的感傷嗎？

「我並沒有很喜歡塞爾袞大人。」

庫法握住手掌，靜靜地闔上眼皮。

「但也不至於憎恨他。」

這時少女的聲音毫無預兆地從樓上傳來。

「老……老師～……請至少拿……拿條毛巾給我～～……」

「啊，糟糕……！」

他慌張地從椅子上站起身。兩人聊得太深入了，不知不覺間已經沒聽見沖澡的聲響。梅莉達沒東西可擦拭身體，正大傷腦筋。

庫法匆忙地跟宅邸主人借了條毛巾，走向陡峭的樓梯。

「繆爾的房間在四樓。」

亞美蒂雅已經擺回優雅地啜飲紅茶的姿勢。庫法一邊向她道謝，一邊前往剛洗完澡的梅莉達在等待著的二樓。

† † †

LESSON: V
~滿滿一茶匙的希望~

擅自進入主人不在的房間裡這種行為，實在令人不好意思。

何況對梅莉達而言，那是她嚮往的女孩——對庫法而言，是一有機會便用色誘慫恿他的妖豔美少女的房間，就更不用說了。

宅邸四樓。掛在門前的牌子文字意味著「愛女」。

「打……打擾了～……」

明知道沒有任何人在，梅莉達還是不禁打了聲招呼，同時推開房門。

——她沒來由地想像了房間被疑似黑魔法道具占領的光景。

當然並沒有那麼回事，而是很正常的妙齡女孩的房間。活用宅邸本身的構造十分老舊這點，擺放復古的家具和傳統的染製品，是搭配的重點嗎——雖然這方面可能是女公爵的興趣也說不定。

有床鋪，有衣櫃……四處都沒有窗戶，說不定是考慮到書本的保存環境。整棟宅邸都可以說微暗且有種閉塞感。

話雖如此，但現在這樣正好。不能讓只穿著內衣和披著一條浴巾的主人一直保持這種打扮吧。兩人一起踏進難以說是寬敞的室內，庫法立刻將搬來的行李箱放在地板上。

他解鎖並打開蓋子。

「這是個好機會，就恭敬不如從命吧。替換的衣服都先拿去清洗嘍。」

「好……好的。我看看，應該借哪件衣服來穿呢……」

梅莉達也在內心一邊徵詢摯友的意見，一邊拉開衣櫃門。

大量散播著異彩魅力的異國風情服裝逐一亮相。

跟梅莉達房間可愛且少女風格的衣櫃完全截然不同！梅莉達不禁雙眼發亮，興致勃勃地觀察衣櫃每個角落。

「唔哇，好厲害……小繆不管穿什麼衣服都很合身呢！」

「小姐也有小姐自己的個性喔。」

「雖……雖然老師這麼說，但我會怯場。不知我穿哪件才適合呢…………嗯？」

這時，將衣架輪流拿出並仔細端詳著每件衣服的梅莉達，忽然發現一件奇妙的衣服。

……不，那可以當作是「衣服」嗎？說是「不小心弄錯放在這裡」還比較有說服力。

不過，在衣服的領口夾著這樣的便條紙。

「對庫法大人使用」。

LESSON: V
~滿滿一茶匙的希望~

這猛然勾起梅莉達的興趣，她將身體探入衣櫃裡。

折疊起來的衣服出乎意料地厚。梅莉達在黑暗當中悄悄地打開那張便條紙看。

「……！」

她立刻滿臉通紅了起來。她不禁在意起背後的情況，但心上人還在整理行李箱裡面的東西。梅莉達的視線忙碌地反覆檢視便條紙的內容。

——小繆真是的，究竟在想什麼呀！

真不成體統——儘管梅莉達端莊的內心這麼主張，但她同時也忍不住想像……繆爾穿上這件衣服，對庫法實踐寫在便條紙上的內容的模樣。

——那孩子一定說到做到。

梅莉達立刻這麼確信了。

發展成那種情況時，庫法會對她的性感姿態做出怎樣的反應呢？愈是去思考那種情況，梅莉達就愈覺得坐立難安。

——如……如果是我穿上這件衣服呢？

不不不——梅莉達激烈地搖了搖頭。

雖然自己從平常就在挑戰羞恥心的極限，想盡辦法要吸引心上人的注意，但要踏入「這個階段」果然還是需要勇氣。雖……雖然也很好奇庫法的反應，但該說需要給自己一個藉口嗎？總之必須有個推自己一把的契機——

「哎呀？收納在行李箱深處的這東西是……」

就在這時，從關鍵的背後發出疑惑的聲音。

庫法似乎發現什麼引他注目的東西，他將旅行用品往左右兩邊撥開。

他摸索到的是一整套聖弗立戴斯威德女子學院的制服，還有在那底下——

「小姐，妳把這個帶來了嗎？」

「咦！」

梅莉達反應過度地一抖肩膀，轉過頭去。

然後她看到庫法拿在手上的東西，張嘴「啊」了一聲。

——是紅頭巾。

是到聖弗立戴斯威德女子學院赴任的教育顧問，狂人狼族的「聖母」抹大拉贈送給所有學生，大有問題的物品。

對梅莉達而言，應該不是有深厚感情的物品。豈止如此，甚至還有痛苦的回憶。

「在離開宅邸前非常慌張，大概是那時候不小心塞進去的。」

「原來如此。」

庫法重新用指腹試著摸索，確實能感受到疑似藍坎斯洛普親手製作的咒力……庫法

LESSON: V ~滿滿一茶匙的希望~

回想起在全校集會中襲擊梅莉達的現象。

「這是用來防止學生反抗的東西嗎？究竟是怎樣的機關呢……」

「記得聖母說過『在妳心懷邪念時』——」

梅莉達話說到一半，猛然吸了口氣。

一道閃電在她腦海中亮起。

那天才過頭的靈光一現讓她全身顫抖起來。大腿在浴巾的下襬底下搖晃。

半裸的少女用力握緊拳頭，下定決心開口說道：

「老……老師。你……你想確認看看那條紅頭巾是怎樣的機關嗎？」

「嗯，沒錯。畢竟情報是多多益善嘛。」

「我明白了。」

她究竟是「明白了」什麼呢？

總之梅莉達從庫法手中接過紅頭巾，將頭巾整個覆蓋在一直蹲著的庫法頭上。

……同時也是修女服頭巾的紅頭巾，跟庫法的服裝不搭到令人絕望。

「小姐？這究竟是……」

啪沙——梅莉達先一步讓浴巾掉到地板上。

「我……我接下來要換衣服，所以用那個當蒙眼布。不可以拿下來喔……？」

「小姐用不著擔心，我也不會偷窺的啊。」

梅莉達非常清楚這點，但總之重要的是讓庫法戴上那條紅頭巾。結果庫法認為「小姐真是愛操心呢」，接受了這件事。

就這樣，梅莉達眼見時機成熟，從衣櫃拿出有問題的那件衣服。

悉悉窣窣，悉悉窣窣——衣服摩擦的聲響在兩人獨處的房間響起……

庫法用有些不便的姿勢維持著動彈不得的狀態，動也不動地思考起來。

——小姐究竟挑選了怎樣的服裝？

「我……我……我……我換好了……」

不知何故，傳來梅莉達變調得厲害的聲音。

庫法一邊徵求同意一邊站起身，伴隨著相當的好奇心轉過頭看。

——噗嗤！有誰能責怪他不禁噴笑出來呢？

「小……小……小姐？妳那副打扮究竟是……！」

有一瞬間看起來像是附褶邊的連身裙。

但完全不是那樣。**布料決定性地不足**。長度比迷你裙還短，領口毫無防備到甚至不能稱之為無袖，雙肩能看見胸罩的帶子。最重要的是**只有遮住前面**，背後只看見綁成蝴蝶結的帶子掛在裸露的肌膚上……

也就是說，那並非「衣服」。

而是「圍裙」。梅莉達將那件圍裙套在內衣上。而且不知何故，只有讓那雙美腿穿上過膝襪。實在搞不懂她的意圖。

就算是玩扮家家酒的幼童，也會穿再稍微正式點的衣服吧。

梅莉達似乎有自己的打扮非常不知羞恥的自覺，她在這時已經引發熱失控。她滔滔不絕地說了起來，那股氣勢就彷彿沸騰的水壺。

「這似乎叫做裸……裸……裸……『裸體圍裙』！」

「我是曾經聽說過……」

「這是新……新娘的正式裝備，因為我跟老師現在是那個，『新婚夫妻』嘛！該說這是給老公的福利，還是服務呢……！啊……啊嗚～～」

在她的背後放著空衣架與便條紙，紙上詳細地記載著繆爾的「迷倒庫法計畫」。那孩子真的是怎麼會有這麼荒唐的想法……！梅莉達感到戰慄。但在同時，她也能夠確信那孩子倘若找到機會，一定會動手……！

既然如此，身為心上人的頭號弟子，絕對不能落於人後！

「簡單來說，就是『新婚遊戲』的延續嗎？」

這麼說來，在之前的藏身處曾有過這樣的對話呢——庫法這麼說服自己。

梅莉達拋開羞恥心，抱住庫法的一隻手。

「沒……沒……沒錯！是新婚遊戲……老師為了我吃這麼多苦頭，我卻什麼也辦不到……所……所……所以我也想盡可能地回報老師這份心意……！能……能……能不能讓我替老師服務呢……？」

「小姐……！」

溫暖的感覺填滿了庫法的胸口。

說不定梅莉達察覺到庫法也失去了平常的從容。雖然她表現心意的方式讓人有點意見……但庫法決定先坦率地接受她的好意，一邊遮掩眼尾浮現的淚水，同時摸了摸學生的頭。

「嗯，真是個惹人憐愛的新娘呢。我已經充分體會到幸福的感覺嘍？好啦，我也差不多該換衣服了——」

「ＳＴＯＰ！」

梅莉達的制止非常犀利。

她並未看漏庫法將手指放到脖子上，打算拿掉頭巾的一幕。

「還不行……還不可以拿下頭巾。才進行到一半呀……！」

「進行到一半是指？」

「請……請看仔細！我還不算是『裸體圍裙』！」

梅莉達氣勢猛烈地張開雙手。

不用她說，梅莉達在圍裙底下還留著內褲與胸罩。再加上剛才沒穿的襪子……反倒應該說，如果她連那些都不認同，徹底地「重現裸體圍裙」的話，庫法身為教師，也得好好對她說教一番了。

明明如此，梅莉達卻開口說道：

「我……我要脫了。」

然後她將手指放到右邊大腿上，滑溜地將襪子往下拉。

不知為何，庫法被迫從特等座觀看學生的脫衣秀。

在梅莉達的腳邊，掉落在衣架旁的便條紙上，有這樣的記述……

據說「要刺激理智的好奇心，『變化』相當重要」。

與其一開始就被推入在懸崖邊千鈞一髮的狀態，不如先讓人習慣平坦的光景。接著再緩慢地從坡道上滾落，無止盡地加快速度，之後讓懸崖在前方出現——據說這樣能夠讓觀眾的內心激動到最高潮。

一言以蔽之，就是「一開始就讓對方看裸體穿著圍裙的打扮是不行的」。

「將剩餘的布料一件件地脫掉，能夠讓庫法大人對『後續發展』抱持期待感」——

似乎是這麼回事。
那孩子真的是惡魔般的天才呀！梅莉達在沸騰的腦海中這麼喝采。
總而言之，像這樣下定決心彎下上半身的梅莉達——一邊在領口露出平緩的胸部曲線，同時從腳尖脫掉右腳的襪子。接著換左腳。
但是，要將襪子從腳踝脫下，費了她不少工夫。她無可奈何地坐到床上。
「嗯咻，嗯咻……奇……奇怪？」
是因為羞恥心而緊張不已的關係嗎？不管怎麼弄，襪子都會卡在腳踝上。
梅莉達反覆嘗試。她就這樣坐在床上，一下將膝蓋湊近胸部，一下將腳往外側張開，一下猛然抬起腳跟……但無法順利脫掉的襪子讓她的姿勢逐漸走樣。
「……是否該告訴小姐比較好呢？」
另一方面，庫法則是依舊目不轉睛地注視著梅莉達，無法動彈。
畢竟他能看到。看到圍裙下襬往上掀起，從底下露出的梅莉達的內褲。從各種角度到大膽的構圖，伴隨著性感的美腿和臀部的肉感，一覽無遺……就在庫法希望梅莉達能稍微有所自覺，差點舉白旗投降時。
咻——襪子從白皙的腳尖滑落。
梅莉達臉頰泛紅，露出純真無邪的笑容。

「脫掉了！」

庫法的腦袋猛然搖晃起來。

……不，不是，這絕對不是庫法動搖了，而是實際上**他的頭變重了**。究竟是怎麼一回事？庫法立刻將手放到頭上並察覺到了。

——是頭巾。紅頭巾的重量彷彿鉛塊還什麼似的增加了。

瞬間，梅莉達的眼眸像是取得「殘暴教師」的首級一樣閃亮起來。

「啊～老師！剛才紅頭巾變重了對吧～？」

「這……這是怎麼回事？」

「聖母曾經說過，那條紅頭巾是『用來克制慾望的東西』！」

沒錯，不是別人，正是聖母本身公開聲明了她的教育理念不是嗎？

「節制」——

換言之，紅頭巾會對**邪念**給予懲罰。查明這點正是梅莉達下定決心實行這個「新婚遊戲」的藉口——更正，是理由。

這是實驗、分析，必要的行為！梅莉達雀躍地這麼勸告自己，搖晃著圍裙下襬，秀出變得更毫無防備的大腿給庫法看。

「喏，你看，你看！剛才紅頭巾變重，就是代表老師看到我脫光後，心生邪念的證據——」

「咦，妳在說什麼呢？」

庫法立刻挺直脊背給梅莉達看。

奇怪？梅莉達疑惑不已。

「老……老師什麼事都沒有嗎……？」

「什麼事都沒有啊？」

庫法露出若無其事的態度，將襯衫的衣領弄整齊。

頭巾一點反應都沒有喔，怎麼了嗎？

我並沒有執著於小姐的裸體圍裙啊？

看到庫法擺出這種若無其事的表情，梅莉達氣呼呼地鼓起臉頰。

——是我的想法錯了嗎？

「那麼老師，請你試著坐到床上。」

庫法按照梅莉達所指的，用流暢的步伐坐到床鋪邊。

於是發生了什麼事呢？

梅莉達居然從正面跨坐到庫法的膝蓋上。倘若就這樣將手環繞到彼此身上，便能進行熱烈的擁抱吧——結果就是退路被封住了。

梅莉達一邊跪膝立直上身，同時將雙手繞到背後。

「我……我……我……我還得繼續脫才行……！」

啪──胸罩的扣子被解開了。

庫法儘管是看來愚蠢的頭巾裝扮，仍繼續保持鋼鐵般的面無表情──

不過，梅莉達又遇到了難關。這次也難怪了。畢竟她穿著姑且算是上衣的圍裙。雖然解開扣子也脫下肩帶，但梅莉達怎樣也無法將胸罩從雙手抽出，煞費苦心。

明明罩杯本身已經脫離了胸部隆起的位置。

「奇怪？奇怪？奇怪？我……我該怎麼做才好呢～～……？」

梅莉達感覺快哭出來似的扭動身體，試圖看向背後。

於是。

圍裙只有遮住前面。胸罩已經脫了一半。於是就能看見……梅莉達像那樣將腋下轉向庫法的話，就能從圍裙寬鬆的部分看見側乳的隆起。每當少女看似焦急地扭動身軀，宛如布丁一般的質感含蓄地搖晃的模樣還有裝飾在頂點的「櫻色」光澤都一覽無遺……

而且梅莉達一直沒發現，這點更加惡質。

胸罩總算咻嚕地從圍裙裡滑落出來。

「──成功了！老師你看，我有好好脫掉了！」

LESSON: V

~滿滿一茶匙的希望~

「不……不用給我看。」

梅莉達猛然回過神來，一臉難為情似的將內衣緊抱在胸前。

就在同時。

庫法將雙手貼到後方。嘎吱──彈簧發出聲響。

梅莉達並未漏看庫法的臉頰有汗水發光。

「老師，果然頭巾很重對吧？看你這樣硬撐……！」

「不是。這是那個──剛才受的傷還沒有痊癒的關係。」

「……真的嗎～？」

梅莉達決定模仿她嚮往的女孩──繆爾的行為。

就是一邊發出甜膩的聲音，一邊像在搔癢似的撫摸庫法的胸膛。為了從近距離由下往上看來賣萌，必須將胸……胸部壓到他身上才行。儘管敏感的刺激隔著單薄的圍裙蔓延開來，梅莉達仍勉強拉住理性的韁繩，告訴自己這是實驗！實驗！

「老……老師真的沒有任何感覺嗎……？」

就在梅莉達像這樣將臉湊近到能感受呼吸時，庫法突然開口說道：

「那麼，小姐要確認看看嗎？」

「咦？」

「就像這樣。」

還來不及阻止，庫法便俐落地拿下紅頭巾。

他順勢用非常流暢自然的動作，將頭巾戴到梅莉達頭上。

於是。

「哇啊！」

砰——！梅莉達從頭部摔倒。

所幸人在床上，但問題不在那裡。因為是在跨坐狀態下倒落，所以對底下的庫法暴露出非常驚人的姿勢……！

明明如此，庫法深邃的眼神卻宛如藝術鑑定家一般。

「小姐現在心懷邪念嗎？」

「才……才才才才才沒那回事！」

「那麼，為何紅頭巾會變得那般沉重呢？唔嗯……」

庫法彷彿在探究真理一般低吟後，開始不得了的實驗。

才心想他將手掌攀上左右兩邊的大腿，只見他甚至從非常靠近腿根的地方撫摸到臀部。梅莉達的少女心響起警報，臉部沸騰得通紅。

「呀啊啊啊！老老……老師你究竟在做什麼……！」

「沒事，只是說到『裸體圍裙』，就是指『裸體』，所以我在想只脫一半可能不太好。」

「那……那那那那那樣未免太超過了！那個，我還，呃……噫！」

梅莉達的喉嚨不禁往後仰。庫法的十指更進一步地從側腹攀上腋下，並鑽入圍裙內側，直接搔癢敏感的肌膚。儘管梅莉達拚命地拉扯圍裙下襬，但無論怎麼做都依舊是很丟臉的打扮，她實在抬不起頭。

「饒……饒了我吧……」

「倘若這並非邪念，表示頭巾的職責單純是抑制超出基準的高昂情緒——」

「對不起對不起對不起～～！我有點興奮過頭了～～！言行不夠謹慎～～！」

「哎呀，這樣子嗎？」

簡直就像在等梅莉達投降一般，庫法立刻拿掉紅頭巾。

他露出非常爽朗的笑容，扶梅莉達站起身。

「我也不能勉強小姐，這邊還是去請教專家——亞美蒂雅大人的意見吧。哎呀，實在很遺憾，果然只靠我們負擔太大了……」

「呼咕～～～……！」

梅莉達抱緊被瘋狂搔癢過的身體，在臉頰裡堆滿怨言。

明明學生這麼努力地！打破羞恥心的極限……在向他示愛！

——他真的完全沒有受到紅頭巾的譴責嗎？

那就只有這個壞心眼又完全無缺的家庭教師才曉得了。

† † †

「克制慾望的頭巾……唔嗯，很有意思啊。」

亞美蒂雅仔細端詳著攤開在桌上的紅布。

坐在一旁椅子上的庫法陳述他的意見。庫法姑且也換上整潔的服裝，將傷口治癒到看不出戰鬥痕跡的程度，擦拭了髒汙。

「根據到聖弗立戴斯威德赴任的教育顧問所說，這些『聖母』似乎被派遣到所有騎士學校，進行同樣的指導。您有何看法？」

「的確，妾身有印象看過學生戴著跟這個一樣的東西。」

亞美蒂雅確認頭巾的正反面然後放開，甩了甩手指。

簡直就像厭惡從布料牽絲的咒力一般。

「是『大蜘蛛』啊。」

LESSON: V

~滿滿一茶匙的希望~

她充滿確信的聲音，讓庫法與坐在他隔壁的學生面面相覷。

不用說，梅莉達現在是從繆爾的衣櫃中借了正常的衣服來穿。雖然她看來有些畏縮，但哥德風的洋裝也非常適合她。

亞美蒂雅看向穿著愛女裝扮的梅莉達。

「若是聖弗立戴斯威德的人，應該很熟悉吧？沒錯，就是差點毀滅地底都市鄉哥爾塔的那個怪物。」

用不著回想。那是聖弗立戴斯威德女子學院的新年度剛開始時——因研修旅行造訪了蘿賽蒂的故鄉，梅莉達和愛麗絲在那裡被捲入與家庭教師的過去相關的恐怖陰謀。

在幕後操控的藏鏡人就是名叫納克亞的冷酷男人——

不，他的本性是**醜陋**且有著巨大蜘蛛外貌，「大蜘蛛」族的藍坎斯洛普。

……但是，為何那個大蜘蛛的名字，會在此時此地出現呢？

「安傑爾之女啊。妳知道狂人狼族是**怎樣誕生**的嗎？」

是從梅莉達的表情中察覺到困惑了吧。女公爵這麼問。

就在梅莉達理所當然地答不出來時，亞美蒂雅點了點頭，說這也難怪。

「追根究柢，夜界並**不存在**狂人狼這個種族。那麼他們到底是從哪冒出來的？……這其中隱藏著攻略他們的提示。」

所謂的並不存在，是怎麼一回事呢？梅莉達將身體挺向前。

亞美蒂雅也舉起食指，說「聽好了」，看來似乎有談論的意義。

「跟弗蘭德爾一樣，夜界也有藍坎斯洛普的社會。只要有社會，就有遭到排擠的人……例如打破種族規定的人，遭到放逐的人，主動叛離的人。那些人為了隱藏自己的身分而**披上野獸的毛皮**，這就是狂人狼族的起源。」

「披……披上毛皮……？」

「換言之，就是以狼的毛皮為媒介的『詛咒』。憑自己的意志戴上毛皮，藉此產生強力的詛咒……也就是說那些傢伙靠這種方式封印原本的模樣，變化成狼人。」

女公爵露出苦澀的表情，搖了搖頭。

「換言之，雖然他們共同擁有狼人的外貌，但剝下毛皮的話，各自的內在是截然不同的種族——這點相當棘手！狂人狼族不具備固有的異能。相對地無法預測他們在毛皮底下隱藏著怎樣的能力。」

這時，亞美蒂雅再次拿起紅頭巾。

「大蜘蛛族有被稱為『罪女』的紡織者。用她們的線織出來的布，聽說具備束縛生物所擁有的，被冠上罪名的七大慾望的效力。這條頭巾肯定就是那玩意。」

因此——亞美蒂雅總結自己的意見。

「目前在所有騎士學校自稱是『聖母』的人，可以推測是大蜘蛛族的『罪女』披上人狼毛皮的模樣。」

「咦咦……」

「原來如此。」

梅莉達露出大受震撼的表情，庫法則將手指貼在下頷。

「……我們討伐的那個名叫納克亞的男人，也自稱是夜界樞機卿。立於種族頂點者的稱號——但假如他是『在權利鬥爭中落敗，被放逐出夜界』的話，大蜘蛛族在那時應該是毀滅狀態。」

「也就是狂人狼族把像那樣離散的大蜘蛛整個拉攏過來……難怪那群狼人突然開始跋扈起來了。」

想必是正中下懷吧——女公爵這麼理解。

至於梅莉達則是為了跟上話題就竭盡全力。

「正中下懷……這話是什麼意思呢？」

「……特別是『罪女』在狂人狼族之間應該相當受重視，因為他們披上的『毛皮詛咒』的真相，其實是指毛皮原本主人的死靈。」

「咦……！」

「他們藉此成功獲得狼人外貌，但相對地必須將他人的靈魂接納到自己體內……妾身只能用想像的猜測那是怎樣的苦行。死靈應該因為毛皮被剝下的怨恨狂暴不已吧。他們必須將那樣的靈魂不分日夜地持續飼養在內心旁邊。」

梅莉達只能啞口無言。女公爵之後所說的話，也只是傳聞而已。

「剛重生成狂人狼的人特別危險。微小憤怒會無止盡地膨脹起來，一旦抱持悲傷，就會沉入地底，再也回不來……全身遭到自己沒印象的怨恨折磨，就連咬殺同族也不是什麼罕見的光景——克服了那種瘋狂的人，才能首次被認同為狂人狼族的一員。」

亞美蒂雅有些惶恐似的拿起紅頭巾。

「這條頭巾肯定是用來壓抑狂人狼的『初期症狀』。」

「可……可是那是指狂人狼族對吧？」

聽到這邊為止，有件事讓梅莉達無論如何都很在意。

「如果一般人戴上那頭巾……會怎麼樣呢？」

亞美蒂雅的眼眸閃耀著讓人聯想到冥府的顏色。

「……會連原本該有的感情都遭到壓抑，頭巾會扼殺穿戴者的心靈。」

「咦……！」

「我總算能猜到了。這才是那群『無血主義者』的陰謀啊！」

LESSON V
～滿滿一茶匙的希望～

亞美蒂雅愈說愈火，她毫無預兆地站了起來。

梅莉達嚇得顫抖起肩膀，她面前的亞美蒂雅在廚房前面左右徘徊。

「只要封閉太陽之血的守護，遲早能夠把平民變成藍坎斯洛普。但擁有瑪那庇護的貴族可沒那麼好對付。但是，既然他們自稱是『無血主義者』，就無法採取肅清這種強硬的手段……妾身一直在想他們究竟打算如何處理貴族階級，原來那條頭巾正是答案啊！」

「這……這話是什麼意思呢？」

「頭巾會克制穿戴著的慾望，之後會完全封閉其心靈。心靈被封閉的人會變得什麼感覺也沒有吧。無論是對他人的嫉妒、失去的悲傷，還有愛人的喜悅……」

啪——庫法拍了一下膝蓋。

「原來是這麼回事嗎……！」

「就是這麼回事。那群『無血主義者』試圖讓人忘記愛人之心，忘記擁有家庭的喜悅，藉此來防止新的貴族誕生。於是在遙遠到讓人光想就覺得頭昏的未來，將沒有半個擁有貴族血統的人——這就是他們的算盤……真是可怕的陰謀。」

「那……那麼——」

梅莉達隱約地理解到情況，雖然慢了些仍站起身來。

「這表示，聖弗立戴斯威德的大家現在也被壓抑著內心吧？得……得去拯救她們才行！」

「──說得好，安傑爾之女。」

亞美蒂雅放聲喝采，庫法不知何故一臉複雜地陷入沉默。

女公爵像是要說服雙方似的繼續講道：

「無論如何，都差不多要逼近『期限』了。我們必須前往聖王區。」

「期限是指？」

「燈火騎兵團起義之日──是菲爾古斯事先決定好的。」

就連庫法也緊張地吞了吞口水。他與學生一同浮現緊迫的表情。

是顧慮到他們的心情嗎？亞美蒂雅眨了眨眼，表現出調皮的模樣。

「妾身必須待命到那時為止。否則會白費難得的工作。」

「這麼說來，我一直找不到機會詢問──」

庫法突然想到一件事情。

「亞美蒂雅大人不惜冒著危險，來下層做什麼呢？」

「我有幾個想法。一個是追查席克薩爾家前任當家的下落──」

庫法與梅莉達面面相覷。亞美蒂雅點了一下頭，繼續說道：

LESSON: V
~滿滿一茶匙的希望~

「塞爾袞的父親真龍與他的妻子迪莉塔——都是很優秀的龍騎士戰士。妾身認為只有他們能用話語阻止現在的塞爾袞。」

「聽說他們去執行長期任務，能夠聯絡上他們嗎？」

「唔嗯，妾身詳細地追查兩人的行蹤後——」

女公爵從容不迫地雙手交扠環胸，斬釘截鐵地告知：

「得知了他們下落不明這件事。」

「……什麼？」

「聽好了，其實他們兩人**根本沒有出任務**。存留在騎兵團的紀錄是巧妙的偽裝。也沒有他們從弗蘭德爾啟程的痕跡。話雖如此，但無論造訪多少與席克薩爾家相關的土地，都掌握不到他們的行蹤……」

「那……那麼……」

梅莉達的聲音不禁因為動搖而變調。

「莎拉的父母究竟……在哪裡做些什麼呢？」

「就是查明了不知道他們現況一事。」

女公爵用沉重的語調這麼告知。梅莉達更加啞口無言。

畢竟他們已經從眾人面前消失了好幾年。倘若是「因任務而不在家」，還能掩蓋住不安。但是，假如那是虛偽的話？
擔憂他們安危的心情，身為朋友的亞美蒂雅應該是最強烈的吧。
「倘若真龍他們還健在，不可能容許兒子這樣的過錯。」
她依然雙手環胸，盯著沒有任何人的正面。
「說不定是被監禁到某個地方了……這麼一來，要和平收場已經是不可能的。既然如此，就只能討伐那個愚昧的國王，來結束這場革命了吧。」
女公爵的視線瞥向一旁。
那視線是看向庫法，同時也是看向梅莉達。「預言之子」這個龐大的壓力讓嬌小的少女縮起肩膀。
率先挺身而出的是庫法。
「但是，我聽說除了塞爾裘大人以外，還有許多狂人狼族的部卒潛入聖王區。特別是擁有『夜界樞機卿』頭銜的人，更需要多加留意……之前占據了鄉哥爾塔的納克亞，縱然只有一隻，也是可能會毀滅整個城鎮的威脅。」
「妾身清楚得很。妾身也曾親眼目睹狂人狼族頭領的力量……若是從正面對戰，縱然是妾身或菲爾古斯，也難以看出勝負吧。」
「怎麼會……！」

LESSON V
～滿滿一茶匙的希望～

梅莉達正想搗住嘴角，但亞美蒂雅挺身探向她那邊。

「但還有勝算。那傢伙『身為狂人狼族一事』會成為他最大的弱點。」

「您是指……？」

「妾身說過吧，他們身為人狼的模樣是『毛皮的詛咒』造成的。詛咒一定有解除的方法——對狂人狼族而言，那方法就是『名字』。」

女公爵口齒清晰地對注視著這邊的梅莉達和庫法繼續說道：

「在披上毛皮，變成人狼前的原本的名字——要是別人猜中他的名字，詛咒就會解除，那個人會恢復成應有的姿態。正因為與詛咒深切地共存，那無非是半身被撕裂的痛苦吧……肯定能讓他們大幅變弱。」

女公爵露出更加認真的表情，將身體挺向前方。

「正因如此，捨棄原本名字的狂人狼族對外只會報上通稱。就像是『Mad Gold（馬德·戈爾德）』、『記錄、傳遞者（史皮庫斯·羅傑）』、『狂戰士（巴薩卡）』……還有『聖母（抹大拉）』也是一樣。妾身在調查真龍與迪莉塔的行蹤時，也一併調查了那個可恨的夜界樞機卿的真名。」

她悄悄地補充。

「然後查出來了。」

庫法與梅莉達驚訝地睜大雙眼。

彷彿魔女的女公爵環顧兩人的臉，像在告訴他們毀滅咒文似的說道：

「目前在聖王區自稱是馬德・戈爾德的狂人狼族首領……他真正的名字是『龍佩爾施迪爾欽』。」

「龍佩爾……施迪爾欽……！」

女公爵點了點頭，用嚴肅的態度叮嚀。

「聽好了，盡可能地向能夠信任的人宣傳這個名字。那傢伙確實是個強力的敵人，但就算只有一人，倘若知道他名字的人能夠到達他身旁，就是我們的勝利了。」

「……！」

庫法斜眼看著學生緊張地倒抽一口氣的表情。

──看來已經注定要帶她到決戰場了。

儘管庫法已經不再對此表示意見，但相對地，他向亞美蒂雅詢問無疑必須先確認清楚的事情。

「進入聖王區的路線要怎麼處理？只有賽勒斯特泰雷斯凱門區才有直通的道路，但那裡目前正處於騎兵團與狂人狼族互相敵視的狀態吧？」

「唔嗯。敵人的軍力正日漸聚集起來……已經不存在回凱門區這條路了。」

「那麼……」

LESSON: V ~滿滿一茶匙的希望~

就在梅莉達將身體探向前時，女公爵將紅頭巾從桌上移開。

她塗了指甲油的食指在木紋表面上描繪透明的圖。

「想像一下弗蘭德爾的全景圖吧——中央有主柱、宛如吊燈一般擴散開來的支柱、多達五層總共二十五個街區——其頂點之一就是目的地的聖王區。」

食指流利地撫摸過眼睛看不見的主柱。

「在這個巨大的柱子當中，收納著總計百層的巨大迷宮圖書館畢布利亞哥德，在圖書館最上層樓的更深處——」

亞美蒂雅這時像在確認兩人的心意一般，暫且停頓了一下臺詞。

「……存在著通往聖王區的祕密通道。」

「咦！」

「原本是只有公爵家當家才能夠知曉的祕密。在聖王區有什麼萬一時，也能當作避難通道。」

現在正是那種緊急狀況啊——亞美蒂雅小聲地補充。

庫法一邊低頭望向看不見的地圖，一邊將手指移到聖王區的位置。

「……不過，這就表示身為席克薩爾家當家的塞爾裘大人也知道吧？」

「他八成有設想到，但應該也會掉以輕心，認為我們不可能通過這個場所……因為要開啟祕密通道，在三大騎士公爵家當中需要有**兩家以上**承認才行。如果不使用**兩把**公爵家各自繼承的『開門鑰匙』，不管怎樣都無法開啟通道……！」

儘管從她充滿苦澀的聲音裡已經大致能想像到，庫法仍慎重地詢問：

「……就我推測，亞美蒂雅大人的目的裡面，應該也包含獲得『鑰匙』一事吧。」

「但是沒拿到啊！」

亞美蒂雅打從心底感到懊悔似的在話尾滲入感情。

「即使要逃離凱門區會變得困難，或許也該等菲爾古斯到再出發的……安傑爾家、席克薩爾家——在兩邊的『鑰匙』都沒拿到的狀態下，就到了決戰的期限！既然如此，就只能在祕密通道前待命，等待菲爾古斯從聖王區那邊幫忙打開門吧……！」

「但那種情況應該是戰火正激烈的時候吧——」

庫法話說到一半，猛然噤口了。

亞美蒂雅也是因為沒有其他辦法，才會像這樣扭曲著美貌吧。確實，如果可能的話，真希望能在騎兵團起義前，先潛伏在聖王區裡……

就在氣氛即將變沉重時，梅莉達戰戰兢兢地插嘴：

「那……那麼，總之接下來要前往畢布利亞哥德對吧？」

「唔嗯。」

LESSON: V

~滿滿一茶匙的希望~

「可是，追根究柢，我們該從**哪裡**潛入畢布利亞哥德才好呢？上層的街區到處都有狂人狼族在監視，王……王爵大人也是，就算再怎麼沒有戒備，應該也不會讓人白白通過吧……？」

亞美蒂雅用感到佩服般的眼神看向生澀地進行考察的女學生。

「所以妾身才稱讚妳說得好啊。」

「咦？」

「妳很擔心受到紅頭巾折磨的同學對吧？」

庫法已經先一步猜到這種結果。雖然各個街區都有通往畢布利亞哥德的出入口，但就如同梅莉達所說，無論哪個出入口都不至於毫無戒備吧。

只不過，其中也存在著特殊的環境。拒絕來自外部的干涉，被彷彿在隱藏祕密花園般的牆壁覆蓋起來，而且對梅莉達他們而言占有最大地利的場所——

「總覺得很久沒對小姐說過這句話了呢。」

庫法一邊微微露出苦笑，一邊看向學生。

「——請準備上學吧，小姐。」

梅莉達猛然睜大雙眼。

通往畢布利亞哥德的入口之一，位於那美麗的校舍地下深處——

回歸聖弗立戴斯威德女子學院的時刻到來了。

LESSON: Ⅵ
~聖母抹大拉的祕密~

LESSON：Ⅵ ~聖母抹大拉的祕密~

那裡是連一抹燈光都照射不到的地底下。

到底經過了多久的時間呢……被扭斷的鋼架和遭到粉碎的木屑、筆直劈開地板和牆壁的斬擊痕跡，述說著那裡曾發生過驚人的戰鬥。

多虧停止了提供太陽之血，工廠暫時停止運轉，作業員一直沒來上班一事，不知是否該說很幸運呢……

在歐哈拉四號街，虹油工廠的地下工廠。

沙塵瀰漫四周。有個人影從裡頭毫無預兆地跳了起來。

「噗呼……！」

是穿著有些髒掉的風衣的狼男，史皮庫斯・羅傑。

他總算恢復了意識。才從爆炸的汽車裡被拋出來，就又遭到鐵管毫不留情的毆打。

再加上——慌張地從地面撿起來的愛用相機，零件果然已經悽慘地摔碎成粉末。

他氣得發抖，因憤怒而漲紅了臉，於是鮮血從頭頂的傷口滴落。

風衣殘破不堪，甚至能自覺到手腳的骨頭產生劇痛和異常。

「饒……饒不了他們……那群該死的傢伙……！」

嗚——他一邊發出呻吟，一邊站起來。因為骨折的緣故，他的動作非常緩慢。

他拖著雙腳前往的地方，有著格外慘烈的破壞痕跡。

以巨體為傲的狂人狼倒落在中心處。

「快起來，這個廢物！」

羅傑踹向那宛如岩石般的肩膀——結果反倒是踢人的腳疼痛不堪，他發出哀號。

是被亞美蒂雅與庫法確實殺死的狂人狼族超戰士——巴薩卡。羅傑好幾次踐踏著巴薩卡的後腦杓。

在巴薩卡周圍散亂著疑似被扯下的毛皮——

「**只是被殺掉一次而已，算得了什麼！**你應該沒那麼柔弱吧，兄弟！」

他用腳跟狠狠地踩扁狼的耳朵。

於是怎麼了呢——

巴薩卡的嘴居然顫抖起來，發出「嗚嗚」的呻吟聲！斷裂的肌肉連接起來，內臟再生，骨頭組合起來恢復原狀，心臟怦通！地蠢動起來。

他的眼眸猛然睜開，散發出光彩。

LESSON: VI

~聖母抹大拉的祕密~

他用雙手手掌按著地板，彷彿野獸一般跳了起來。讓人連靈魂都顫抖起來的咆哮。

他順勢張開大嘴，試圖將史皮庫斯．羅傑整個吞下——

就在這時，差點被吞下的羅傑本人慌張地大聲喊道：

「等等，等等，巴薩卡！是我！你的『大哥』！認得出來吧？」

巴薩卡差點咬碎羅傑的獠牙猛然停住。

所謂的依戀不捨就是這麼回事嗎？巴薩卡儘管口水直流，仍像是被人拖拉一般地往後退。他看似不捨地磨響獠牙。

呼——羅傑擦了擦冷汗。

「你的起床氣還是一樣嚴重啊，我心臟都嚇到縮起來啦。」

——巴薩卡在狂人狼族當中也是獨一無二的特別個體。

追根究柢，所謂的狂人狼就是藍坎斯洛普披上野獸的皮，受到詛咒而變成狼人的模樣。詛咒的真面目是毛皮主人的死靈……肉體被剝皮的怨恨會侵蝕狂人狼的精神，使其瘋狂，有時甚至會讓人襲擊同族。

就連要克服一人份的死靈，也不是普通的困難。

……那麼，假如**披上了兩三層毛皮**呢？

倘若披上的結果，能夠獲得一般狂人狼的兩三倍以上的力量——

那場駭人實驗唯一的成功例子，就是這個巴薩卡。除了他以外的二十一個實驗體，無論哪個都無法接納第二張毛皮，也就是第二個死靈，精神遭到破壞，被咒殺身亡。

只有巴薩卡不同。

他輕易地重複披上「一百零三張」毛皮，而且仍作為生物持續存在著。太驚人了。結果他獲得的是遠遠超越狂人狼領域的絕對性力量。還有因應接納的靈魂數量，即使死亡也會再爬起來的「**死不了的詛咒**」。

但是，在超過三十張毛皮前還勉強能保住的自我，如今也完全喪失了。他大概早已經不曉得自己是誰了吧。

無法對話。也不可能溝通。

他只是順應宛如暴風雨般的怨恨情感，揮舞其力量的兵器——

除了唯一一個例外，也就是史皮庫斯·羅傑。

「乖孩子，兄弟。」

羅傑輕薄地笑了笑，踐踏著散落在腳邊的毛皮碎片。

他明明待在巴薩卡的拳頭可及之處，卻依然能表現出從容的態度，是有原因的。巴薩卡披上的一張毛皮裡，使用了羅傑所披的毛皮的「**弟弟的皮**」。他們並非有血緣關係，而是「毛皮（詛咒）的兄弟」。

得知毛皮的主人是兄弟關係這件事不用說，能夠一併入手一事也相當稀有。而且最令人驚訝的是，即使有一百以上的死靈混在一起，巴薩卡仍然能夠認知在羅傑體內的「哥哥的死靈」這點。

因此羅傑才能成為唯一能控制巴薩卡的人物。

……假如他不在現場，會變成怎樣的情況呢？

沒有任何一人能夠給予巴薩卡指示或是阻止他，甚至打倒他，巴薩卡將會虐殺從一到八號街的所有居民，把歐哈拉化為火海吧。羅傑也在內心捏了把冷汗。該說「預言之子」在最後關頭掉以輕心的態度奏效了嗎？

話雖如此，但受到這麼嚴重的損傷，實在令人不快。

羅傑用腳尖踹飛散亂的毛皮碎片。

被殺掉的那一張毛皮份，詛咒與死靈都一起從巴薩卡身上脫落了。

「你至今也曾死過幾次，但沒想到會被區區人類給削掉毛皮吧。」

巴薩卡並不理解羅傑的呼喚，只是從獠牙縫隙間吐出形不成話語的感情。

但他的眼眸因明確的殺意鮮紅地充血著。

羅傑咧嘴一笑，開口說道：

「去要回被殺掉的那條命吧。吶，兄弟？」

†　†　†

距離歐哈拉十分遙遠的上層世界——

卡帝納爾茲學教區今天也從一早就沉入黑暗之中。也可說是弗蘭德爾象徵的路燈一律熄滅了。只有在重要的轉角亮起零散的光芒，讓路人不至於迷路而已。

居民已經習慣低頭走路，以免被石版路絆倒。

也聽不見年輕人談笑的聲音。

洋溢著活力的學生小鎮，究竟是什麼時候的光景呢——

這都是因為穿著風衣的狼人彷彿把這裡當自家地盤一般在街上闊步，假如發現有不守規矩的人試圖點亮路燈的話，就會用那野獸的嘴巴發出這樣的警告：「只要一起變成人狼的同伴，就再也不需要燈光了」……

人們可受不了被那副獠牙咬住。所有人都已經放棄抵抗。

報紙已經沒有作用，日日夜夜都散播著相同的報導。

「弗蘭德爾將重生成月之都市，我們將成為真正的朋友」。

看到張貼在建築物牆上的那張海報，某個路人蹙起眉頭。

LESSON: VI

～聖母抹大拉的祕密～

「……還真敢說。明明聖王區現在也奢侈地點亮著燈光。」

被路上的狂人狼狠狠一瞪，那個路人匆匆地離開現場。

狂人狼發現快脫落的海報，用野獸的手掌仔細地將海報攤平貼回。

「唯獨王爵還必須請他當個人類才行啊。」

咯咯──他的喉嚨抖動起來。

「再過不久一切就會被夜晚包圍。」

一個清晰的影子投射在那張海報上。

是狂人狼本身的影子。也就是他逆光──背後被迫沐浴著驚人光芒。自從施行「滅光政策」之後，從未目睹過這麼耀眼的光芒。路人開始騷動起來。他們久違地抬起頭。眾人都舉手遮住光芒，抬頭仰望天空。

怎麼回事？狂人狼也轉過頭看。

然後看見「那個」。

同一時刻，在小鎮東南方。在聖弗立戴斯威德女子學院的正門，可以看見穿著紅薔薇制服的少女靜悄悄地上學。甚至聽不到任何一句朋友之間的互相打招呼聲。

女學生都戴著彷彿修女的紅頭巾，低頭前進。

露出人偶一般的面無表情——

「啊啊……各位同學……各位同學……！」

布拉曼傑學院長在正門迎接著學生。但沒有任何人抬起頭，只是淡淡地被吸入隧道之中。學院長一臉悲傷地目送著宛如冥府的送葬行列。

她實在忍受不了，向三年級的兩人組搭話。

「霍伊……霍伊東尼小姐、史皮奈特小姐。早……早安。」

兩名三年級生彷彿斷線一般地停下腳步，緩緩地歪了歪頭。

所有感情都消失無蹤的眼眸從頭巾底下回望著學院長。

「……早安，學院長。」

「早安……學院長。」

兩人茫然地打招呼回應，然後就頭也不回地走向隧道。

學院長緊抓著枴杖，拚命忍耐不讓自己哭倒在地。

「天啊，怎麼會這樣……怎麼會這樣……！」

有個人影從正門的相反邊一臉滿足似的眺望著那模樣。

是穿著修女服的狼女，聖母抹大拉。

「呵呵～呵。愈來愈接近……完成階段了呢。」

LESSON VI
～聖母抹大拉的祕密～

她使出渾身解數製作的紅頭巾效果顯著。大蜘蛛族「罪女」的異能……！用禁慾的詛咒壓抑目標的精神，改造成活人偶。藉此讓棘手的貴族階級無力化。真可說是十分周到的計畫吧。

抹大拉管轄的聖弗立戴斯威德已經是隨她為所欲為。

「滅光政策」似乎也在鎮上完美地發揮功能。

她能夠確信已經不存在任何會阻擋他們狂人狼族野心的事物——

就在這時，鎮上那邊突然騷動了起來。

「……怎麼回事？人類的感情就是這樣才麻煩……」

抹大拉一邊蹙起眉頭一邊邁出步伐，猛然注意到一件事。

不光是能聽見聲音而已。還能看見光……？究竟是怎麼一回事呢？她用流暢的腳步從正門飛奔而出，在遠方的景色清楚地找出了原因。

是卡帝納爾茲學教區的象徵——克勞斯福德塔盛大地點亮了燈。格外高大的那座塔散發出輝煌的存在感，照亮天空。而且機關鐘運轉起來，由機關人偶演奏的進行曲以大音量響徹四方。

「是哪來的王八蛋做的好事！」狂人狼族在塔底這麼嘶吼。「犯人應該在塔裡面才對！快抓住他！」就連鎮上居民也陸續聚集起來，圍住塔觀望人狼如何捕捉犯人。

彷彿每個人都被光芒給吸引，被引導前進一般——

「居然有這種事。這究竟是……！」

那令人懷念的光芒讓布拉曼傑學院長也眨了眨眼，試圖邁出步伐。

在那之前，有人拉了拉她的長袍袖子。

是戴著紅頭巾的一名女學生。

「……學院長。」

女學生一邊銳利地低喃，一邊從頭巾底下由下往上看著學院長。

「妳是……！」

學院長猛然摀住嘴巴，轉頭看向正門外。

……聖母抹大拉現在也還一臉焦躁地看向鎮上那邊。

學院長露出若無其事的表情折返回頭，前往隧道。那名女學生也一言不發地跟了上去。兩人混入其他學生的隊伍中，但她們並未交談。

她們就這樣彼此裝作不認識對方，前往校舍塔。

兩人一句話也沒說，一口氣爬上漫長的樓梯。

她們很自然地加快腳步，肩膀雀躍地跳起。周圍別說是聖母，甚至看不見任何一個學生或講師們的身影。儘管如此，她們仍舊小心謹慎地忍耐到學院長室，打開門扉。

LESSON VI ～聖母抹大拉的祕密～

女學生纖細的影子俐落地進入室內。

布拉曼傑學院長幹勁十足地關上門後，總算吐了一口氣。

「安傑爾小姐……！」

少女拿掉紅頭巾，絕不會認錯人的金髮躍動起來。

是穿著紅薔薇制服，混在同學們當中來上學的梅莉達。

布拉曼傑學院長儘管被無止盡的感情擺弄，仍滔滔不絕地說了起來：

「妳為何回來了？這裡對妳而言很危險。」

「我來說明原因。有件事想請學院長協助。」

梅莉達指向窗戶，指示那座此刻也不合時宜地持續閃耀的塔。

「那是庫法老師的伴攻。我希望能邀請他，還有另一個人——亞美蒂雅・拉・摩爾女公爵進入學院。我們有非去不可的地方。」

學院長花了幾秒咀嚼這番話，同時微微地點了好幾次頭。

「……要順利地帶他們兩人，尤其是庫法老師過來，應該是極為困難的事情吧。目前這間學院徹底遭到聖母抹大拉支配。學生也並非站在我們這邊。就算是他，也不得不認為不可能『不被任何人發現』。」

「只要聖母抹大拉不在的話？」

學院長說不出話來。梅莉達的眼神十分認真。

「我知道講師的立場相當複雜。所以由我來動手。只要學院長你們能幫忙布局，我會打倒那個聖母！」

布拉曼傑學院長慢慢地吸了一大口氣，之後露出微笑。

「……也讓我甩她一巴掌吧。」

梅莉達也不禁露出笑容，兩人悄悄地互相笑了一陣子。

然後學院長露出變得開朗的表情，開口說道：

「我該做什麼呢？」

——克勞斯福德塔的騷動在長達將近一小時的苦戰後，總算平息下來。他們動員所有鎮上的狂人狼，物理性地破壞了燈光的供給電路與機關的驅動引擎。四處都能看見有人動過手腳的痕跡。

但結果還是不曉得最重要的犯人下落。

是塔的管理員？還是觀光協會？抑或是感到不耐煩的騎兵團成員呢……狂人狼火冒三丈，現在也拚命地搜索著鎮上。

——獲得這些情報後，聖母抹大拉回到聖弗立戴斯威德。

LESSON: VI

~聖母抹大拉的祕密~

她一邊走過連接著城牆的橋梁，同時仔細地思索起來。

啟動塔的機關的人，究竟想做什麼呢？說不定是終於受夠了沒有燈光的生活。或者也可能是單純的愉快犯。

不過——抹大拉以旁人看不出來的程度微微瞇細單眼。

……正因為她過去曾以「大蜘蛛」身分體驗過種族滅亡，才能感受到一股奇妙的惡寒。喉嚨感到乾渴，舌頭變得乾燥。該說是預感到生命危機而冒出的生存本能嗎？明明這鎮上已經沒有能夠威脅到她的人了……

早已經過了上學時間的顛峰，正門前已經看不見學生的身影。

只有布拉曼傑學院長孤單一人站在跟剛才同樣的地方。

她似乎在等候抹大拉歸來，她抬起了頭。

「噢，聖母抹大拉。我恭候已久了。」

「哎呀，這不是學院長嗎。剛才離開了一陣子，真是不好意思。」

「有一位人物想介紹給您。」

抹大拉蹙起眉頭。靠那張狼臉很難傳遞給對方吧。

「……是哪一位？」

「是之前請假的講師回來了。我想應該先介紹給您認識。」

「這麼說來——」

抹大拉像是理解了一般，大大點了好幾次頭。

「我曾聽說過呢，有一人離開學院。我記得那人名叫——拉克拉・馬迪雅老師？聽說是非常年輕的……女性講師。」

「對，就是她。她現在也作為現任騎士，非常受學生歡迎——」

「這樣的話——」

抹大拉毫無愧疚之意地打斷學院長的臺詞。

這是家常便飯了。她用野獸的嘴對蹙起眉頭的學院長露出微笑。

「就舉辦一場早上的集會吧……？將學生聚集起來。他們一定會很高興的喔？」

抹大拉並未漏看學院長的嘴角在這時稍微僵住了。

在一瞬間後，布拉曼傑學院長用和藹的笑容回應。

「實在是很棒的想法呢。」

她內心八成不這麼認為吧。

抹大拉用彷彿看透一切般的野獸眼睛注視著布拉曼傑學院長。

兩人互相交換表面上的笑容，上課鐘聲從校舍塔傳來，在兩人的頭上響起。

LESSON: VI

～聖母抹大拉的祕密～

† † †

縱然是毫無預兆的全校集會，女學生也沒有任何怨言地聚集到聖堂。

直到半個月前，從站在講臺上的人眼中看來，那副光景著實是繽紛多彩的。自豪的髮色，時髦的髮型。充滿青春活力的眼眸，與洋溢著惹人憐愛，各有特色的笑容——

可悲的是，現在不一樣了。

三百名女學生都戴著紅頭巾，像要隱藏表情似的低著頭。縱然是布拉曼傑學院長，也無法辨別出每一個人。

學院長用力咬了咬嘴脣後，從講臺上開始了演說。

「各位同學……早安。」

臺下鴉雀無聲，沒有回應。甚至沒有任何一個學生願意抬起頭來。

儘管如此，學院長仍更加大聲說道：

「今天也能看到各位同學充滿精神的模樣……實在太好了！」

從牆邊微微地傳來啜泣與擤鼻涕的氣息。一同在聖弗立戴斯威德工作的一名講師，拿出手帕在哭泣著。

在這間學院內還保持著健康心靈的人，已經只剩下她們了。

聖母抹大拉看來非常愉快似的眺望著這幕光景。

儘管在臉頰上感受到狼挖苦的視線，學院長也並未氣餒。

「今天有個非常好的消息要告訴各位同學。請了長假的拉克拉·馬迪雅老師總算回來了。各位……各位應該都很焦急地一直在等候她歸來吧。讓我們溫暖地迎接她……」

學院長率先拍手。

三百名女學生沒有任何一人跟著她拍手。

抹大拉咯咯地顫抖著肩膀。她拚命忍耐著不嗤笑出來……

後方的門被打開了。

一個人影伴隨著響亮的腳步聲走進聖堂。

那人影筆直地穿過女學生之間，但果然還是沒有任何人做出反應。

不過，並列在牆邊的講師都同樣睜大了眼。

「不會吧……」

出現在聖堂的那名女性，跟其他老練的講師相比，確實特別年輕。**難以想像她居然是有一個孩子的母親**。她雙腳穿著高跟鞋，身上並非學院的長袍，而是穿著像是能幹祕書般的西裝裙。她一邊讓漆黑秀髮隨風飄逸，一邊穿過女學生的隊伍間，以流暢的步伐走上講臺。

LESSON: VI ～聖母抹大拉的祕密～

是嫉妒女性的美貌嗎？笑容從抹大拉的臉上消失了。

在學院長走下臺後，接著上前的「拉克拉．馬迪雅老師」——也就是借用她立場的亞美蒂雅．拉．摩爾露出微笑，開口說道：

「才一陣子沒見而已——各位同學都判若兩人了呢？」

梅莉達從二樓柱子的陰影處俯視那場集會的情況。

能夠聚集到所有學生，對她和亞美蒂雅來說都出乎意料，但現在無論是講師或聖母抹大拉，注意力都集中在講臺上。

只有布拉曼傑學院長的視線朝這邊看了短短一瞬間。

即使是八成看不見的距離，梅莉達仍堅定地點頭回應，然後轉過身去。

她從後門悄悄地離開聖堂，飛奔過當真是空無一人的校內，前往校舍塔。

她謹慎地探頭窺視入口，但果然沒有看見任何人影。

「學院長說過聖母抹大拉的房間在八樓呢。」

梅莉達像是說給自己聽似的一邊講出口，一邊腳步急促地前往樓梯。

要一口氣飛奔爬到八樓的路程感覺非常累人，但也不能拖拖拉拉的。梅莉達開始三步併作兩步地爬上熟悉的樓梯。

「得趁亞美蒂雅大人幫忙爭取時間時，盡快達成任務才行……」
庫法在鎮上進行佯攻，讓狂人狼的監視網鬆懈下來。
亞美蒂雅直接與聖母抹大拉對峙，爭取時間。
梅莉達則趁這段期間實行用來打倒抹大拉的祕密策略……！
這樣的計畫當然是大家一起決定的。
在歐哈拉零號街，拉・摩爾家的祕密別墅裡的對話，在梅莉達腦海中復甦——

† † †

「倘若妾身能順利地與那個聖母什麼的兩人獨處就好了，但事情應該沒那麼簡單吧。」
身為會議的中心人物，率先制定計畫的當然是亞美蒂雅。
桌上擺放著用現有的東西準備的小吃和點心。
「如果能一對一地砍了她，是最好不過。」
「但所謂的『狼』是警戒心非常強烈的生物。應該很困難吧。」
庫法一邊拿起三明治，一邊跟著提出意見。

LESSON: Ⅵ ～聖母抹大拉的祕密～

「要是他們將注意力轉向聖弗立戴斯威德，就賠了夫人又折兵……如果連鎮上的狂人狼都聚集過來，事情會變得不可收拾吧。不巧的是看來我在這個作戰當中，只能當佯攻來派上用場而已。」

「既然如此，果然方法只有一個啊。」

女公爵用紅色指甲伸手一指。

梅莉達雙手捧著冒出熱氣的茶杯，同時微微地抽動了一下肩膀。

「安傑爾之女啊。妳還記得剛才告訴妳的狂人狼族的弱點吧？首先由妾身跟聖母對峙，吸引她的注意力。妳趁機從那傢伙的住處調查她的私人物品，找出她『真正的名字』。」

「可……可是——」

即便是還不成熟的學生，也不得不注意到這個作戰的漏洞。

「如果能說中她在變成狂人狼前——還是『大蜘蛛』族時的真正名字，就能打破那個詛咒。只要能打倒聖母抹大拉，用她的絲線編織出來的紅頭巾便會喪失效力，學院的大家就能恢復原本的模樣……」

「正是如此。」

「可是，假如聖母**捨棄了原本的名字**呢？無論亞美蒂雅大人與庫法老師替我爭取多少時間，萬一四處都找不到線索的話……！」

亞美蒂雅首先打開了包裝紙，將巧克力含入嘴中。

接著她喝了口熱紅茶，仔細地品嚐甜味與苦味。

「——不，一定有。聖母一定會將線索藏在身邊才對。」

看到蹙起眉頭的女學生，「聽好了——」亞美蒂雅豎起食指繼續說道：

「要說為什麼，就是狂人狼族因為其成立過程，被其他藍坎斯洛普視為輕蔑的對象，認為他們終究是『放逐者的集團』。」

「咦……！」

「正因如此，那群人狼特別愛誇耀自己是『狼的驕傲』或『高貴的靈魂』。但他們在心底以墮落到那種身分為恥。畢竟是淪落成過去自己輕蔑的狂人狼啊。」

亞美蒂雅在說不出話的女學生面前從容地喝了口茶。

「如果辦得到，每個人都想恢復成原本的模樣。所以他們明知道可能會成為致命傷，還是無法捨棄自己真正的名字。」

女公爵由下往上看的視線，注視著梅莉達纖細的輪廓。

「——找出來。那一定還留在那傢伙的周圍某處。」

LESSON: VI
～聖母抹大拉的祕密～

† † †

「……雖然伯母大人自信滿滿地這麼說！」

梅莉達上氣不接下氣地不斷爬上樓梯，到達聖弗立戴斯威德校舍塔的八樓。她飛奔過漫長的走廊，來到盡頭的木製門扉前。

那裡原本應該是暗素藥學的艾爾芙雷德老師的房間。

但據說在聖母抹大拉就任的同時，她用委任書的權限搶走了房間。她的理由是首先室內非常寬敞，環境很適合用來保存她從夜界帶來的私人物品，但被趕出去的艾爾芙雷德老師可受不了。

聽說老師當時連要找個睡覺的地方也很辛苦，梅莉達的內心湧現強烈的憤怒。

「……妳也只有現在能張大嘴說大話了。」

她砰一聲地打開門。

室內已經完全被改裝成抹大拉偏好的夜界設計。不管怎麼說都很暗。中央擺著一個大鍋，沸騰翻滾的紫色藥水微弱地散發出光輝——是個異常詭異的光景。

藥劑櫃和書架並列在牆邊這點，就跟以前一樣。梅莉達立刻試著調查每一本書。幾乎都是聖母抹大拉的私人物品。

不過，在她將手指貼上一本書的書背時，她忽然察覺到一件事。

「……說到會留下自己名字的東西，會是什麼呢？」

至少不會是現成的書本吧。應該是日記或是文件上的簽名——

梅莉達轉身離開書架，走向辦公桌。

她打開抽屜一看，果然艾爾芙雷德老師的工作道具都被處分掉了，相對地收納著聖母抹大拉的東西。筆記用品、羊皮紙、幾枚信封。

聖弗立戴斯威德的懲處學生名單。

教典（Bible）——

雖然梅莉達試著打開那本教典，但裡面只有身為聖母的心得與教義，還有「抹大拉」的簽名而已。梅莉達有些焦躁似的闔上封面。

「不是變成狂人狼之後的私人物品……有沒有什麼……有沒有什麼東西呢……」

第二層、第三層、最下層——梅莉達依序拉開抽屜。

在第二層抽屜發現許多金屬製的書籤。

第三層抽屜收著爬蟲類枯萎的屍體，在看見裡面的瞬間，梅莉達一邊發出哀號，一邊立刻將抽屜把手摔回原位。

然後在最後一層抽屜裡——

LESSON VI
～聖母抹大拉的祕密～

「這是手帕？」

鋪滿了大量的布。

那數量非常驚人，讓人想問她是否打算將那些布縫起來做成降落傘。那些布並非被折疊收好，而是用力硬塞進去的，在梅莉達拉開堅硬的把手後，幾塊布立刻掉落出來。

梅莉達撿起掉落在腳邊的一塊布。

布本身沒什麼特別之處，但各自都施加了不同設計，細緻講究的刺繡。

梅莉達想起亞美蒂雅所說的話……

『大蜘蛛族裡有被稱為「罪女」的紡織者——……』

倘若抹大拉的真面目就是那個「罪女」，這些布就是她緬懷過去所製作的東西。梅莉達立刻靈光一閃。

「……說不定有刺上名字！」

梅莉達將過意不去的心情擱一邊，把那堆手帕拉了出來。

她一條條地調查散落在腳邊的手帕，探索刺繡的痕跡。

……果然她沒那麼大意地留下名字。

「可是，還不曉得呢。得全部調查過才行！」

要一個人確認，這數量實在有些龐大。儘管如此，梅莉達仍勇敢地攤開下一塊布。

就在這時。

砰——房間的門被關起。

梅莉達猛然抬起頭來。

抹大拉已經回來了——並非如此。而是新造訪房間的四名女學生。因為是認識的面孔，讓梅莉達瞬間鬆了口氣。

「涅爾娃……！」

是同班同學，且在某種意義上也是命中註定的對手——涅爾娃·馬爾堤呂，還有跟她一起組成訓練小組（布爾梅）的三名成員。是剛才在上實戰課程嗎？不知何故，她們穿著比賽用的黑色演武裝束，手上各自拎著武器。

跟其他女學生一樣，眼眸中都沒有感情的光芒——

如果是一年級時還不曉得會怎樣，但現在的梅莉達跟她們之間的關係並沒有那麼緊張……雖然也不是特別親近，但也沒有必要說場面話吧。

「別嚇我啦……不，不對，是我嚇到妳們了嗎？」

「…………」

「聽我說喔？因為有必要，我才回來學院的。妳們現在也被迫忘記自己的內心了嗎？但是，不用擔心。我跟老師他們很快就會——」

LESSON: VI
～聖母抹大拉的祕密～

這時，梅莉達緩緩地注意到異樣感。

涅爾娃等四人彷彿人偶般的表情，就跟其他眾多女學生一樣。

但有一點不同。

就是她們戴著的頭巾是**黑色**的——

「涅爾娃？」

她沒有回應呼喚，將右手的鎚矛高舉到頭頂上。

接著一蹬地板。

隨後，梅莉達捕捉到以驚人的速度逼近眼前的影子，跳向一旁閃避。慢了一瞬間後，鎚矛的前端刺向地板。彷彿當成紙屑還什麼似的粉碎地板，碎片飛散四處。

「什……！」

梅莉達甚至無暇感到驚訝。除了涅爾娃以外的三人——她們也戴著「黑頭巾」，接二連三地奔馳過來，眨眼間便包圍梅莉達。

對方揮劍橫掃，梅莉達差點摔到地板上。她順著那股氣勢——在簡短地道歉的同時，踢飛其中一人的小腿。對方應該連骨頭都感到劇痛。

但對方根本一動也不動。

被踢中的那人用被踢的腳試圖踩踏梅莉達。在看見腳跟的瞬間，梅莉達滾向相反邊，用手掌拄著地面跳了起來。

慢了一拍後，腳跟踏穿了地板。

這記攻擊也彷彿把地板當成果凍一般粉碎，碎片七零八落地飛舞起來。那股破壞力不用說，對於剛受到重創的腳應該是雪上加霜吧。儘管如此，當事者卻毫不在乎。梅莉達忍不住摀住臉，同時感到驚愕。

「這是怎麼回事……！」

另外一人捉住梅莉達的手腕。她被甩動起來。被迫旋轉兩圈的期間，另一個人將武器高舉到頭頂，在完美地配合好時機的第三圈，將武器對準梅莉達的肚子發動攻擊。

梅莉達在武器命中前將單手與單膝重疊起來，使出所有瑪那防禦。

劈哩——瑪那之牆冒出龜裂，梅莉達就那樣被揍飛。她從背後衝撞上書架。產生非比尋常的衝擊與巨響，架子上的東西一起散落到地板上。

「嗚……咕……！」

梅莉達甚至不被允許倒下。她還無暇休息，涅爾娃便再次衝了過來，使出毫不留情的前踢。梅莉達立刻讓背後往下滑落，腳跟踢穿了她的臉剛才所在的位置。木片又理所當然地爆裂開來。

「可惡……！」

LESSON VI

~聖母抹大拉的祕密~

梅莉達一邊往下滑，同時踢了回去。她用右腳踢向心窩，一邊將體重推向牆壁，緊接著又用左腳一踢，更進一步地將右腳向下踩——輕妙的三連擊。

涅爾娃看來並非感覺到疼痛，而是單純地被力量推擠而後退。

梅莉達小心謹慎地跳起身，她拍了拍屁股，同時盯著四名「敵人」。

——沒錯。涅爾娃等四人具備明確的「敵意」。不僅如此，梅莉達對這種超越本人極限的力量與無視感情的防禦力有印象。

「跟那個叫做巴薩卡的狂人狼一樣……？」

就連老練的騎士也被迫陷入了苦戰不是嗎？

既然如此，梅莉達能夠採取的手段是——………

「黑頭巾」四人組慢慢地滑動鞋底，包圍梅莉達。

梅莉達暫且吐出肺裡的空氣，改變身體架式。

她將肢體宛如弓一般收緊，深深地壓低重心。黃金色火焰從她的全身解放出來。雖是火焰卻宛如流水一般環繞全身，在指尖凜然地燒焦空氣。

梅莉達將併攏的四根手指往自己這邊扭動。

——放馬過來。

無言的鬥氣互相碰撞，在半空中迸出火花。先發制人的是涅爾娃。她小腿肚的肌肉嘎吱作響，果然還是以超出極限的速度奔馳著。鎚矛前端彷彿在跳躍地一邊旋轉一邊被舉起，從頭頂的一點往下揮落。

那一擊彷彿要劈開腦袋一般。

梅莉達用手背將握柄甩向「一旁」，同時向前踏步。鎚矛前端壓住肩膀，刺在地板上。梅莉達將自身的雙手纏繞在涅爾娃伸直的手臂上，順勢把向前傾的她拉倒。

兩人糾纏不清地在地板上翻滾。

梅莉達巧妙地將腳跟踢向對方的心窩，踹飛了她。或許該說是「把她摔出去」比較正確。畢竟涅爾娃以非常誇張的氣勢飛出去的理由，是因為梅莉達將涅爾娃本身的衝刺速度原封不動地反彈回去。

涅爾娃整個人顛倒過來，從背後衝撞上藥品櫃。

她就這樣滑落到地板上——「啊！」梅莉達不禁驚叫出聲。因為涅爾娃從後腦杓狠狠地倒落。如果她精神正常，想必會疼痛不堪吧。

「好痛！」

姿勢滑稽的涅爾娃發出這樣的聲音，梅莉達驚訝地睜大了眼。

黑頭巾脫落了——

是剛才那一瞬間的攻防，讓頭巾從她頭上脫落的吧。涅爾娃一邊對調手腳的位置，

LESSON VI
～聖母抹大拉的祕密～

一邊勉強爬了起來，她按住撞到的頭，眨了眨眼。
「慢點，咦，這……這身打扮是怎麼回事？我究竟……這裡是哪裡？」
「涅爾娃，太好了！」
「哇啊！」
梅莉達感動不已地抱住了她。涅爾娃的眼眸和聲音確實有她的心存在。
例如「害羞」。涅爾娃紅著臉頰，將梅莉達的肩膀往回推。
「妳……妳突然是怎麼啦，感覺真噁心呢……先……先別說這些，妳什麼時候回來學院的？報紙每天都因為妳的報導鬧得沸沸揚揚喔！」
「涅爾娃，有話等下再說，現在──」
梅莉達用力握住同學的手臂。
「先閃開！」
兩人一起猛烈地翻滾起來。隨後有武器從三個方向揮落，刺穿了地板。涅爾娃甚至忘記採取護身倒法，她驚訝地睜大了眼，說了聲：「什……！」
因為將凶器揮向這邊的是她的同學。甚至還摻雜著宿舍的室友。涅爾娃朝表情喪失生氣的三人喋喋不休地說道：
「慢點，各位！妳們居然攻擊我，究竟打什麼主意？首先，又不是在上課，怎麼會穿著這身裝扮在這種地方……！」

「涅爾娃，現在就連妳的聲音也無法傳遞給她們。」

梅莉達用力抓住涅爾娃的手腕阻止她。

「她們戴的頭巾是聖母抹大拉的異能！她們一定被人操縱，要她們趕跑未經許可就進入房間的人！」

「……這麼說來，我好像被任命為『隨侍顧問的執行官』這種莫名其妙的負責人啊。」

涅爾娃想起到這邊，「嗚」一聲地按住頭。

頭巾的影響力非同小可。她的眼眸燃燒著憤怒，抬起頭來。

「那個狼女……我不會輕易放過她的！」

地板在三處爆裂開來。

三名「黑頭巾」牽著殘像逼近。涅爾娃挑起鎚矛，梅莉達擺出格鬥的架式。果然優先遭到攻擊的是梅莉達。

梅莉達毫不畏懼橫掃過來的劍，反過來踏向前方，擋住對方的手臂。她順勢將對方的身體也捲進來，使勁甩動——這是剛才的回禮！在她叫好的期間，涅爾娃擺出全力揮棒的姿勢。

「我會去探望妳的！」

她毫不猶豫地重擊朋友的肋骨。配上旋轉的氣勢，驚人的振動傳遞到梅莉達的手掌。被毆打的當事者也不禁放開武器，吹飛到牆壁那邊，倒落在地。

還無暇喘息，就要對付第二個人。對方居然自己丟掉武器。

她打算用赤手空拳來對抗梅莉達的敏捷度。沉重無比的右直拳。鑽過壓力宛如圓木般的勾拳、迴旋踢後，被捲入的空氣發出轟隆低吼。

梅莉達靠次數壓制對方。即使接連攻擊剛才也踢過的小腿、大腿和側腹，對方仍是一動也不動。拳打腳踢的三連擊。清脆的音色有節奏地跳起。

對方用力毆打過來。

梅莉達鑽過她的手臂，同時宛如芭蕾舞者一般從背後抬起腳。腳跟像要反擊似的命中對方的鼻子，她總算稍微往後仰。梅莉達將腳宛如鐘擺似的收回時，順便又接了一記膝蓋踢。這一踢確實命中對方的下頷，「對不起喔。」梅莉達這麼道歉，同時在最後踹飛對方的臉頰。

梅莉達的腳也受到相當大的反作用力。

儘管如此，傷勢應該也沒對方那麼嚴重吧。畢竟在她面朝上往後仰的前方，涅爾娃正高舉著鎚矛等在那裡。

LESSON: VI

～聖母抹大拉的祕密～

涅爾娃渾身的瑪那在金屬材質的前端迸出。

「『蓋力克……鐵鎚——』！」

她從正上方一口氣擊潰對手。那光景讓在旁看著的梅莉達都「呀啊！」一聲地害怕起來。擊向同學胸口的鐵塊，就那樣強硬地使勁揮落到地板。

第二個「黑頭巾」從背後被擊中——

地板因餘波的衝擊碎成放射狀。「嘎呼！」唾液閃閃發亮。

就連最後剩下的「黑頭巾」，看起來也像是被那幕光景嚇得倒抽了一口氣。

梅莉達趁她感到畏縮時，在一瞬間分出勝負。她利用對方的身體十分堅硬且沉重這點，把膝蓋與背後當成踏腳處，眨眼間飛奔到對方的肩膀上。

她高舉雙手，將瑪那宛如刀刃一般收斂到指尖。

她將雙手從背後往後腦杓揮落後，一掃。瑪那的軌跡雙重地交錯。

黑頭巾被切成碎屑——

不小心還傷到幾根頭髮這點，就請她多包涵吧。總之，這下最後一人也從頭巾的支配中獲得解脫，甚至無法完全支撐住梅莉達的體重，腿軟倒下。

「啊哇哇……！」

在梅莉達靠自己的雙腳跳下來的同時，第三人也倒落到地板上……

已經沒人爬起來了。涅爾娃一臉正經地將手掌貼在胸前。

「……放心吧。我不會白費大家的犧牲。」

「慢點慢點慢點！她們只是昏過去而已吧。」

梅莉達一邊斥責講了不吉利話的涅爾娃，同時猛然一驚，轉過頭去。

「黑頭巾」非比尋常的力量，讓辦公桌周圍也遭到嚴重的損傷。成堆手帕被埋在書籍和木片裡，有幾條刺繡鬆脫了。

——還沒空休息。

「涅爾娃，來幫個忙。」

梅莉達推開壓在上面的書本，將成堆手帕拉出來。

然後又開始一條一條地仔細確認刺繡。就宛如在戰場正中央玩扮家家酒的幼兒一般——看起來十分離題的光景，讓涅爾娃挺身而出。

「妳……妳說幫忙，該做什麼才好呢？現在究竟發生什麼事？」

「我會跟妳說明，總之先動手。要確認有沒有哪條手帕縫著名字。」

涅爾娃也看似焦躁地一屁股坐到地板上。梅莉達坐著擺出將腳伸直的姿勢，從右到左地拿起手帕，然後排除。

感覺那是漫無止盡，看不到未來的作業——

LESSON: Ⅵ
～聖母抹大拉的祕密～

「還有些人正在戰鬥呢。只有我們能夠幫上他們的忙。妳不想讓那個聖母嚇一大跳嗎？」

在聖堂的女學生都像剛才的涅爾娃她們那樣，內心被封印住了吧。

想到這點，就覺得必須加快速度，早一分一秒也好。梅莉達心急如焚。

涅爾娃緩緩地撿起梅莉達弄掉的一條手帕。

「……妳問我想不想讓她嚇一大跳？」

啪！她一邊撼動空氣，一邊將手帕攤開在雙手上。

「正合我意！」

† † †

「呵呵～呵，原來如此……拉克拉．馬迪雅老師……」

女性的聲音毫無前兆地打斷了現在也仍在聖堂舉行著的集會。

是聖母抹大拉。她緩緩地從牆邊上前，走到講臺上，靠近站在講臺中央，妙齡的「拉克拉．馬迪雅老師」。

布拉曼傑學院長緊張地倒抽一口氣。

她拚命地想開口接續話題，但那位「拉克拉老師」阻止了她。
「看來已經被識破了。」
亞美蒂雅甚至放棄偽裝語調。
聖母抹大拉看起來像是用野獸的表情露出笑容。
「我知道喔……我知道妳，妳是那個女魔騎士……」
「…………」
「狂人狼的大家……都在尋找妳的下落。只有拿劍對著馬德．戈爾德的妳，在『無血主義』的範圍外……上面允許我們吃掉妳的肉。」
她彷彿野獸般的手掌放在西裝的肩膀上。亞美蒂雅還是不動聲色。聖母抹大拉用妖豔的手勢撫摸西裝的腰部和側腹，讓手掌爬到亞美蒂雅的臉頰上後，將狼的大嘴湊近她耳邊。
「亞美蒂雅．拉．摩爾。」
這麼低喃。亞美蒂雅的睫毛微微顫抖起來。
「妳女兒人在哪？」
「就算賠上性命，也不會交給妳。」
亞美蒂雅瞬間橫掃手臂。彷彿早已預料到這件事一般，抹大拉在千鈞一髮之際跳向

LESSON: VI ~聖母抹大拉的祕密~

後方。宛如扇子般展開的漆黑火焰，只有灼燒到空氣。

狼的嘴確實發出了嗤笑。

「拉……拉·摩爾公！」

一名講師在牆邊動了起來。她從腰帶上抓住劍柄，將刀拔出刀鞘後，隨即扔給亞美蒂雅。亞美蒂雅輕而易舉地用手掌捉住一邊旋轉一邊飛來的那把劍。

聖母抹大拉浮現出歡喜的表情。她用尖銳的指尖指著講師群。

「我看見了！」

講師嚇得顫抖起來。抹大拉依序指著每個講師的表情。

「妳們剛才的確……協助了反叛著亞美蒂雅·拉·摩爾。期待她會斬殺我……嗯呵呵~呵！」

「……」

「這怎麼想都不是對待『朋友』的舉動呢……我覺得非常受傷！雖然很傷心，但還是得報告才行……必須叫同伴到這裡來，好好商量才行呢。」

她用充滿憐憫的聲音低喃。

「商量是否應該吃掉妳們……」

亞美蒂雅敏銳地一蹬地板。

但抹大拉又是輕快地往後跳。她完全不打算與亞美蒂雅交手。只有自己的戰意白忙一場，亞美蒂雅氣得跺腳，說了聲：「可惡！」

抹大拉從講臺上跳了下來。

她讓修女服輕柔地隨風搖擺，在女學生的隊伍正中間著地。

戴著紅頭巾的少女們果然還是絲毫沒有抬起頭。

「要是波及到這些孩子……讓她們受傷的話……」

抹大拉看似憐愛地攬住一名女學生的肩膀。

將自己的臉頰並排在女學生的臉旁。

彷彿用人偶在表演腹語術一般——

「妳的立場也終於要完蛋了呢。」

亞美蒂雅猶豫了一下，不知是否該踏步向前。狼的嘴更得意地往上揚起。

「那麼，我這麼做的話，妳要怎麼辦……？」

抹大拉像是要遮住眼睛似的將手放在女學生的臉部前。

於是發生了什麼事呢？

只見女學生戴的頭巾很快地變色了。從鮮明的赤紅變成墨水般的漆黑。就連聖弗立戴斯威德的講師群也騷動起來。她們沒聽說有那種機關。

LESSON: Ⅵ

～聖母抹大拉的祕密～

抹大拉在變成「黑頭巾」的女學生耳邊教唆著她。

「小羊……是狼喔，狼來了……」

抹大拉用視線指示亞美蒂雅，感到滑稽似的發出嗤笑。

「騙妳的。」

地板碎裂開來，女學生的身影瞬間消失了。

亞美蒂雅猛然一驚，抬起頭來。「黑頭巾」的女學生跳向上空，就那樣以弓箭般的氣勢衝向講臺上。

亞美蒂雅跳向後方，飛踢擊中她避開的場所。

爆炸聲轟隆作響。

非比尋常的瑪那壓力在衝擊的瞬間炸裂開來。亞美蒂雅不禁驚訝得睜大了眼。無論怎麼評估，那都不是騎士學校的見習生能發揮出來的威力。

「黑頭巾」將腳從她踢破的洞穴裡抽出來。

她筆直地朝這邊發動突擊。亞美蒂雅從正面擋住她。亞美蒂雅抓住少女纖細到彷彿會折斷的手腕，拚命壓制住用荒唐的肌力大鬧的少女。

驚慌失措的是同樣在講臺上的布拉曼傑學院長。

「快住手，派德莉小姐！那位人物是……！」

「請妳退下，學院長！」

就連亞美蒂雅也在額頭上浮現汗水。

「無論怎麼看，她都不正常……！」

只有一直露出諷刺笑容的抹大拉知道機關。

「嗯呵呵呵……那條『黑頭巾』……會解放人類大腦無意識地限制住的『潛力』……！會用超出極限的努力……回應我的請求。」

她悄悄地補充。

「直到壞掉為止。」

「妳這惡魔……！」

亞美蒂雅硬是將「黑頭巾」的女學生攬入懷中，用手刀敲打她的延腦。少女失去意識，雙腿一軟地倒落在地。

在她跌落到地板上的同時，亞美蒂雅飛奔而出。她從講臺上衝出去，在空中一邊揮舞著劍，同時突擊抹大拉。

就在女公爵的斬擊即將把聖母可恨的笑容一刀兩斷時——

一名女學生主動跳到攻擊線上。

「咕哦……！」

LESSON: VI
～聖母抹大拉的祕密～

亞美蒂雅在瞬間掌握情況，對方是個還很稚嫩的一年級生。

是仰慕梅莉達的學妹，緹契卡・斯塔齊。

她的頭上也戴著「黑頭巾」——亞美蒂雅強硬地收回劍，但無法止住突擊的氣勢，只能順勢讓肩膀撞向地板，翻滾在地。

抹大拉用野獸的嘴大笑起來。

離開主人的劍發出清脆的聲響，滑落在地板上——

「各……各位同學，集會結束了！快回到教室……解散！解散！」

講臺上的布拉曼傑學院長拚命地大聲喊道。

不過，三百名女學生沒有任何一人聽從她的話……

抹大拉終於忍不住捧腹大笑起來。牆邊的講師群都同樣地沉下臉來。

「可惡……被侮辱成這樣，不能默不作聲！」

「嗯呵呵。這樣不行喔，各位……？看這個！」

抹大拉的攻勢巧妙且毫不留情。

被迫戴上「黑頭巾」的緹契卡用空洞的神情彎下身。

她從地板撿起亞美蒂雅放開的劍。

——這次打算讓她決鬥嗎？

並非如此。沒想到緹契卡居然將刀刃貼到自己的脖子上。現在她的性命只有一層薄皮守護著。「什麼！」講師不禁嚇得縮起心臟。

布拉曼傑學院長的臉色變得蒼白。

在笑的人只有聖母而已。

「嗯呵呵呵呵……！只要我拜託她『移動劍』……這孩子就會照我所說的做吧。嗯呵呵呵～呵呵呵呵！」

「快……快住手……別對學生動手……！」

「那麼，各位親愛的講師。妳們就代替這個可憐的小羊——」

聖母無慈悲地伸手一指。

「殺掉入侵者（狼）。」

「…………！」

踏出第一步的究竟是誰呢？

只要有一個人動起來，其他人也像受到影響似的跟著行動。就彷彿在共享著罪過一般……講師拔出各自的武器組成圓陣。

他們包圍手無寸鐵的亞美蒂雅女公爵——

一名講師一邊將劍尖對準那妙齡的美貌，同時從緊咬的嘴脣中滲出鮮血。

LESSON: VI

～聖母抹大拉的祕密～

「非常抱歉……非常抱歉，公爵大人……！」

「沒關係。」

亞美蒂雅也早已經說服自己。

「妾身也一定會這麼做。」

「嗯呵呵～呵呵呵！呼呼呼哈哈哈哈哈！」

抹大拉已經擺出無法壓抑住笑聲的態度。

哪裡稱得上是「聖母」了——

那醜陋的表情怎麼看都只是在玩弄獵物生命的怪物。

「不可以避開！不可以避開喲，亞美蒂雅！就那樣去死吧！各位講師，首先請把她的手腳刺成肉串。讓我看看這女人痛苦打滾的模樣！」

「妳終於露出本性啦，『無血主義者』。」

「為什麼？我並沒有弄髒手……是你們擅自動手的！只是人類之間互相傷害罷了。不願意的話……不願意的話就停手呀？嗯呵呵～呵，我只是在旁觀看而已……哦呼哈哈……啊——哈哈哈哈！」

砰！聖堂的門被打開了。

一個聲音伴隨著少女的影子響起。

「**瑪特爾！**」

少數還保有理智的人同時轉過頭去。

宛如光芒本身的金髮映入講師的眼眸。確認到站在門前的少女那堅決的眼神，亞美蒂雅呵呵地露出微笑。

布拉曼傑學院長打從心底鬆了一口氣。

「安傑爾小姐……──」

然後，聖母抹大拉在最後僵硬地轉過頭來。

她已經沒了笑容與瘋狂，只是彷彿口渴不已似的顫抖著雙眼與喉嚨。

「……咦……咦？什麼？剛才……咦……妳說什麼……？」

站在門前的少女──

正確來說，是氣喘吁吁的涅爾娃與同樣上氣不接下氣的梅莉達。梅莉達的手掌握著一條手帕。她將那條手帕拿向前。

「瑪特爾。」

梅莉達清楚地重複。在手帕的角落，小小地繡著「不會忘記的瑪特爾」。彷彿就連

LESSON: VI
～聖母抹大拉的祕密～

編織在那些絲線裡的感傷，也能歷歷在目地感受到。

「聖母抹大拉……妳真正的名字是瑪特爾！大蜘蛛族的瑪特爾！」

「沒……沒錯……不對，不對，不是的。妳搞錯什麼了……別讓我聽見那個名字。快……快把那條不祥的手帕收……收起……」

抹大拉開始倒退了兩三步。

梅莉達高舉的手帕，在她看來像是罪狀嗎？只見她抱住獸耳。

「噫……噫啊啊！拜……拜託別讓我想起來！我是抹大拉。我是抹大拉啊！我才不知道那種『罪女』。我打從出生時就是狂人狼了！根本沒有被烙印上十字架的女人……沒錯，我——」

她悄聲低喃。

「才不是什麼瑪特爾……——」

隨後，**她的嘴裂開了**。

嘴巴的兩邊斷裂開來，傷口一口氣擴散到後腦杓。抹大拉的眼球掉了出來，彷彿將靈魂撕裂般的尖叫撼動周圍。梅莉達和講師群都嚇得倒退。

「嘰呀啊啊啊啊啊——！」

裂痕毫不留情地擴散到全身。鮮血噴射出來。梅莉達與涅爾娃摀住嘴角往後退。她們從毛皮的裂縫中看到有什麼**滑溜**的東西。

是長著毒毛的蜘蛛外殼。一邊滴著體液，同時冒出好幾根節肢。彷彿淋到強酸似的狂抓自己，用力扯下毛皮。

頭部的毛皮宛如帽子一般被剝開，截然不同的蜘蛛容貌冒了出來。

從蠢動的獠牙縫隙間迸出更詭異的怪聲。

聖弗立戴斯威德的講師群舉起武器，但亞美蒂雅制止他們。

「沒有必要。」

就如同女公爵所說，大蜘蛛似乎沉迷於將毛皮從全身剝離。沒多久後以體積來說約有兩倍，沾滿血的全身從內側滾落出來。

沒有比這更可怕的光景了。在軀體倒落的瞬間，體液飛濺出來。儘管十二根節肢抓著地板，但看起來只像是難看地痙攣著。

倘若周圍的女學生神智清醒，八成會演變成眾人慘叫不停的騷動吧。

抹大拉已經是跛腳鴨。

她從獠牙縫隙間吐出宛如笛聲般微弱的氣息，甚至無法支撐自己的重量，拚命掙扎著。

那悲慘的模樣讓梅莉達和涅爾娃，甚至就連講師群也感到可憐。

「這就是狂人狼族的末路。」

唯一沒有動搖的是亞美蒂雅。她踩響高跟鞋，走上前去。

「狂人狼族無法親口說出自己『真正的名字』。只能等別人注意到。假如他們自己揭露名字的話——」

「怎麼會……」

她將食指放入嘴巴的一邊，稍微拉扯一下。

「『嘴巴就會裂開』。也就是甚至無法再次聽到別人呼喚自己的名字。」

「是很悲哀的詛咒——現在就讓詛咒終結吧。」

亞美蒂雅試圖從附近尋找劍。

有個人物伸手制止了她。是布拉曼傑學院長。

她一邊按住亞美蒂雅的肩膀，同時拄著楞杖，走到她身旁。

「她就算那樣，也曾經是我們的同事……也該由我們送她最後一程。」

亞美蒂雅點了個頭，讓出位置。學院長代替她走上前。

大蜘蛛已經連抬起頭和發出人類話語的活力都不剩了。

「……如果妳真的是『友人』就好了。」

布拉曼傑學院長在身體前方高舉楞杖，將前端高高往上頂。

枴杖裝飾散發出耀眼的火焰。

「『暗影體驗閘門』。」

光芒伴隨著溫和的攻擊技能的宣告，包圍大蜘蛛的全身。

那是裊裊上升到天花板的光柱。光芒從末端燒焦大蜘蛛的身體，慢慢地削去並轉變成灰燼。在莊嚴中帶著粗暴，宛如龍捲風一般的壓力。

就連抹大拉像是臨終慘叫的吶喊聲，也被光芒奔流給吞沒。

沒多久後抹大拉的身體完全燒燬，光柱慢慢地衰退，被吸入天花板，消失無蹤。之後就只剩在地板上蔓延開來的血液，與燒焦的痕跡。

就在同時。

鏘——有個金屬聲在地板上跳起。

「奇怪……？緹契卡究竟做了什麼……」

是一年級的緹契卡・斯塔齊茫然地放掉手中的劍。

不只是她。三百名女學生的眼眸都恢復了意志，聲音恢復了感情。騷動從聖堂四處蔓延開來，感覺空氣蘊含起熱度。

然後，三百條「頭巾」同時脫落了。

變成線狀的頭巾被弄得更加細碎，散落四處，才以為被風給擄走，卻又順勢融入空中，消失無蹤——宛如編織那條頭巾的人一樣。

女學生完全搞不明白狀況，緹契卡等人東張西望地環顧周圍，注意到站在入口大門的金髮少女。

「……梅莉達學姊！」

女學生的視線一起轉向她身上。

緹契卡用跳躍般的腳步飛奔而出。

梅莉達張開雙手等候，盡情地抱住可愛的學妹。

「緹契卡學妹！太好了，妳順利恢復原狀了呢……」

「學姊，學姊！事情不得了了。報紙說學姊是『預言之子』！」

「我知道喔。我才想問緹契卡學妹有沒有遇到可怕的事情？」

緹契卡露出燦爛爽朗的笑容，抬頭仰望梅莉達。

「學院有老師他們幫忙守護。」

認識的同學也從周圍一擁而上，不斷地對梅莉達提出問題。像是上哪兒去了，之前在做些什麼，梅莉達實在無法分辨出是誰在說些什麼。有團體認真地討論著預言的真相和與狂人狼的戰鬥，也有好奇心旺盛的同班同學質問梅莉達與庫法的蜜月過得如何……

梅莉達也非常好奇自己不在的期間，同學過著怎樣的生活，忙著應對各種問題。

「我知道了！我知道了啦！我會好好告訴你們的！」

明明弗蘭德爾的狀況跟半個月前相比，已經有劇烈的變化——

但只有這間學院的光景什麼也沒變，梅莉達不禁露出微笑。

「果然孩子們就是要像那樣有精神才行呢。」

是在遠處守護著的亞美蒂雅與布拉曼傑學院長。

學院的講師群在她們面前靜悄悄地排隊。

「拉．摩爾公……」

他們一邊露出充滿苦澀的表情，一邊各自低下頭，跪倒在地。

「我們拿劍對著不該冒犯的對象……請懲罰我們吧。」

「別鬧了！活得更柔軟一點吧。」

亞美蒂雅一臉麻煩似的揮了揮手，但沒有講師能就這樣接受。

「但是……」

「那樣反倒正好呢。你們的確試圖阻止妾身。」

她豎起食指，勸說包括布拉曼傑學院長在內的所有人。

「妾身推開你們，毀滅了聖母抹大拉。你們沒道理要遭到責怪——要是被那群『無血主義者』抨擊，就拿這點當擋箭牌開脫吧。」

LESSON: VI
～聖母抹大拉的祕密～

「那怎麼行——」

「別忘記了，那些傢伙的支配還沒結束。妾身必須立刻離開這裡，之後就由你們來守護這間學院……要是只選正確的道路走，是無法擺脫這個絕境的喔。」

彷彿想說話題就此結束一般，亞美蒂雅顯而易懂地將臉撇向一旁。

這時正好從聖堂入口響起清澈的歡呼聲。

「是庫法大人！」

負責伴攻的庫法察覺到聖弗立戴斯威德獲得解放而現身。在女學生之間大受歡迎，加上又是罕見的便服裝扮，讓他被團團圍住。

看到這一幕，梅莉達不滿地吃醋起來，這也是常見的光景。

不過，儘管庫法態度和藹可親，仍匆匆打了聲招呼後便飛奔到亞美蒂雅身旁。他也均等地看向布拉曼傑學院長，同時開口說道：

「聖弗立戴斯威德似乎也會有人來監察。」

以學院長為首，講師群的表情都緊張起來。

女學生也感受到迫切的氛圍。庫法很快地告知：

「他們似乎懷疑我的伴攻可能跟聖弗立戴斯威德有關。狂人狼族的使者很快就會過來了吧。」

「看來沒時間悠哉啦。」

要是他們前來時，目前是逃犯的亞美蒂雅等人逗留在這裡，實在無法交代。

女公爵將臉轉向一旁，布拉曼傑學院長用悲壯的表情點了點頭。

「——立刻打開葛拉斯蒙德宮的門吧。」

† † †

自從上次有大災難降臨到聖弗立戴斯威德那時以來，那扇門也大約一年沒有被解開封印了。梅莉達等人以跟那時相同的目的地為目標，鑽過門扉。

位於前方的是全部都由玻璃構成的神祕宮殿——

冠上葛拉斯蒙德宮之名的那座城堡的地下，有他們要前往的場所。

「我們走吧。」

布拉曼傑學院長高舉枴杖走在前頭，梅莉達與庫法和亞美蒂雅，還有來目送他們，比較要好的同學及幾名講師陪伴前行。

「真令人懷念呢。」

庫法不禁感傷起來。為了讓梅莉達參加迷宮圖書館的館員考試，跟現在一樣推了她

LESSON: VI

～聖母抹大拉的祕密～

一把，就好像是昨天的事情。無論是經過的通道、走下的階梯，還是在漫長的地下通道前方展開的光景，也都完全一樣——

葛拉斯蒙德宮的地下有靠古代技術製造的升降機。

只要操作終端，就會將搭乘者從卡帝納爾茲學教區這邊，帶領到存在於沒有盡頭的迴廊前方的迷宮圖書館——畢布利亞哥德吧。

庫法率先進入升降機。接著亞美蒂雅指向講師群。

「明白吧，要不客氣地把妾身當成壞人喔。」

「但是……」

「無妨。不能讓你們被追究責任啊！」

她不由分說地留下這番話後，像是才不聽回答似的搭入升降機。

然後，最後在梅莉達想踏上升降機時，有個聲音從背後呼喚她。

是布拉曼傑學院長。

「梅莉達。」

那親密的呼喚聲讓梅莉達轉過頭去。布拉曼傑學院長將枴杖擱在一旁，伸出雙手。

梅莉達握住她的手，像是要扶持她笨拙的腳步一般。

學院長感到耀眼似的瞇細她的小眼睛。

「妳成長了呢。我還一直以為妳是沒多久前才進入學院的小女孩。」

「討……討厭，學院長真是的。」

「不可以輸給什麼預言喔。」

梅莉達驚訝地睜大雙眼。

學院長用直率的眼神回望著她，輕輕地點了好幾次頭。

「妳就做妳覺得正確的事情吧。就像妳至今所做的那樣。」

「……是的，學院長。」

「——路上小心。」

滿是皺紋的雙手輕輕地送梅莉達上路。

站在操作盤前的講師按下了幾個開關。她拉動操縱桿。於是齒輪的重奏響徹整個房間，鏘咚——升降機動了起來。

只有載著梅莉達等三人的升降機，緩緩地遠離到迴廊深處。

同學們吶喊加油，梅莉達揮手回應。講師靜靜地替他們祈禱。過沒多久，無論是亞美蒂雅大膽無畏的面貌，還是庫法迷人的微笑，還有直到最後都一直拚命揮著手的梅莉達身影，都被吸入黑暗的另一頭……

即使已經聽不見升降機的運轉聲，學院長仍暫時注視著黑暗。

LESSON: VI

～聖母抹大拉的祕密～

但是，還沒過多久，便響起慌張的腳步聲。是留在學院的一名修女飛奔趕來。除了學院長的所有人都轉頭看向後方。

「客……客人來了！」

聽到這句話，布拉曼傑學院長才總算連身體也轉過去。

看到修女緊迫的表情，是誰來造訪可說一目了然。

「……我去接待吧。」

學院長撿起枴杖，用握柄使勁地撞了一下玻璃地板。

就如同女公爵預見的——

對聖弗立戴斯威德而言的緊要關頭，反倒是從現在才開始。

LESSON：Ⅶ　～能說是自家的場所～

其實梅莉達能正常地進入迷宮第一層的機會相當少。

畢竟去年參加圖書館員考試時被捲入某個陰謀，不是能優雅地走下升降機的狀況。

不過，所抱持的感慨就跟那時一模一樣……在看不清盡頭的廣大空間裡，在空中縱橫自如的通道。然後一整面牆壁從地板到天花板都是連綿不斷的書架，成排並列在書架上的眾多書背，數量龐大到讓人感覺要昏倒一般——

存在於弗蘭德爾中央主柱內部的迷宮圖書館畢布利亞哥德。

擁有其管理權限的拉‧摩爾家女當家，用習以為常的態度拿出一本書。

只能從畢布利亞哥德獲得的貴重「魔法書」。

「『童話之夜(Once Upon a Time)』。」

她用比梅莉達等人流暢許多的發音詠唱咒文。

封面猛然打開，內頁令人眼花繚亂地翻動起來。墨汁滲入空白內頁，很快地描繪出迷宮內的地圖。

亞美蒂雅走在前頭帶路。

「從這裡往上的樓層是拉・摩爾家的管理區域。亡靈也不太會進入。」

這麼說來——梅莉達回想起來。過去在這裡曾發生內亂，當時被捲入的圖書館員亡靈都擠在畢布利亞哥德裡。聽說他們縱然死亡也執著於這大量的書本，對於試圖將書帶出去的人毫不留情，即使一本也不行。

庫法純粹因好奇而詢問：

「聽說也有很多一般圖書館員不能進入的場所？」

「只有妾身另當別論。」

亞美蒂雅這麼說著，她一邊用右手攤開魔法書，同時銳利地揮動左手。

鑰匙串從袖子裡滑出，她輕鬆地捕捉在指尖上。

是相當奇妙的鑰匙。透明得像是並非實際存在一般。女公爵用若無其事的表情繼續說道：

「畢布利亞哥德只有一個亡靈現在也保有生前的自我。是過去在這裡擔任圖書館長的『奧爾塔奈特』。他與拉・摩爾家自古就有深交……所以我們才會像這樣幫他保管鑰匙，且被委任管理圖書館。」

她抬頭仰望被正像是圖書館的靜寂給包圍的天花板，繼續說道：

「……亡靈能夠安穩地閱讀，也全是因為奧爾塔奈特成了他們的依靠。他現在仍然獲得所有圖書館員的尊敬。」

「原來如此。」

「好啦，通往聖王區的門在這邊。要走一陣子。」

女公爵靠著地圖，毫不迷惘地選擇該走的岔路。庫法轉過頭看。金髮主人好幾次依依不捨似的確認升降機的位置。

「如果能跟學院的大家放鬆地再多聚一下就好了呢。」

梅莉達猛然轉過頭來，左右搖了搖頭。

「——不了。現在我待在那邊的話，會給大家添麻煩。」

「之後的事情就交給學院長他們吧。」

「是的……我們走吧，老師。」

梅莉達緊緊握住庫法伸出的手。

向升降機道別後，主從以亞美蒂雅的背影為目標，邁出步伐。

† † †

LESSON VII ~能說是自家的場所~

「什……先……先生，您剛才說了什麼？」

布拉曼傑學院長儘管有種毛骨悚然的預感，仍這麼反問。

一屁股坐在接待室沙發上的狂人狼男性碰也沒碰茶杯。

是半張臉和一隻手都纏著繃帶，讓人看了就覺得可憐的史皮庫斯．羅傑。

還有彷彿隨時會大鬧起來一般，全身痙攣著的巴薩卡。

「我說希望你們也能協助。」

羅傑扭曲滿是傷痕的臉，費力地露出笑容。

在卡帝納爾茲學教區發生騷動時，首先盯上聖弗立戴斯威德的就是他。不出所料，以監察為由上門一看，便聽說可恨的拉．摩爾家的女公爵與「預言之子」，還有那個裝模作樣的護衛趁鎮上一片混亂時闖入了這裡。

他們殺害了聖母抹大拉，前往畢布利亞哥德——

據說聖弗立戴斯威德的人們並沒有協助他們，但以羅傑的立場來看，無論有沒有都無所謂。他從桌上拿起一張羊皮紙。

是聖母抹大拉遺留下來的，弗蘭德爾評議會發出的委任書。

只要秀出這個，布拉曼傑學院長便只能保持沉默。

「『預言之子』現在是這都市的反叛者，你們則是我們『無血主義者』的友人……！

既然如此，要協助哪一邊應該顯而易見。沒錯吧？」

「嗯，對，我們當然會不遺餘力——」

學院長的小眼睛依然感到動搖，忐忑不安地搖晃著。

「但是那方法……」

「沒錯。」

羅傑試圖咧嘴笑，嘴裡的傷便刺痛起來。

他更加怨恨起「預言之子」，同時開口說道：

「要徹底翻遍迷宮裡面，我們也會非常費力……！不過，據說那個地方有許多亡靈棲息。就利用他們來找人吧。」

「若是冥……『冥府屬性(Undead)』的人，應該能與對方溝通吧。」

「沒差，並不是要拜託他們。」

羅傑露出就像狼一般的強悍笑容。

「那裡應該有個亡靈的整合者……！記得好像是叫做奧爾塔奈特。從迷宮裡找出那個人……從這世上消除！」

「——唔！」

「這樣剩餘的亡靈就會失去統率，憤怒發狂！肯定會主動將進入迷宮裡的活人逼出

LESSON：VII ～能說是自家的場所～

來，大卸八塊吧……！甚至不需要我指示。咯咯咯。」

學院長啞口無言，羅傑將他自己帶來的某樣東西遞給學院長。

是幾張「毛皮」。就算不碰也知道……那散發著令人毛骨悚然的邪氣。布拉曼傑學院長的視線左右徘徊，不曉得該怎麼處置放在桌上的那些毛皮。

「先……先生，這是？」

「詛咒的毛皮……披上這個的人就會跟我們一樣變成狂人狼的模樣。」

狼嘴殘酷地宣告。

「選出六個學生讓她們披上。讓那些人到迷宮四處奔波，找出奧爾塔奈特。沒什麼，之後就是這邊的工作了。這是很明快的分工合作吧？」

「……！」

「因為被『預言之子』狠狠地擺了一道，害我失去所有部下。能夠移動的棋子已經只剩這個巴薩卡，正覺得傷腦筋呢。」

是對名字產生反應嗎？巴薩卡本人發出低沉的吼聲，讓講師群顫抖起來。

好一陣子說不出話的布拉曼傑學院長，過了一會兒後用顫抖的聲音詢問：

「……披上毛皮的學生之後會怎麼樣？」

「會得到變成狂人狼的榮譽！我們會隆重歡迎的。」

從學院長等人的態度來看，八成是打算拒絕吧。

羅傑重新拿起委任書，在臉部旁邊揮了幾下。

「要是反抗王爵，這間學院跟學生不曉得會有什麼下場喔。」

「…………」

「妳不想守護重要的家園嗎？」

學院長靜靜地眨了眨眼，然後微微地點了好幾次頭。

「──我明白了。就協助你們吧。」

「學院長！」

在旁觀看他們對話的一名講師，發出歇斯底里的哀號。

但布拉曼傑學院長毫不介意，她抱起那堆毛皮，從沙發上站起身。

她拖著同僚難以置信的視線，走向接待室的門。

「立刻出發吧。通往畢布利亞哥德的路在校舍外面。」

羅傑依舊一屁股霸占在沙發上，伸舌舔了舔嘴脣。

「很明智啊。」

結果，他一口也沒碰端出來的紅茶。那不合他的胃口。

他正想著既然要喝的話，比較想喝鮮血。

心情變爽快的羅傑，沿途用盡各種詞彙讚揚聖弗立戴斯威德的設備。他表示等順利收拾掉「預言之子」時，將認定披上毛皮的六名學生為有功者，並想安排一個特輯，一起報導她們與學院長。

布拉曼傑學院長走在前頭帶領兩名狂人狼，頭也不轉地回答：

「那真是光榮呢。」

拄著楞杖的她步伐相當緩慢。巴薩卡有時會看似焦躁地低吼。

沒多久後，他們鑽過一直敞開的門扉，非常美麗的玻璃宮殿在前方展現威容。這時羅傑也不禁由衷地發出讚嘆的聲音。

「這實在太美了！」

他無意識地想拿起相機，然後想起相機早已經壞掉。

他用拇指與食指比出相機形狀來代替，捕捉宮殿的入口。

「似乎有充滿活力的淑女在等候著呢。」

吸引他目光的是駐守在宮殿正門左右兩邊的巨大玻璃雕像吧。

雖然是外表美麗的女戰士模樣，但並非普通的工藝品。

畢竟在羅傑等人一靠近正門時，雕像便宛如生物一般動了起來，高舉起矛。她們從左右兩邊交叉矛尖，同時從玻璃製的喉嚨發出清澈的警告。

『野蠻人不得入城！』

「這還真是令人吃驚。」

羅傑一副在說笑的態度，並沒有把玻璃騎士的威脅當真。

「學院長，妳飼養了挺有趣的玩具呢？」

「她們是葛拉斯蒙德宮居民『玻璃寵物』。是聖弗立戴斯威德自古以來的友人……嗯，是充滿神祕的玻璃生命體。」

「但她們說了『不得入城』這種傻話呢？」

學院長朝守衛高舉手掌。左右兩邊的玻璃騎士不情不願地收起矛。

「很好。」

羅傑看似滿足地笑了笑，帶著巴薩卡意氣風發地鑽過門。

入口早已經聚集了幾名女學生。大概是為了見證少女們的末路吧，講師也一個不剩地前來，露出悲痛的表情。

女學生當中感覺責任感最強烈的一人走上前。

「……學院長。」

「啊，霍伊東尼小姐！」

是學生會長米特娜・霍伊東尼。學院長露出理所當然的表情問道：

「妳幫我向學生們打過招呼了嗎？清楚理解我說的話了嗎？」

「是……是的。」

「很好。」

羅傑看來更加滿意似的注視學院長充滿威嚴的背影。

「學院長，簡單來說，就是那邊的學生？」

「我從三個年級分別精挑細選了各兩名學生。她們一定會有出色的表現。」

「太棒了！」

羅傑對學院長拍手喝采。響起一人份的空虛掌聲。

「我羅傑一直以來都誤會了。以為我們『無血主義者』與弗蘭德爾的人類要互相理解需要花上一段時間。不過，也有像妳這樣的人！之後務必讓我採訪妳。還請妳向弗蘭德爾的同胞！呼籲他們順從我們……咯嘻嘻嘻嘻。」

這時學院長才首次轉過頭來，對羅傑露出微笑。

「非常樂意。」

她立刻重新面向前方，用枴杖前端指示天花板。

然後**撒了個謊**。

「我們走吧。通往畢布利亞哥德的門在『最上層樓』。」

那個地方被稱為「寶座之間」。不過，在玻璃宮殿裡並沒有王。那是個在空曠的大廳裡只擺著一對玻璃椅子，冷冰冰的房間。

聽到「目的地在樓上」，羅傑也不禁蹙起眉頭。

「我記得那個畢布利亞哥德應該是位於地下吧？」

「升降機本身位於最上層樓。」

「究竟是怎樣的機關？」

「寶座後方是入口。」

「…………」

羅傑決定耐心地相信學院長說的話。

不過，終於踏入寶座之間時，羅傑領悟到自己太膚淺了。無論地板或牆壁都是用玻璃打造的，所以一目了然。

這個房間根本沒看到升降機。只是個盡頭而已。

「……原來如此！首先要在這裡讓學生準備齊全是吧？」

羅傑將最後的機會託付給學院長。

學院長抱著毛皮。縱然會難以行走，她也沒有將毛皮交給別人。

「好啦，學院長，把那些毛皮給六名學生——」

在他說完前，布拉曼傑學院長將枴杖前端貼在手中的毛皮上。

瑪那爆裂開來。

六張毛皮一起吹飛，被燒焦且散落到地板上。

死靈的哭泣聲像在搔癢靈魂似的響起——

史皮庫斯．羅傑的額頭終於冒出青筋。

「……老太婆！」

瞬間，六名女學生在後方同時轉過身。她們飛奔離開寶座之間，負責殿後的米特娜．霍伊東尼會長對學院長喊道：「祝武運昌隆！」

在女學生離開時，好幾名講師接著衝進來。

眾人圍住巴薩卡與羅傑，拔出各自的武器，解放瑪那。

五顏六色的火焰迸出，刀刃散發出七彩的殘酷光輝。

「搞什麼，搞什麼，搞什麼！那武器是什麼意思啊，你們這群老不死！」

羅傑從懷裡拿出委任書，三百六十度地轉了一圈，秀給眾人看。

「怎麼，沒看到這東西嗎！我可是席克薩爾王爵的代理人！你們做的事情是對國家的反叛喔！這間學院消失也沒關係嗎？」

以音速飛來的火焰彈射穿了委任書。羅傑連同指尖都被燒焦，「嘎噫！」地摔倒在地板上。

變成碎屑的委任書被風吹而飄起，不留痕跡地燃燒殆盡。

布拉曼傑學院長彷彿想說隨時都能射出下一發似的，將枴杖前端對準羅傑。

「無論對手是誰，我都不會退讓。」

學院長的小眼睛寄宿著堅決的意志。

「即使這間學院會消失不見——我也不會讓人傷害到學生們！」

只見她流暢地揮動枴杖，然後將握柄頭用力撞向地板。

「玻璃城堡的盟友啊！」

宮殿整體凜然地顫抖起來，回應學院長的呼喚。

「聖弗立戴斯威德陷入危機！遵從契約火速趕來吧！」

涼爽的戰吼回應著學院長。玻璃地板宛如鈴鐺似的鳴動，羅傑感覺到有眾多的什麼存在一窩蜂地湧向寶座之間。他連忙跳起來。

隨後。

兩個原本在守門的巨大玻璃騎士揮動著矛突擊過來。儘管規模不及玻璃騎士，但各自攜帶著玻璃武器的士兵一個接一個地從玻璃騎士腳邊衝入寶座之間，加入戰線。

布拉曼傑學院長架起充滿威嚴的枴杖——

還有武藝特別高強的四名武術教官。

以及以玻璃守衛為首，數量龐大的玻璃寵物團團圍住兩名狂人狼，不留一絲縫隙。

羅傑甚至迷惘著該面向誰。

「這……這還真是可靠啊！」

不過，他還有餘力擺出從容的態度。

確實有眼光的他早已經識破布拉曼傑學院長的弱點。

「昔日的妳想必是個馳名天下的英勇騎士吧，但那都是過去的事了。妳已經老了！現在連像那樣握住枴杖站著都很費勁！沒錯吧？」

「…………」

「居然想靠這種玻璃工藝品來對抗巴薩卡。」

在說這些話的期間，羅傑似乎恢復了冷靜。他發出嘲笑。

因為他身旁有個絕對服從，蹂躪無雙的狂戰士在待命。

「我就好心告訴來日不多的老婦人值得一聽的情報吧。這個巴薩卡曾以三名聖都親衛隊的騎士為對手，很漂亮地反過來擊敗對方。」

「……！」

武術教官的表情也不禁緊張起來，握住握柄的手用力過度。

稱不上是「狼假狼威」的羅傑更加盛氣凌人地放話：

「難道你們會比聖都親衛隊更難纏嗎？就憑那副肉和骨頭都已經衰老的身體？——嘎哈哈哈！那就試試看吧。先拿你們開刀，把這群『玻璃』都粉碎之後，就把學院長的頭吊起來，接著輪到學生們。」

彷彿在享受周圍的反應一般，他露出感覺能聽見流口水聲的笑容。

「畢竟老不死的肉咬起來沒嚼勁啊……一直被告誡要『無血』、『無血』，我也一樣感到厭煩了。果然人類還是適合臨終前的慘叫！絕望的表情！還有血花！感謝你們像這樣反抗啊，老不死！嘎嘻嘻嘻！」

「同樣的話別讓我說好幾遍。」

響起讓人寒徹骨的聲音。

布拉曼傑學院長冷酷地眯細單眼，就連同僚也不禁顫抖起來。

她垂直豎立著楞杖，將手掌貼在裝飾上，於是驚人的瑪那收束起來，洶湧狂暴。

「這群無法之徒……滾出我家吧！」

壓力從楞杖裝飾擴散開來。

衝擊波宛如膜一般拓展開來，衝撞上狂人狼。巴薩卡的胸膛麻麻地顫抖，羅傑光是因那股壓力就「嗚哇！」一聲地滾向後方。

「學院長！」

四名武術教官率先一蹬地板，撲向巴薩卡。

「我們來爭取時間！」

彷彿連回答的時間都覺得可惜，布拉曼傑學院長繼續將瑪那聚集在枴杖上。

火焰一邊扭動一邊收束在前端的裝飾上，無止盡地提昇壓力。劈哩劈哩——空間開始冒出龜裂。即使肉體衰老，瑪那也依然健在……！羅傑瞬間察覺到那股攻擊力遲早也會威脅到巴薩卡。

他抬起上半身，用最大聲的音量命令：

「快阻止『魔女』，巴薩卡！殺掉所有人！把一切都破壞掉——！」

彷彿早就等到不耐煩一般，巴薩卡發出激烈的咆哮。

那聲音豈止寶座之間，甚至連整座宮殿都顫抖起來。光是那樣，就足以匹敵學院長剛才的壓力——武術教官被那股氣勢給壓倒，但有一人勇敢地挑戰巴薩卡。

「喝啊——！」

她伴隨著勇猛的氣勢，揮劍一閃。巴薩卡隨意地舉起手掌。

他光用手的皮，就擋住所有斬擊威力與瑪那壓力。他毫不在乎噴血地握住刀刃，並順勢折斷。砍上去的那人不禁懷疑起自己的眼睛。

「殺雞儆猴吧！」

羅傑的歡呼聲反倒奏效了。巴薩卡另一邊的手臂模糊起來，在前一刻回過神來的武術教官使勁往後跳。野獸的拳頭緊追上去，攻擊腹部。

應該抵銷了不少威力才對。

儘管如此，教官還是宛如砲彈一般吹飛出去，衝撞上牆壁。火焰的殘渣炸裂開來，玻璃碎片跳向四方。教官從肺部吐出空氣，就那樣倒落在地。

布拉曼傑學院長的集中力被分散了。

「噢，席妮雅姆……」

其他三名教官也不禁猶豫是否該上前，相對地發出戰吼的是「玻璃寵物」。兩個守衛率先勇猛地突擊。

是值得挺身一戰的巨體。

守衛之一與巴薩卡扭打成一團。體格是守衛要大上三倍。

儘管如此，肌力卻是巴薩卡大勝。他的肉體在風衣底下彷彿快撐破似的隆起，而且還順勢將守衛的巨體抱起到頭頂上。

巨人在空中揮動雙腳掙扎的光景，讓人不禁懷疑起自己的眼睛。

守衛就那樣被摔向地板。一隻腳碎成粉末。

巴薩卡踢了踢守衛的胸膛，高聲地發出狼的吼叫聲。

「喝……喝啊——！」

教官們像要鼓舞自己似的吶喊。三人一邊讓劍尖貼近地板滑行，同時發動突擊，玻璃寵物也迸出透明的鬥氣跟上。之後的光景宛如地獄景象——

巴薩卡隨意揮拳，粉碎玻璃寵物的頭部。啪——玻璃寵物化為沙粒，那壞掉的方式讓人難以想像是玻璃。雖然背後被刺了好幾把劍，但巴薩卡在轉身的同時揮手橫掃，靠肌力與風壓讓敵人呈扇狀吹飛。

他彷彿想說正好似的抓起一隻寵物的腳，使勁甩動。他將玻璃寵物捲入甩動的圓形軌跡，破碎聲接二連三地響起。被甩動的那隻寵物頭盔掉落，手腳炸開，變得完全看不出原形後，才總算被扔掉。

一名教官不巧正在攻擊軌道上。

她無法完全避開那過快的速度與重量，結結實實地挨了那一擊，與玻璃寵物一起翻滾在地。

「吉娜………」

布拉曼傑學院長對自己無法離開原地一事感到無比怨恨。

能夠與巴薩卡抗衡的，頂多就巨大的守衛。剩餘的那隻勇敢地拿矛突擊，玻璃矛尖挖進巴薩卡的側腹。教官們的表情充滿希望地閃亮起來。

「萬歲！」

但是，巴薩卡又再次超越了常識。他毫不在乎貫穿到背後的傷口，握住玻璃矛尖。他與巨大守衛靠力量較勁了一瞬間。

然後抬起。

握著握柄的守衛反倒雙腳浮了起來。刀刃更深地陷入巴薩卡的腹部，擴大了傷口，但巴薩卡彷彿連那種痛楚都當成喜悅一般地放聲咆哮。

他將貫穿腹部的矛連同自己的身體揮動起來，將守衛扔了出去。守衛放開握柄，衝撞上牆壁。在守衛無聲地掙扎的期間，巴薩卡拔出矛。

鮮血從腹部大量迸出——

巴薩卡沒有絲毫猶豫，更進一步地發動猛攻。他揮舞玻璃矛。配合守衛的手掌打造的那把巨矛，橫掃群聚在周圍的所有事物。玻璃碎片、血花，還有試圖擋住攻擊的教官都混在一起，飛舞到半空中。

早就遠離現場的史皮庫斯·羅傑，一邊逃跑一邊大笑。

LESSON: VII
~能說是自家的場所~

「嘎~~哈哈哈！不錯喔！不錯喔，巴薩卡！」

玻璃守衛在牆邊爬起身，想至少報一箭之仇。

矛宛如船桅一般刺在她的胸口中央。

是巴薩卡將已經沒用處的那把矛扔了出去。守衛被釘在牆上，絞盡最後的力量握住握柄後，手掌滑落下來。

喀鏘——傳來玻璃碎裂的聲響，沒有任何會動的東西了。

寶座之間以巴薩卡為中心，刻畫出慘烈的破壞痕跡。玻璃寵物已經沒人還保有原形，只剩散落的碎片堆積如山。

布拉曼傑學院長的同僚也躺平在那些輝煌的殘骸裡。

「珍瑪……莎莉……大家……」

唯一逃過一劫的，只有位在後方的學院長。

瑪那現在也無止盡地收束在她的枴杖上，提昇著壓力，但威力還不夠。就算現在解放出攻擊，也無法突破那個怪物（巴薩卡）的防禦力。

已經沒有同伴了。一抹冷汗滑過布拉曼傑學院長的臉頰。

在遙遠的寶座後方，史皮庫斯．羅傑從安全範圍教唆巴薩卡。

「殺了她。」

唔唔——巴薩卡一邊低吼，一邊朝學院長那邊邁出步伐。

一把劍刺在他的腳背上。

是爬在地上的教官之一，拚死地將劍尖刺向巴薩卡的腳。

「別想過去……！」

巴薩卡一臉厭煩似的抬起另一邊的腳，踐踏教官的背後。地板在教官的腹部底下碎裂開來，令人毛骨悚然的聲響從背骨響徹全身。「嘎呼！」她吐出鮮血。

「吉娜！」

儘管布拉曼傑學院長忍不住想解放魔彈，但還不行。

時間還不夠久——！

巴薩卡仔細地將鞋子往下踩，讓教官從嘴裡吐出鮮血。「嘎呼、咳咳！」她咳了起來，同時拚命地抬起頭，搖了搖頭。

「夏洛特……學……學院就……拜託妳了……！」

「——！」

學院長也已經到了忍耐的極限。瑪那的充填率還差一丁點。現在放出攻擊也只是無意義地消耗瑪那，說不定無法徹底打倒巴薩卡。

儘管如此，她還是無法就這樣目送友人死去。在巴薩卡再度抬起腳的瞬間，學院長的嘴唇反射性想宣言攻擊技能。

就在她喊出聲前。

從完全不同的方向飛來的某樣東西，衝撞上巴薩卡的眼皮，跳了起來。

巴薩卡稍微看偏了目標，將腳踩在吉娜教官身旁，站穩腳步。

布拉曼傑學院長與羅傑，還有巴薩卡都幾乎同時轉過頭去。

在寶座之間的入口，有一名女學生用顫抖的手掌將手槍對準這邊。

「離……離……離老師們遠一點……」

「霍伊東尼小姐……！」

是以學生會長米特娜·霍伊東尼為首，剛才一起帶領到這邊的六名女學生。還以為她們早已經離開葛拉斯蒙德宮，但她們攜帶武器回來了。

不過，要踏入這血淋淋戰場的行動，感覺實在太有勇無謀了。

雖說只是擦傷，但巴薩卡的敵意從腳邊轉移到女學生身上。他踏出一步，兩步，三步，光是那眼光就讓女學生靠在一起顫抖起來。

史皮庫斯·羅傑反倒覺得該高興似的大喊出聲。

「對了，巴薩卡，把那些傢伙大卸八塊，來殺雞儆猴！然後拿她們的屍體當伴手禮送給學院那些淑女，讓她們知道反抗我們狂人狼族的人會有什麼下場！」

「不，我不會讓你那麼做——」

學院長見時機成熟，解放出提昇到極限的瑪那壓力。

暴風從楞杖前端瘋狂地颳起，甚至吸引了應當沒有理性可言的巴薩卡的注意力。也就是超越理性的生存本能——他嗅到了會威脅到自身的存在。

羅傑驚訝得睜大了眼。

應當早就老態龍鍾的「魔女」，在這時宛如樹齡破萬年的大樹一般，散發出威壓感。無止盡地膨脹起來的壓力讓風衣下襬隨風搖曳。這從未感受過的瑪那壓力讓以米特娜為首的女學生背後起了雞皮疙瘩。

巴薩卡露出獠牙呻吟著。學院長微微地浮現笑容。

「謝謝妳們，各位同學。這一擊無庸置疑地是妳們的功勞。」

「阻……阻止她！快阻止她，巴薩卡！咬死那個老不——」

羅傑的指示差一瞬間沒趕上。

學院長快一步地踏向前。

瑪那以光速從伸出的楞杖前端迸出。

「——『流星比率』！」

宛如龍一般的咆哮。讓人聯想到瀑布的粗壯瑪那奔流。

從楞杖前端炸裂的超火力魔彈，從正面捕捉到不曉得閃避為何物的巴薩卡。魔彈衝撞上胸膛，朝四方炸裂，但布拉曼傑學院長仍將楞杖向前推。

「哦哦哦哦……！」

她卯足渾身的氣力擠出瑪那，拚命到讓人擔心她瘦弱的身軀可能會折斷。彷彿激流般的巨響。從楞杖前端無止盡地吐出的火龍，擊碎巴薩卡的鋼鐵肌膚，燒焦他的內臟，讓他從眼球與口腔吐出火焰。

難以想像是這世上會有的尖叫聲。

最後壯烈的爆炎膨脹起來，消除了巴薩卡的身影。強風橫掃室內，讓玻璃碎片飛起，米特娜等女學生發出哀號，護著臉部。

驚人的破壞痕跡——

在爆炸中心處，已經化為人形焦炭的巴薩卡連倒下也無法，只能佇立在原地。光是還留有原形，已經算奇蹟了吧。已經連臉部的形狀都無法辨別了。

然後，楞杖從布拉曼傑學院長的手中掉落。她氣喘吁吁地倒下。

「……學……學院長！」

米特娜等六名女學生飛奔到學院長身旁，扶住她的背。

布拉曼傑學院長奄奄一息地搖了搖頭。

「沒……沒事……我沒事，先別管我了……麻煩妳們去照顧其他老師。」

「我會陪在學院長身邊……」

布拉曼傑學院長回望著淚眼盈眶的學生會長，一臉幸福似的瞇細雙眼。

「有妳在我就放心了呢，米特娜。」

這時傳來拍手聲。是因為皮膚厚且毛髮茂密的緣故嗎？那聲音聽起來十分沉悶。

「真是精彩，學院長閣下。」

史皮庫斯．羅傑從容不迫地走上前來，站到已經化為焦屍的巴薩卡身旁。他是想說接著換他來當對手嗎？不過，羅傑早已在繃帶底下受了重傷，他現在的狀態縱然是以學生為對手，應當也無法樂觀。

米特娜等六名學生架起武器，保護學院長。

「我……我們來當你的對手！」

「不，不對。」

羅傑這麼說道，讓女學生蹙起眉頭後，他舉起拳頭。

然後敲打已經變成黑炭的巴薩卡的胸膛。

「你要發呆到什麼時候，快起來！」

啪——光芒從眼球的位置復甦了。米特娜會長等人嚇得發抖。

居然有這種事——龜裂在巴薩卡化為黑炭的全身很快地擴散開來，在剝落的同時有健康的肉體從內側冒出。

光是一張毛皮脫落的痛楚，就甚至讓聖母抹大拉衰弱致死。

但巴薩卡卻輕而易舉地撐過去了。他用自己的爪子撕破已經變成廢物的毛皮，從身體扯下。像是在脫掉襯衫一般焦躁地丟棄頭部的皮。

跟剛才絲毫沒變，散發著滿滿殺意的獠牙冒出來，發出猙獰的低吼聲。就連布拉曼傑學院長也說不出話來。

「居然有這種事……」

彷彿她那副表情正像是大餐一般，羅傑伸舌舔了舔嘴唇。

「真是遺憾啊，學院長。妳以為妳贏了嗎？天真，太天真啦……！」

羅傑用拳頭敲打巴薩卡完好如初的大腿。

「這個巴薩卡可是披了一百張詛咒的毛皮。也就是說他的力量！還有生命力都是一百人份！倘若這傢伙隨心所欲地大鬧，就算把整個弗蘭德爾的人都殺光，仍舊不會停止吧……只要他的生命力沒有被毀滅到最後。」

「……！」

「這種渺小的學舍，以這傢伙的角度來看，就跟玩具庭園一樣。」

嘖嘖嘖——他像在挖苦人似的揮動食指。

「才殺了一次就感到滿足是不行的啊……」

「……怎……怎麼會——」

米特娜會長的武器從手中掉落，坐倒在地上。

其他學生也一樣。布拉曼傑學院長絞盡所有力量才總算造成致命傷的對手，還是學生的她們不可能讓對方受到同等的重傷。

而且不是一兩次就會結束。

必須體驗一百次地獄才行——

「霍伊東尼小姐，各位同學……」

布拉曼傑學院長清楚地感受到女學生喪失戰意。

她環顧寶座之間。

玻璃寵物早已經全滅，只剩下手腳的碎片無能為力地掙扎著。四名同僚連動一下的力氣也沒有。

尤其是身受重傷的其中一人，似乎已經失去意識。

「席妮雅姆……吉娜……珍瑪……莎莉…………」

然後她的小眼睛露出求助似的眼神，看向入口的門扉。

當然，空無一人的那裡沒有任何人的氣息——

布拉曼傑學院長自覺到自己回想起何時的光景，露出苦笑。

「……看來這次沒那麼幸運，會剛好有人前來相救呢。」

她撿起滾落在地板上的柺杖，勉強地撐著體重站起身。

米特娜等女學生猛然回過神來。「學院長！」

她一邊顫抖著膝蓋，一邊設法挺直脊背，步履蹣跚地踏向前方。

她留下學生們，走向羅傑與巴薩卡的正面——

「……對，你說得沒錯。我就連要站起來也十分勉強。」

「哦？」

「我老了……居然想用這副身軀沒有任何犧牲地守護『家園』，說不定是我太膚淺了。哎呀呀，這種模樣真不想讓以前的自己看到呢。」

羅傑得到至今為止最大的滿足感。倘若相機還健在，他肯定會片刻不停地狂按快門吧。

「哈——哈哈哈哈！然後呢？妳現在才想奉上學生們求饒嗎？」

「不是喔？」

羅傑的笑聲僅僅幾秒就結束了。

魔彈毫無預兆地撞上巴薩卡的顏面，火星甚至飛濺到一旁的羅傑身上。反應完全慢半拍的他，驚訝地狂甩袖子。

布拉曼傑學院長在眨眼間挑起楞杖，放出瑪那。

伴隨的並非強大火力——

而是決心。

「就算要賠上這條命，也絕不能讓你們活下來。」

「……！」

羅傑終於氣到額頭爆血管。他揮落包著繃帶的手臂。

「咬死那女人————！」

巴薩卡隨即一蹬地板。玻璃在他腳邊盛大地炸開。

間距縮短的幾秒鐘，在米特娜等女學生的眼中，看起來非常緩慢——

野獸般的手掌一把抓住布拉曼傑學院長的肩膀。

咬向她的脖子。

鮮血猛烈地迸出，那氣勢讓人不禁想摀住雙眼。

「不……不要啊啊啊啊————！」

女學生的哀號將寶座之間染上絕望，羅傑因歡喜而顫抖。

巴薩卡的獠牙毫不留情地咬住學院長的肩膀。骨頭碎裂，鮮血濺出。學院長宛如枯枝般的身體微微顫抖，枴杖從指尖掉落。

羅傑的心境就彷彿興奮不已的觀眾。

「抓到了！」

然後布拉曼傑學院長——

笑了起來。

「抓到了。」

巴薩卡的心臟吹飛出去。

他的左半身整個消失，肉塊與鮮血飛濺的氣勢讓女學生的哀號和羅傑的歡呼聲都在瞬間中斷了。寶座之間變得鴉雀無聲。

嘎呼！巴薩卡的大嘴張開，踉踉蹌蹌地往後退。

他的左胸剛才所在的位置，可以看見布拉曼傑學院長伸出的手掌。

滿是皺紋的嘴唇咳出了血塊。

「……我**吃到這招**……好像是首次上陣時吧。」

沒有一個人能理解她伴隨著微弱的呼吸與鮮血所吐出的話語。

「因為……這個緣故……我變成無法生育的身體……呵呵……也被親近的人們給拋棄了……咳咳！」

「怎……怎麼回事？」

史皮庫斯．羅傑倒退了兩三步，魯莽地揮落手臂。

「你……你在幹麼啊，巴薩卡！快上，快上！就算會被殺，也給我前進！你應該有無限的力量吧！」

是對命令產生反應嗎？巴薩卡的肉體急速肥大化，填補被挖開的洞穴。

在他更進一步露出獠牙，打算發出咆哮的瞬間——「矛」貫穿了他的上顎。

他的頭部順勢被釘在地板上。

巴薩卡從封閉的獠牙縫隙間發出撕裂靈魂般的尖叫。還沒有結束。「矛」從理應空無一物的虛空接二連三地冒出，將趴倒在地板上的巴薩卡刺成肉串。「矛」在他全身穿洞，甚至連修補的縫隙都沒有。

仔細一看，那些「矛」並非金屬製。

只是將硬質化的瑪那收斂成矛的形狀而已。

「……以前我的部隊曾因這種奇襲而全滅……只有我倖存下來。為什麼呢……盧斯塔斯、奧庫塔維亞、馬爾維拉……大家明明都有家可歸、有親愛的家人在等候著……為什麼呢………」

布拉曼傑學院長用空虛的聲音這麼低喃，然後握住手，移到嘴角。

呼——她吹了口氣。

只見從她的指尖編織出來的紫霧，包圍巴薩卡的全身。

那是劇毒。紫霧融化毛皮，灼燒皮膚，從眼球和鼻孔進入，使內臟腐敗。巴薩卡靠無窮無盡的生命力讓肉體再生，然後每次再生都得體驗被毒死這種惡夢般的輪迴。在旁看的人也感到毛骨悚然。

羅傑臉色蒼白到即使是狼臉也能看出。

「這……這……這……這是怎麼回事？老……老太婆！妳究竟在搞什麼！」

「這是我『戰鬥的記憶』——」

布拉曼傑學院長宛如指揮家一般操控沾滿鮮血的雙手，無暇喘息地發動難以理解的攻擊，將巴薩卡的毛皮一張一張地剝落。

被解放的詛咒的死靈，留下讓人凍僵的臨終慘叫，逐漸被吸入天花板。

「這是將我在長達五十年的戰鬥人生中受到的損傷以『怨恨』蓄積下來，然後用自己的瑪那重現出來——發動對象僅限於對我造成『致命傷』的人，一生只能使用一次的咒術。真虧我能苟活到這把年紀呢……」

「……！」

「你說他有一百條命，是嗎？」

學院長用力一握朝上的手掌。

「薑是老的辣啊。」

從地板冒出的好幾條鎖鍊，綑綁住巴薩卡的全身。不僅如此，還發出強力詛咒侵蝕他的皮膚，榨取他的生命力。

自己去年才剛體驗過的光景，讓學院長「哎呀」一聲，露出微笑。

「真令人懷念呢，是那時的死靈法師的東西嗎？」

既然如此——她將拇指與中指靠在一起，伸出手臂。

羅傑彷彿是最後機會似的大聲吶喊。

「撕裂她，巴薩卡！」

啪——學院長彈了一下手指。

只見巴薩卡的胸膛爆裂開來。彷彿蛋從內側孵化一般，他變成皮膚往上掀起，骨頭與內臟外露，鮮血宛如噴泉一般噴出的可怕模樣。

綑綁他全身的鎖鍊像鬆脫似的煙消霧散，巴薩卡面朝上地倒下。

布拉曼傑學院長也在同時倒落到地板上。

「學院長！」

米特娜會長正想立刻飛奔上前，但學院長舉起手制止了她。

「還沒完……！」

剛才那是布拉曼傑學院長人生最後一次受到的攻擊。換言之，這下就結束了。

但是，巴薩卡還在地板上掙扎著。周圍散落著數量驚人的毛皮碎片。儘管如此，他仍然殘留著生命力……！

注意到這點的羅傑驚慌地飛奔到巴薩卡身旁。

「你要躺到什麼時候，這個廢物！」

他狠狠地踹著巴薩卡。巴薩卡的肩膀顫抖起來，傷勢慘重的胸口洞穴猛然噴出鮮血。

巴薩卡一邊痙攣，一邊試著勉強站起來，但他也早已經遍體鱗傷。羅傑好幾次踢著他的肩膀與後腦杓，斥責著他。

「快點咬死那個老不死！你看，她現在奄奄一息啦！」

「……嗚……嗚嗚……嗚……！」

「別發出那種窩囊的聲音！你的任務是什麼？就是我叫你『上啊』就給我上，叫你

『快起來』就爬起來！還有叫你『去死』的話就死一死吧！好啦，快吃，快吃！用獵物塞滿你那空洞的胸口吧！」

巴薩卡已經沒有能治癒傷勢的生命力。但他還是爬了起來。

他將大嘴張開到極限——覆蓋住一旁的羅傑。

羅傑慌張地揮動雙手。

「慢點慢點慢點，你還沒睡醒嗎？是那邊啦，那邊！我是你的『大哥』吧！怎麼，喂，怎麼啦……你聽不見嗎？」

他似乎沒聽見。巴薩卡始終沒有收起獠牙。

照這樣下去，真的會被咬住。羅傑的大腦運轉到極限，然後他注意到一件事。

「我懂了……該不會——」

周圍散落著被「魔女」剝落的詛咒毛皮。數量多到數不清……恐怕有一百張。

換言之，這幾乎是所有巴薩卡至今披上過的毛皮。

「……連我……我我我的『弟弟的毛皮』也消失了嗎！」

這樣巴薩卡便不會再把羅傑當成「哥哥」。聲音不會傳入他耳裡，也沒道理要聽從命令。能壓制那股瘋狂的方法已經不存在了。

羅傑趴倒在地板上，拚死地湊起毛皮碎片。

「在哪裡！在哪裡！我的『弟弟』！我『弟弟的毛皮』在哪裡！」

那模樣對俯視者而言，應該看起來很方便咬下吧。巴薩卡將嘴張大到快裂開一般，靠近羅傑。為了達成最後接到的命令。為了「咬死」所有看見的東西——

羅傑拿著抱不住的毛皮，放聲尖叫。

「快住手！快住手！快住手！我是你的——！」

巴薩卡一口咬住羅傑的上半身。

他順勢用下頷的力量將羅傑吊起到正上方，然後一口一口地咬碎，同時將羅傑整個人吞下肚。悶住的哀號被吸入喉嚨深處。那光景讓人不忍卒睹——米特娜會長等高年級生輕輕地將學妹們的頭攬向胸前。

沒多久後，羅傑一腳的靴子從巴薩卡的嘴角掉落出來。

彷彿想說這樣就吃飽了一樣，遍體鱗傷的他趴倒在地。

他還不被允許死亡，爬在地上想前往某處。雖說是仇敵，但這樣的結局實在太可憐了……布拉曼傑學院長緩緩地闔上眼皮，思索起來。

她重新握住枴杖，站起身來。

儘管從長袍下襬掉出血塊，她仍將枴杖高舉在身體前。從身體深處解放出來的瑪那，一邊捲成螺旋狀，一邊收束到枴杖前端的裝飾上。

LESSON: Ⅶ ~能說是自家的場所~

布拉曼傑學院長有種預感。

這就是在自己的人生中最後放出的攻擊——

「一直以來很謝謝你，我的瑪那。」

她對枴杖握柄這麼低喃後，將枴杖高舉到頭頂上。

前端散發出彷彿要灼燒視野般的光輝。

「……『駭人雲集』！」

光蓋在天花板上拓展開來。

火球宛如隕石一般從那裡傾盆而降。火球貫穿巴薩卡的全身，在他身上挖出大洞並燒焦。過度的破壞無一遺漏地攻擊巴薩卡。儘管四肢被消滅，巴薩卡也沒有發出哀號。他甚至放棄掙扎，接受「死亡」。

隕石增加密度，用光芒吞沒一切。地板被填滿。巴薩卡的身影被遮蓋起來。宛如流星雨一般拉出軌跡貫穿地板的那些隕石，讓周圍一帶的所有東西都蒸發掉，膨脹起猛烈的風。

視野清晰起來——

之後凶猛強悍的狂人狼身影，已經不留任何痕跡。只剩被吹飛到牆邊的玻璃碎片，和現在仍失去意識的武術教官。

還有四處被刻下的破壞痕跡與血花，述說著剛才的激戰——

枴杖從學院長的手中掉落。

接著在玻璃地板上彈起，前端的裝飾碎成粉末。

她沾滿血的身體搖晃了一下傾斜時，原本目瞪口呆的米特娜會長立刻跳了起來。

「學院長！」

她在千鈞一髮之際抱住學院長。

但學院長的慘況讓她不忍卒睹，甚至感覺這麼做也毫無意義。學院長的呼吸微弱，指尖痙攣著。她用對不到焦的眼眸仰望米特娜學生會長。

「米……米特娜……米特娜……」

「我在這裡，學院長！」

米特娜用雙手握緊布拉曼傑學院長顫抖的手掌。剩餘的女學生也飛奔過來，圍繞在學院長周圍。

一抓住學院長的長袍，手掌便沾黏上血，這讓所有人的表情都因絕望而扭曲。

「請振作起來！」

不知是否能聽見女學生的呼喚，只見學院長用微弱的聲音拚命地說道：

「妳們……聽好了……將學院的城牆……『鎖城』吧……在這場革命……結束之前

「……不可以……與外界……有所牽扯……」

米特娜會長驚訝地睜大了眼。

聖弗立戴斯威德的城牆確實有那種古代技術。只要一度「鎖城」，不分內外都不可能進出學院。

雖然那樣大概就能保障安全，但也不能一直閉關在學院內吧。

布拉曼傑學院長拚命地繼續傳達許多該說的話。

「之後的事情……就交給庫法老師……他們吧……明白了……吧……全都……明白了吧……？」

「是……是的，我聽得很清楚，學院長！」

「點亮燈光。」

布拉曼傑學院長伴隨著鮮血吐出溫熱的氣息。

她伸出另一邊的手，碰觸米特娜會長的臉頰。

一抹血跡從指尖劃向少女的臉頰——

「然後笑一個吧？」

「學院長……」

「溫暖的光芒……孩子們的笑容……」

布拉曼傑學院長的眼眸已經不曉得在看著何方。

儘管如此，她仍用滿是皺紋的臉露出微笑。

「沒錯。」

一抹看似幸福的淚水滑落下來。

「『家』必須是這樣才行……——」

她的手掌往下滑落。

手臂毫無抵抗地垂落到玻璃地板上。可愛的小眼睛已經閉了起來。長袍下襬此刻也滲出高貴的水滴，在周圍渲染出鮮明的色彩。

米特娜不嫌制服會染上朱紅，抱住學院長的身體。

「不要……不要……不要啊！請睜開眼睛，學院長！」

周圍的女學生也摀住臉哭倒在地。米特娜哭哭啼啼地吶喊。

她絕不能承認手上抱著的身體早已經冰冷到令人難以置信的地步。

「快找醫務室的修女過來！無論誰都好，快找人來幫忙！不能讓她死掉！不能讓她死掉呀！學院長……學院長——————！」

† † †

LESSON: VII
~能說是自家的場所~

梅莉達忽然覺得好像被親近的某人給呼喚，轉過頭看。

但當然不可能有人站在來時的路上。

只有迷宮圖書館始終一成不變的光景連綿不斷地展開來。

連接到他們剛離開的聖弗立戴斯威德女子學院——

「小姐？怎麼了嗎？」

親愛的家庭教師立刻察覺到梅莉達的情況。

但梅莉達一時間也答不上來。儘管總覺得依依不捨，但無論轉頭看幾次，那裡都不可能有人在。

最後，那懷念的異樣感輕摸梅莉達的肩膀，搔癢梅莉達的耳邊，宛如風一般離開到某處了——…………

「……沒事。沒什麼。」

「是走累了嗎？」

「沒有，這不算什麼。」

梅莉達再次與庫法手牽手，重新面向前方。

實際上，自從開始探索畢布利亞哥德後，不知經過了多久時間。不過，一行人毫不氣餒地在大同小異的書架縫隙間前進，不斷爬上讓人光看就快昏倒的樓梯，這樣的努力似乎快有回報了。

過了一會兒後，帶領梅莉達與庫法走到這邊的亞美蒂雅女公爵開口叫好。

「總算到達嘍！這前方就是妾身拉．摩爾家的研究區域。」

乍看之下，看不出有什麼比其他扇門特別的地方。

女公爵從掛在手腕上的鑰匙串裡拿起她要的那一把。

門鎖開了——

「別嚇到啊？」

庫法與梅莉達很快就會知道女公爵咧嘴一笑，這麼告知的意義。

「白色光芒」從稍微打開的門縫間洋溢出來。

「唔哇……啊～……！」

踏入室內的瞬間，梅莉達確實體驗到這裡是特別的空間。

首先沒有書架。

倒不如說**什麼也沒有**。

平坦的地板不斷延續下去，而且是清一色的白色。地板白牆壁也白，就連天花板也一片白，甚至不確定各自的邊界在哪裡。

甚至不曉得該算是開放或封閉，究竟寬敞或是狹窄。

「好厲害！」

「乍看之下應該不會注意到，但牆上藏著好幾扇門。」

亞美蒂雅依序指著看起來確實像是什麼也不存在的白色牆壁。

「研究室、保存室、資料室——也有設置用來過夜的房間喔。不過，現在縱然是學者，也沒人會在這種地方逗留就是了。」

「跟房間外面風格相差甚多呢，這個地方是？」

庫法看來也無法壓抑住好奇心，他抬頭仰望無法掌握距離感的天花板。

亞美蒂雅似乎覺得梅莉達與庫法的反應才有趣。

「你們知道這個畢布利亞哥德——倒不如說『提燈中的世界』本身，就是在遙遠的古代，太陽與月亮還在空中閃耀的時代的遺產吧？」

「對，聽說正因為這座都市是高科技的結晶，才能在世界失去太陽時免於『夜晚』的侵略……」

「就憑活在現代的我們，能夠弄清楚的都市構造很少。」

亞美蒂雅眼神望向遠方，彷彿要看透悠久的時刻一般。

「這個房間也是其中之一。畢布利亞哥德似乎也從古代開始就用來當作研究設施，已經留下好幾本研究書——其中有個聽起來很有趣的詞彙，妾身就用來稱呼這房間了。」

她有些得意似的告知：

「叫做『宇宙』。妾身等人是這麼稱呼這房間的。」

「宇宙……」

「好啦，現在需要的東西在這邊。」

女公爵乾脆地轉過身，梅莉達連忙跟了上去。

在那前方，在清一色白的「宇宙」當中，存在著一個清楚地主張輪廓的東西。看起來像是被埋在牆壁裡的……圓盤。

不過直徑相當長。製作這圓盤的工匠肯定是個巨人。

「宴會孔。」

亞美蒂雅說出那東西的名稱。在她說明之前，庫法便知道這設備的用途了。

「這前方連接著聖王區。」

「不過亞美蒂雅大人，看起來並沒有鑰匙孔和把手啊？」

直到庫法這麼說之前，梅莉達都沒有發現。

沒錯，叫做宴會孔的圓盤，實在完美過頭了。如果沒聽人說是「門」，沒有人會注意到吧。剛才搭的升降機有操作盤，但這個圓盤上也沒看到類似操作盤的東西。

這時，反倒是亞美蒂雅一臉意外似的轉過頭來。

「對了！妾身還沒向你們說明呢。」

「這話是什麼意思呢？」

亞美蒂雅彷彿想說用看的比較快，將手掌貼上圓盤的表面。

「這扇門也的確是古代的遺產。其機關使用了我們遠遠不及的技術。雖然妾身剛才表現成打開這扇門的『鑰匙』——」

她在嘴裡思索著話語，繼續說道：

「簡單來說就是『語音辨識』。」

「語音辨識？」

「安傑爾之女啊，妳看仔細嘍。就是這麼回事——」

亞美蒂雅像在蓄力似的說了這番話後，挺直脊背。

她用會讓人聽入迷的聲音朗誦出來。

「『那是陰晴圓缺的月亮手記』、『時光如脈動般變遷』、『捨棄自我奉獻未來』。」

庫法緩緩睜大雙眼，在他面前——

不知是何種邏輯，只見圓盤外圍浮現出色彩。
彷彿花開一般地描繪著紫色圖樣，將外圍大約三分之一的部分染色。
亞美蒂雅「呼」地喘了口氣，用手掌推著圓盤。
「就像這樣，讓它聽固定的暗號，門鎖就會一步一步地解除。安傑爾家、拉・摩爾家、席克薩爾家各有一個這種暗號，口耳相傳地傳承下去，只要讓它聽到兩個以上的暗號，通道就會打開，不過——」
無論怎麼使勁推，圓盤果然還是一動也不動。
亞美蒂雅忍著不拔出腰上的大劍，看似焦躁地折返。
「真是的，打不開！這圓盤一點也不懂得通融啊！」
「亞美蒂雅伯母大人，果然只能在這裡等待了嗎……？」
「只能這麼辦了吧。等菲爾古斯或——就算不是他，如果能有個知道暗號的公爵家相關人士到達這裡就好了……！」
在兩人這麼討論時，庫法不經意地通過她們身旁。
他站在圓盤——宴會孔的眼前。
在他將指尖貼上表面時，後方的梅莉達注意到了。
「老師？」

LESSON: VII ~能說是自家的場所~

庫法闔上眼皮。

在內心深處，有種記憶之蛋開啟的感覺。

『現在就算了……』

『但你遲早要想起來——』

庫法微微張開嘴唇。

幾乎快忘記的話語化為旋律被編織出來。

「『那是不斷輪迴的生命手記』、『銘記已逝者的願望』、『化為將天空染成深藍的風』。」

圓盤散發出激烈的光芒。

綠色圖樣在外圍浮現，與紫色圖樣重疊起來，描繪出一朵花。

當鮮豔的色彩填滿外圍的三分之二時，圓盤的中央產生了變化。輪廓旋轉起來，必須仔細凝視才能看出它令人眼花繚亂地改變排列後，朝內部凹陷。

莊嚴的重低音響起。

接著有蒸氣從圓盤縫隙間噴出。換言之，就是從「另一頭」產生有空氣流通的道路。

圓盤像在吊人胃口一般緩慢地旋轉並滑動，讓深處的通道，讓更加充斥著白色光輝的迴廊公開在眾人面前。

「怎麼可能……」

亞美蒂雅按著庫法的肩膀上前看，確認圓盤的運轉狀態。

「為何你會知道那暗號？你聽菲爾古斯說的嗎？」

「……不，我是聽庫夏娜・席克薩爾大人說的。」

庫法也同樣對這種機緣感到驚訝。

那時完全不曉得她在說什麼。那正是在塞爾袞・席克薩爾的王爵加冕典禮時發生的事情。為了阻止塞爾袞加冕，席克薩爾分家的庫夏娜造反，在庫法抓住她時，她悄悄地告知了庫法。

不，現在想起來，應該是「託付給庫法」吧。

要庫法代替變成階下囚的自己——

「……假如庫夏娜大人下定決心要暗殺塞爾袞大人，是因為知道有這個將弗蘭德爾捲入的革命——」

庫法一邊整理思緒，一邊述說。

「說不定她早就預料到了。有一天聖王區遲早會遭到封鎖……」

「若是如此，庫夏娜就有可能成為我們的強力同伴，不過——」

女公爵用慎重的眼神詢問：

「庫夏娜現在人在哪？」

庫法的嘴角也不禁苦澀地扭曲起來。

「……在聖王區。」

「只能祈禱她平安無事啊。」

這時驚訝不已的梅莉達才總算也追上兩人的背影。

「那……那麼，總之這下就能立刻前往聖王區了嗎？」

「沒錯，沒必要等待了。能夠在絕佳的位置上窺伺反擊的機會。」

聽好了——這時亞美蒂雅暫且轉頭看向兩人。

她揹負著圓盤散發的光芒，伴隨著威嚴開口說道：

「前方已經是『敵地』了。八成有跟之前不能相提並論的危險在等待著吧。不過，既然都來到這邊，已經沒有回頭路！要說為什麼，就回想送我們出發的人們的表情吧。若是想拯救朋友——」

她用信賴的眼神看向梅莉達。

「若是為主人著想——」

用試探般的視線射穿庫法。

「就跟著妾身前進。」

亞美蒂雅在最後讓洋裝華麗地隨風搖擺，轉過身去。

她毫不迷惘地踏入迴廊，兩人停頓片刻後，追逐著她的背影。

庫法朝一旁伸出手。

梅莉達用不著看向他那邊，便在理所當然的位置與他十指交扣。

去年春天，預感到新的一年即將開始時，自己等人有設想到會被捲入這種狀況嗎？

至少可以肯定也沒有其他人能夠預言在這前方，在這扇門對面有什麼在等著。

又再次聞到火焰的香氣。

庫法感覺到革命的火星乘著吹過迴廊的風吹向自己。

亞美蒂雅·拉·摩爾

種族：魔騎士

		AP	878		
HP	9310			敏捷力	707
攻擊力	1029	防禦力	796		
		防禦支援	—		
攻擊支援	—				
思念壓力	50%				

主要技能／能力

災禍Lv.X／吸收攻擊Lv.9／破壞者屏障Lv.9／身經百戰Lv.X／逆襲Lv.9／抗魔Lv.9／希爾維斯之慟／葛蘭巴尼卡之怒／黑暗極光

《週刊爆脾氣時報》三月第二週號

最近在上層的市民之間，似乎很流行用能力數值表來製作數學題目，但很少人注意到聖都親衛隊的能力數值情報根本不是能輕易獲得的東西。

那麼，要說那群「無血主義者」得意洋洋地炫耀的那個是怎麼回事，那恐怕是入隊當時相當老舊的資料吧。我因為職業關係，也有認識騎兵團的菁英人物，他的實力絕非只有那種程度。

雖然不曉得這場戰鬥會有什麼結果——但即使弗蘭德爾像這樣被黑暗給封閉，我仍認為希望之燈還在閃爍著。

（撰稿人：匿名記者）

HOMEROOM LATER

黑鐵小鎮響起敲打金屬的聲響——

那裡是弗蘭德爾第二層，作為燈火騎兵團的根據地而聞名的賽勒斯特泰雷斯凱門區。那裡排除所有植物，靠鍛鐵藝術增添色彩，有著粗獷卻又工藝般的街景。

雖然星形要塞以銅牆鐵壁般的防禦為傲，但內側現在充斥著緊迫的氣氛。騎兵團與在要塞外側布陣的狂人狼族一直互相敵視，片刻不得鬆懈。鐵路遭到封鎖，甚至無法移動到隔壁的街區，話雖如此，但更不可能前往更上層的弗蘭德爾聖王區。

現在還不是時候——

為了即將到來的起義之時，騎兵團在要塞內側進行著戰鬥準備。往來的騎士表情十分嚴厲。商人和工匠似乎也被他們的怒吼嚇得每天畏縮消沉。在儲糧耗盡前，必須盡可能準備好萬全的態勢。

在這當中，有個還是見習生的騎士學校二年級生，以及——

休職中的「一代侯爵」沒有工作。她們坐在要塞的角落，至少想避免妨礙到別人。

銀髮的愛麗絲・安傑爾縮起身子坐在欄杆上，蘿賽蒂抱緊她的背後，緊貼著她。

嗚嗚——有時會聽見哭聲。

最近的蘿賽蒂還沒有從打擊中重新站起來。逃離卡帝納爾茲學教區時的光景在她腦海中揮之不去。為了爭取時間刻意下了列車的葛蕾娜。被留在人狼群裡的她，究竟怎樣了呢……最先遠離了車站的自己無從得知。

只不過，即使不願去想，最糟糕的光景也一直緊黏在腦海中揮之不去。

「蘿賽老師……」

正因明白家庭教師這樣的苦惱，愛麗絲也依偎著她。

蘿賽蒂硬是擦掉眼淚，抬起頭來。

「不……不要緊的。總不能一直垂頭喪氣的嘛。梅莉達小姐和小庫應該也很辛苦吧……我也會好好地保護愛麗絲小姐給他們看！」

「…………」

愛麗絲知道自己不擅長說話，輕輕地將手掌與蘿賽蒂重疊，當作回應。

周圍的騎兵團成員看來都十分忙碌，讓人不敢打擾他們。

不過，有一個人物向她們搭話。他穿著在騎兵團當中也相當特別的「白色」隊服。

嗨——對方舉起手，讓蘿賽蒂也注意到。

「蓋雷歐先生。」

蘿賽蒂覺得被看見淚痕很丟臉，將眼睛揉到變紅腫。

「艾……艾汀情況如何？」

「說是性命沒大礙喔。」

「太好了……」

蘿賽蒂由衷地鬆了口氣，但蓋雷歐繼續這麼說道：

「只不過，感覺沒辦法在作戰開始那天前恢復呢。失去了『兩名』寶貴的戰力——聽說搞不好會要妳暫時回歸聖都親衛隊喔。」

「我……我知道了。」

「妳擔心葛蕾娜嗎？」

無論怎麼掩飾，都無法擦乾淚痕。

蓋雷歐撫摸著鬍鬚開口說道。他本人並沒有惡意吧。

「狀態萬全的話，她應該不會輸給敵人，但現在很難說呢。那傢伙也經常在擔心妳。每當被妳擊中的背後傷口疼痛起來時——」

蘿賽蒂不禁對前輩露出怒瞪般的眼神。

蓋雷歐似乎總算察覺到自己失言，用滑稽的動作聳了聳肩。

「唔哦，抱歉抱歉。」

「……」

感覺現在就連「沒關係」這句話都會變成表面話，蘿賽蒂用力咬了咬嘴脣，站起身來。她背對蓋雷歐，與學生肩並肩地離開現場。

蓋雷歐對著那遙遠的背影，用聽不見的聲音補充。

那語調就像某個車站的列車長一樣。

「……該怎麼道歉才好呢？」

他空虛的謝罪混入了在黑鐵小鎮中迴盪的尖銳金屬聲響裡。

† † †

「哦？也就是說聖都親衛隊裡早就混入了王爵閣下的手下？」

「正是如此，馬德·戈爾德。」

「有一套！」

雜亂的拍手聲響徹在荒涼不堪的茶室裡。

在聖王區帝國飯店的一樓。雖然王座會議的日程早已經結束，但參加者至今仍被拘束在飯店裡。無論哪一人都是代表弗蘭德爾的重要人物。

兩名人物占據在用來當會議場的茶室裡，持續著熱烈的討論。是狂人狼族方的代表馬德．戈爾德，與如今掌握了弗蘭德爾全權的塞爾袞．席克薩爾巡王爵。

不，這已經不是「會議」，而該說是「總結計畫」嗎？

不需要其他表達意見的人——

甚至沒有警衛的身影，馬德．戈爾德在寬廣的茶室中心壓低音量。

「那麼，需要擔心預言所說的『白衣戰士』會讓計畫泡湯嗎？」

「那是不可能的吧。」

塞爾袞露出那迷人的笑容，給搭檔全面的安心感。

「雖然騎兵團打算找一天發動總攻擊，但他們並沒有注意到，他們內部正抱著炸彈……只要我彈一下手指——」

啪——塞爾袞輕快地彈響手指。

「他們馬上會從內側崩潰。」

「呼呼呼……！」

「預言終究只是『指標』。反倒應該說我們能夠事先得知最糟糕的未來，這不叫幸運的話，該稱之為什麼呢？我們能夠迴避記載在預言中的悲劇——」

他突然一變，用力握緊拳頭。

「成功地改變命運。」

馬德．戈爾德非常滿足地現出笑容，用雙手手掌拍打桌子。

「太完美了！那麼，你跟芙莉希亞的結婚典禮會按照預定？」

「嗯，照預定舉行吧。」

「媒人這角色就交給我吧！得立刻寄送邀請函給夜界的同胞才行啊，這將是值得記念的典禮。禮服與會場，還有料理──對了！關鍵的典禮日期是──」

戈爾德像是回想起來似的將臉轉向塞爾袞。

「『三月第三週第三天』──沒錯吧？」

「可以交給你辦嗎？」

「一切都包在我身上，你儘管放心！」

馬德．戈爾德輕快地拍了拍王爵的肩膀，從椅子上站起身。

距離結婚典禮不到半個月了。必須盡早準備齊全才行吧。馬德．戈爾德用野獸手指計算著日程，意氣風發地離開茶室。

塞爾袞並未目送他的背影離開。

他依然注視著全新的桌子──

最後，當門扉在背後砰一聲地關上的瞬間。

他毫無前兆地趴倒在桌上。

「咕……嗚……！」

他按住心臟。額頭浮現黏汗。臉色蒼白不已。

他究竟是怎麼了呢——

至今沒有任何人看過他像這樣痛苦難耐的模樣。經常掛在臉上的微笑彷彿假的一般。感覺他隨時會從嘴裡吐出靈魂。

是否該說幸好有支開其他人呢？

持續痛苦了一陣子後，他的「發作」似乎總算平息了。

他一邊流著無止盡的汗水，一邊急促地呼吸著。

他將麻痺而無法正常活動的手伸向某處。

「莎拉夏……」

當然，少女並不在這裡。指尖像是在尋找什麼似的抓著空氣。

「繆爾……芙莉希亞……？」

連聲音也沒有回應。

在他伸出的手掌前方什麼也抓不到。

空蕩蕩的靜寂包住了他──

塞爾袞察覺到這點，端正的嘴角像在自嘲似的露出微笑。

「已經……沒有任何人在了嗎……」

咯咯──他顫抖著肩膀。感覺在他的眼角看見了發亮的東西。

他用別人聽不見的聲音低喃：

「拜託動作快，庫法小弟……──」

尖銳的腳步聲逐漸靠近。

察覺到這點時，塞爾袞費勁地挺直了背。他勉強擺出了從容的王爵的態度，隨後茶室的門立刻被撞開。

氣喘吁吁地站在門後的人，是席克薩爾家的侍女。

看到她的表情，立刻就知道事情非比尋常。

「少……少爺，有緊急事情……不得了了……！」

「怎麼了嗎？」

然後在聽見她下一句話的瞬間。

彷彿冰一般的冷汗滑過塞爾袞的心臟表面。

「庫夏娜小姐她──……」

† † †

一名彷彿野獸般的男子走在燈光熄滅的帝國飯店走廊上。

馬德・戈爾德踩著不像個中年人的雀躍腳步，嘴裡還哼著歌。

「今天編織禮服，明天烤蛋糕，後天迎接王爵之子……呼呼哼，本大爺的名字叫作——就連惡魔也不知道……呼呼呼！」

他用最愉快的心情仰望天花板，接著重新注視眼前。

「好啦，要展現本大爺的商業手腕了。這是狂人狼族的重要舞臺！可說是『無血主義者』發揮本領啦……邀請函要寄給誰呢？」

他一根根地折起野獸手指，數了起來。

「不能漏掉乖僻的『弗蘭肯斯坦』。也找一下那群高傲的『暗妖精(Imp)』好了……咯呼呼，現在就能想像到『沙漠王(Bandit)』懊惱的表情！」

咚——他像是靈光一閃似的敲了一下膝蓋。

「唔哦，本大爺真是的！不能忘記重要的人物啊。」

野獸般的嘴角露出獠牙並往上揚起。

在黑暗當中烙印下彷彿深紅新月般的笑容。

「也得通知那個偉大的『吸血公』才行呢……！」

後記

非常感謝您閱讀到這邊，我是作者天城ケイ。

因為中間發行了一本短篇集，距離第七集稍微隔了一段時間。一直在等候續集的讀者，真的是讓各位久等了。還有真的非常感謝購買本集的「您」。

在書衣摺口也稍微暗示了一下，這次是本系列首次的「分冊構成」。從一～七集我一直是想一集解決一個事件，但將作為二年級生篇總結的這次故事分冊，也是我從很早以前就有的計畫。

十分感謝同意這個企畫的責任編輯大人。

還有各位讀者。希望能將下次的第九集按照跟以往一樣的步調送到各位手上，還請再稍候一下，敬請期待下篇的發展。

說是這麼說，但在事件途中暫且告一段落，我也感到有些不安，擔心會不會讓各位

讀者覺得看不過癮。這種時候——唔哦，在這種地方居然有收錄了梅莉達等人的日常插曲的短篇集——！（宣傳）

……先別提玩笑話了，短篇集《刺客守則Secret Garden》也請各位務必捧場；在《Ultra Jump》連載中的漫畫版也發售了單行本第二集，據說也是好評不斷。

在日前舉辦的角川輕小說女主角總選舉中，梅莉達也獲得相當高的名次，讓我再次對各位讀者的支持感激不盡。有時也會收到加油打氣的信和禮物，不勝感激。每當知道有人能從中得到樂趣，我都會再三重新檢視創作的價值。

再次誠摯地感謝協助本作品躍進的插畫家ニノモトニノ老師、負責漫畫版的加藤よし江老師，還有各位出版相關的人士。

希望能在事件下篇的第九集與各位讀者再次相會。

天城ケイ

這是妳與我的最後戰場，或是開創世界的聖戰 1 待續

作者：細音 啓　插畫：猫鍋蒼

最強騎士與至高魔女。
敵對的兩人將改變世界——

以史上最年輕之姿晉升帝國最強戰力的劍士，伊思卡；被稱為皇廳最強的寒冰魔女公主，愛麗絲莉潔，兩人在沒有盡頭的戰場上相遇，並以宿敵身分展開廝殺，卻又受到彼此的強大和生存之道吸引。相互敵對的少年少女，將展開革新世界的英雄傳奇！

NT$220/HK$75

戀愛至上都市的雙騎士 1 待續

作者：篠宮夕　插畫：けこちゃ

最強騎士勇也及藍葉被派去執行任務的地方
——竟是用「戀愛情愫」戰鬥的世界!?

背負眾人期待，必須討伐「魔王」的最強雙騎士勇也及藍葉，為了戰鬥不得已被迫練習壁咚，甚至還要穿上差點走光的衣服！總是用高傲的態度掩飾內心好感，其實很喜歡勇也的藍葉，都快藏不住自己的臉紅心跳——越發激烈的肌膚接觸，也是為了拯救世界！

NT$220/HK$73

惡魔高校D×D Universe

墮天的狗神 -SLASHDØG- 1 待續

作者：石踏一榮　插畫：きくらげ　角色原案：みやま零

就在兵藤一誠轉生成惡魔的數年之前——
描繪幾瀨鳶雄起始的《惡魔高校D×D》前傳登場！

高中生幾瀨鳶雄的日常生活產生了驟變。同學們因事故失蹤，稱作「虛蟬」的怪物也朝他襲擊而來。在眼看就要一命嗚呼時，美少女夏梅救了他。得到了能劈斬萬物的最強小狗「刃」，鳶雄和拉維尼雅、少年瓦利等同伴們，一起投身於對抗虛蟬的戰鬥之中——

NT$240/HK$80

魔術學園領域的拳王 1 待續

作者：下等妙人　插畫：瑠奈璃亞

第二十九屆Fantasia大賞銀賞！
與最強美少女一同向上奮發的校園戰鬥劇開幕！

以自身靈魂為武器而戰的現代魔術師——就讀魔術學校的立華柴闇，是個連異能都無法活用的瑕疵品。但與學園最強美少女黑鋼焰相遇後，力量得以激發！在爭奪頂尖魔術師的戰鬥中，柴闇向命中註定的宿敵提出挑戰！柴闇不斷以下犯上，挑戰頂尖高手——

NT$230/HK$75

國家圖書館出版品預行編目資料

刺客守則. 8, 暗殺教師與幻月革命 / 天城ケイ作 ;
一杞譯. -- 初版. -- 臺北市 : 臺灣角川, 2019.10
面； 公分
譯自 : アサシンズプライド. 8, 暗殺教師と幻月革命
ISBN 978-957-743-267-4(平裝)

861.57 108013938

Kadokawa
Fantastic
Novels

刺客守則 8
暗殺教師與幻月革命

（原著名：アサシンズプライド８暗殺教師と幻月革命）

2019年10月17日　初版第1刷發行

作　　者：天城ケイ
插　　畫：ニノモトニノ
譯　　者：一杞

發 行 人：岩崎剛人
總 經 理：楊淑媄
資深總監：許嘉鴻
總 編 輯：蔡佩芬
編　　輯：陳書萍
美術設計：胡芳銘
印　　務：李明修（主任）、張加恩（主任）、張凱棋

發 行 所：台灣角川股份有限公司
地　　址：105台北市光復北路11巷44號5樓
電　　話：（02）2747-2433
傳　　真：（02）2747-2558
網　　址：http://www.kadokawa.com.tw
劃撥帳戶：台灣角川股份有限公司
劃撥帳號：19487412
法律顧問：有澤法律事務所
製　　版：巨茂科技印刷有限公司
ＩＳＢＮ：978-957-743-267-4